KB152875

순례자의
인문학 2

문갑식과 함께 걷는
우리 땅

문갑식과 함께 걷는 우리 땅

순례자의 인문학2

1판 1쇄 발행 2020년 4월 30일
1판 3쇄 발행 2020년 7월 10일

지은이　문갑식
사　진　이서현
발행인　고정일

발행처 동서문화사
　창업 1956. 12. 12　**등록** 16-3799
　주소 서울 중구 마른내로144(쌍림동)
　전화 02-546-0331~6　**팩스** 02-545-0331
　www.dongsuhbook.com

이 책은 저작권법에 의해 보호를 받는 출판물이므로 무단전재와 복제를 금합니다.
사업자등록번호 211-87-75330

ISBN 978-89-497-1747-0　04810
ISBN 978-89-497-1745-6　(세트)

이 책은 관훈클럽정신영기금의 도움을 받아 저술·출판되었습니다.

순례자의
인문학 2

문갑식과 함께 걷는
우리 땅

글 문갑식

사진 이서현

1부
역사 속의 기인이사

2부
—

역사 속의
우리 선비

21장

도가 사라진 세상, 남명에게 지식인의 절개를 묻다

가치 배신이 시대다. 힘꾸기 주교에게 등을 돌린다. 비슷에 개인의 약점을 쥐고 겁박한다. 도둑이 오히려 매를 들고 있다. 상하가 역류하니 강호의 도가 땅에 떨어져 윤리가 간 데 없다. 경상남도 산청을 찾은 이유는 우리를 지탱해 온 선비정신을 느끼고자 함이다.

일찍이 조선을 지배한 이념은 중국 북송 때의 학자 사마광에게서 왔다. 그는 《자치통감》에서 이렇게 말했다.

"군신 간의 위상은 영구히 바뀌지 않는다."

이 한마디가 조선의 정치를 틀에 박히게 했고 관료주의와 관존민비 사조를 낳았다.

이것을 준열히 비판한 처사가 있다. 상하 주종관계를 횡적 평

등관계로 바로잡고 권력에 짓밟히던 민생을 '백성이 나라의 근본'이라는 시각으로 바꾸려 했다. 남명 조식(1501~1572) 선생이다. 그가 평생 추구하며 실천했던 것은 경과 의였다. 그 기개의 일단을 엿본다.

지리산 천왕봉을 큰 종으로 여기며 자신이 그 종을 울릴 거대한 공이가 되겠다고 다짐한 이가 남명이다. 그는 노년에 들어 천왕봉이 바라보이는 곳에 산천재를 지어 도를 실천하다 숨을 거뒀다. 그가 쓴 '천왕봉'이라는 시에 이 재야에 묻힌 지식인의 웅혼한 야망이 담겨 있다.

請看千石鐘 청간천석종
非大扣無聲 비대구무성
萬古天王峯 만고천왕봉
天鳴猶不鳴 천명유불명

천 석으로 만든 종을 보아라/세게 두드리지 않으면 소리가 나지 않는다/만고의 천왕봉은/하늘이 울려도 오히려 울지 않는다

남명은 1501년(연산군 7년) 6월 26일 경남 합천군 삼가면 토동에서 태어났다. 아버지는 승문원 판교 조언형, 어머니는 인천 이씨로 충순위 이국의 딸이자 좌의정 최윤덕의 손녀다. 예언가가 이

남명 조식이 심은 남명매 뒤로 지리산 천왕봉이 보인다.

런 말을 남겼다고 한다.

"이씨 댁이 명당이라 닭띠 해에 태어날 아기는 현인이 될 것이다."

남명의 외조부는 외손자를 봐 기뻐하면서도 "우리 가문의 운이 조문으로 넘어갔다"며 아쉬워했다고 한다. 다섯 살 때까지 외가에서 자라던 남명은 아버지가 장원급제해 벼슬길에 오르자 서울로 이사했다. 아홉 살 때 큰 병을 앓았는데 걱정하는 어머니를 남명은 오히려 달랬다고 한다.

"하늘이 나를 보내실 때는 반드시 할 일이 있어서일 것이니 요절할 이유가 없습니다."

어릴 적 이윤경·이준경 형제, 이항 등과 죽마고우로 지내던 남명은 아버지가 함경남도 단천군수로 부임하자 따라가 경서·역사·시문뿐 아니라 천문·지리·의학·궁마·진법 등 각 분야의 지식을 두루 길렀다. 정신력과 담력을 키우기 위해 물그릇을 받쳐 들고 밤을 새우기도 했다. 일세를 경륜하려던 그의 삶에 변화가 온 것은 그가 열여덟 때였다. 서울로 돌아와 성수침과 성운 종형제를 만났는데 그들의 영향으로 세속에서 출세하겠다는 뜻을 접고 깊은 인생의 경지를 추구키로 한 것이다.

스무 살 때 남명은 생원시—진사시 양 과에서 1, 2등으로 급제했는데, 이때 일어난 기묘사화로 개혁의 기수 정암 조광조가 사약을 받자 시국을 한탄하며 벼슬길을 단념했다. 그는 서른 살 때 처가 김해로 이사했다. 여기서 공부하기 위해 지은 것이 산해정이다. 정자의 이름은 그냥 붙인 것이 아니다. 태산에 올라 사해를 바라보는 기상을 기르겠다는 뜻이었다. 진흙에서 연꽃이 피듯 산해정에는 젊은 준재들이 몰려들었다. 성대곡·이청향당·이황강·신송계 같은 이름난 유학자들이었다.

김해에서 남명은 18년을 보냈다. 그 사이 그의 이름은 사림 사이에서 널리 퍼져 사림의 영수가 됐다. 조정은 남명에게 여러 차례 벼슬을 제수했으나 그는 끝내 사양했다. 48세 때 김해를 떠나 고향 토동으로 돌아간 남명은 계부당과 뇌룡정을 지었다.

계부당은 말 그대로 닭이 엎드려 알을 품는다는 뜻으로 후학을 양성하는 도장이었다. 뇌룡정은 용의 꿈틀거림처럼 뇌성을 발한다는 뜻으로 이는 초야에서 냉정히 세상을 바라보다가 국정이 문란해지거나 부조리해지면 가차 없이 비판의 채찍을 들고 국책을 건의하겠다는 뜻이었다.

계부당과 뇌룡정 시절 그의 문하에 들어온 이가 정인홍·오건·노옥계 같은 제자들이었다. 이들이 내린 남명에 대한 평가다.

"하늘처럼 우뚝하다. 태산처럼 우람하다. 서릿발처럼 차갑다. 뙤약볕처럼 뜨겁다. 한 시대를 굽어본다."

남명이 평생 추구했던 것은 앞서 말했듯 경과 의였다. 남명은 자신이 항상 휴대했던 '경의검'이라는 패검에 이런 글귀를 새겼다.

"내명자는 경이요, 외단자는 의다."

먼저 자신을 수양해 근본을 세운 뒤 밖으로 정의를 과단성 있게 실천한다는 말이다.

그런가 하면 남명은 두 개의 작은 쇠방울을 옷고름에 매달고 다녔다. 성성자라는 이름을 붙였는데 '스스로 경계하여 방울 소리를 들을 때마다 스스로를 일깨우고자 함'이었다. 여기서 성은 '깨달음'이라는 뜻의 한자어다.

그래서 남명을 추종하는 남명학의 후예들은 근본을 세우고 실천을 중시해 기존의 주자학자들과는 다른 길을 걸어왔다. 그렇다면 남명이 추구했던 처사정신은 무엇인가. 남명이 처사를 자처한 것은 숨어 살기를 즐겨 하는 은둔지사가 되기 위함이 아니었다. 산청군이 펴낸 책자에 풀이가 나온다.

선생은 은둔지사가 아니며 관직을 기피하는 불사주의자도 아니다. 선생이 말하는 처사란 바로 운동경기에 있어서 법규에 따라 심판하는 심판 같은 것으로 세상의 돌아감을 지켜보고 올바른 도리를 밝혀서 전하고 그마저 어려움에 처할 때는 목숨을 내걸고 저항하는 도리를 밝히고 도덕을 전파하고 인간의 올바른 도리를 수련하는 것이다.

30대 후반에 이미 "경상좌도에는 퇴계가 있고 우도에는 남명이 있다"는 말이 퍼졌다. 서른일곱 살 되던 해 남명은 어머니의 권유로 과거에 응시했다가 낙방하자 어머니를 설득한 뒤 본격적으로 처사로서의 삶을 걸었다. 그의 치열함은 평생 술을 입에 대지 않은 것만 봐도 알 수 있다.

중종 33년(1538년) 남명은 헌릉참봉에 임명됐지만 이를 고사했다. 헌릉참봉직을 내리도록 왕에게 그를 추천한 이는 회재 이언적이었다. 1544년에는 관찰사가 면담을 청했지만 거절했다. 남명

남명 조식을 모신 산천재다.

과 동갑인 퇴계 이황 역시 왕에게 남명을 추천해 단성현감을 제수했지만 받지 않았다.

1545년 즉위한 인종이 다시 남명을 조정으로 불렀지만 남명은 인종이 오래 살지 못할 것이라 예상하고 슬퍼했다고 한다. 명종 즉위 후 외척이 어린 왕을 등에 업고 전횡하자 남명은 그들을 비판했다. 이후 명종이 여러 번 그를 불렀으나 그때마다 사직상소를 올리고 관직에 나가지 않았다.

1548년 전생서 주부, 1551년 종부시 주부, 1553년 사도시 주부에 임명되었으나 모두 거절했다. 뒤에 선조 때에도 사림들이 대거 등용되었으나 그는 관직에 나가기를 거부했다. 그 뒤 선무랑에 제수되었다가 앞서 말한 대로 퇴계의 추천에 의해 1555년 단성현감, 1556년 종부시 주부로 다시 부름을 받았지만 역시 고사했다.

단성현감 사직 시 올린 상소는 '단성소' 혹은 '을묘사직소'라 불린다. 선조에게 바친 '무진봉사'와 함께 남명이 남긴 양대 상소문으로 유명하다. 단성소의 골자를 알아본다.

"(중략) 전하의 정사가 이미 잘못되고 나라의 근본은 이미 망해 버렸습니다. 하늘의 뜻은 이미 가 버렸고 인심도 떠났습니다. 마치 큰 나무가 백 년 동안이나 벌레가 속을 파먹고 진액도 다 말라 버렸는데 회오리바람과 사나운 비가 언제 닥쳐올지 까

마득히 알지 못하는 것과 같으니, 이 지경까지 이른 지는 이미 오래되었습니다. …말단 관리들은 아래서 히히거리며 주색이나 즐기고 대관들은 위에서 거들먹거리면서 오직 뇌물을 긁어모으는 데 혈안입니다. …궁궐 안의 신하들은 파당을 세워 궁중의 왕권을 농락하고 궁궐 밖의 신하들은 향리에서 백성들을 착취하며 이리떼처럼 날뛰면서 가죽이 다 닳아 없어지면 털이 붙어 있을 곳이 없는 이치를 모르고 있습니다. 이런 까닭에 신은 깊이 생각해 보면서 탄식만 나올 뿐 낮이면 하늘만 쳐다보기 여러 차례였고 밤이면 눈물과 한숨을 누를 길 없어 잠 못 이룬 지 오랩니다. 자전(왕의 어머니)께서 생각이 깊으시다고 해도 깊숙한 궁중의 한 과부일 뿐이고, 전하께서는 어리신 선왕의 고아일 뿐입니다. 천 가지, 백 가지나 되는 천재, 억만 갈래의 인심을 대체 무엇으로 감당하고 무엇으로 수습하시렵니까? … 평소 조정에서는 매관매직을 하고 재물을 수탈하기에 혈안이 되어 있었으므로 민심이 흩어져 결국 쓸 만한 장수도 없게 되고 성안에 병사 한 사람 남아 있지 않기에 이르렀으니 적이 막힘없이 쳐들어오는 것은 오히려 당연한 일입니다. 그러나 이 같은 것은 하찮은 피부병에 지나지 않고 마음과 배 속의 병은 이보다 더 심각합니다."

단성소는 조정의 신하들뿐 아니라 왕과 대비를 직선적으로 공격해 큰 파문을 일으켰다. 양사에서는 "불경하다"며 처벌하라 했지만 대부분의 대신과 사관은 "초야에 묻힌 선비라 표현이 적절하지 못해서 그렇지, 그 우국충정만은 높이 살 만하다"며 그를 적극 옹호했다.

1561년 남명은 지리산 덕천동으로 옮겨 산천재를 지었다. 산천재는 《주역》의 '산천 대축' 괘에서 따 지은 것으로 제자를 크게 키운다는 말이다. 이때 그가 남긴 '덕산에 묻혀 산다'라는 칠언절구가 산천재 네 기둥의 주련에 새겨져 있다.

春山底處无芳草 춘산저처무방초
只愛天王近帝居 지애천왕근제거
白手歸來何物食 백수귀래하물식
銀河十里喫猶餘 은하십리끽유여

날 어디엔들 방초가 없으리오마는/옥황상제가 사는 곳 가까이 있는 천왕봉만을 사랑했네/빈손으로 돌아왔으니 무엇을 먹고살 것인가/흰 물줄기 십 리로 뻗었으니 마시고도 남음이 있네

1568년 선조가 다시 불렀으나 역시 사양하고 정치의 도리를 논한 상소문 '무진대사'를 올렸다. 무진대사에 있는 '서리망국론'

남명 조식의 초상이다.

은 당시 서리의 폐단을 극렬히 지적한 것으로 유명하다. 혹자는 무진대사에 요즘 한국 사회의 폐단이 다 나와 있다고 한다. 그 골자다.

"임금이 나라를 다스리는 길은 남에게서 구하는 데 있지 않고 임금 자신이 선을 밝히고 몸을 정성스럽게 하는 데 그 요점이 있는 것입니다. 이른바 선을 밝힌다는 것은 이치를 궁구함을 말함이요 몸을 정성스럽게 한다 함은 몸을 닦는 것을 말합니다. … 인재를 얻는 것은 임금 자신에게 달려 있습니다. 그런데 임금 자신이 몸을 닦지 않으면 사람을 저울질하고 보는 능력이 갖추어 있지 않아 선악을 분간하지 못할 것이며 그러한 눈으로 사람을 취하고 버리면 모두 실패할 것이며 또한 임금이 직접 인사를 관장하지 않고 남에게 맡긴다면 누가 임금과 더불어 치도를 이룩하려 하겠습니까? …고래로 권신이 제멋대로 결정한 일이 혹 있었고 외척이 발호한 일이 혹 있었고 내시가 정령을 가로챈 일이 혹 있었습니다만 지금처럼 서리들이 나랏일을 농락하는 것은 일찍이 듣지 못했습니다. 군민의 온갖 정사와 국가의 기밀이 모두 그들 손에 의해 처리되고 지방의 납세와 공물이 먼저 그들의 배를 채운 뒤에야 비로소 전달되는 것입니다. …전하께서 하늘이 굽어보듯 크게 노하시어 왕권의 위엄을 떨치시고 친히 재상과 집사들을 조사하여 그 까닭을 규명하시고 마치 순임금이 네 악당을 물리치고 공자가 소정묘를 죽인 것처럼 직접 처단하신다면 이는 임금이 악을 극도로 미워하심을 알고 백성들이 죄악을 범하는 것을 크게 두려워할 것입니다."

1571년 선조가 그에게 특별히 식물과 전답을 하사하자 그는 이를 받고 사은소를 올렸다. 1572년 1월에 경상도 감영에서 남명에게 병이 있다고 임금에게 아뢰니, 임금은 특별히 전의를 파견했지만 전의가 도착하기 전에 남명은 세상을 떠났다.

숨을 거두는 순간까지도 남명은 경의의 중요함을 제자들에게 이야기했고, 경의에 관계된 옛사람들의 중요한 말을 외웠으며, 음력 2월 8일, 곰재에서 자세를 단정히 한 채 조용히 눈을 감았다. 그의 부음이 전해지자 선조는 예관을 보내 치제하였다. 그의 나이 만 70세였다.

남명의 제자들 가운데 유명한 이로는 김효원, 동강 김우옹, 한강 정구, 정인홍, 훗날 임진왜란 때 의병장으로 활약한 곽재우 등이 있다. 남명의 제자들은 북인으로 불렸는데 훗날 광해군의 지지 세력이었다. 하지만 광해군이 1624년 인조반정으로 물러나면서 북인은 대부분 실각했고 1624년에 일어난 이괄의 난으로 북인은 거의 숙청당하고 말았다. 이 때문인지 남명은 퇴계와 쌍벽을 이루는 대학자였음에도 불구하고 현재까지 매우 저평가된 상태로 남아 있다고 남명학파들은 말한다.

이런 일화가 있다. 한번은 퇴계가 그에게 관직에 나갈 것을 권유하자 남명은 "자기도 여러 번 사퇴했으면서 나보고 관직에 나갈 것을 권하는 저의가 뭐냐"고 했다. 퇴계가 학문적 관심에서 성리학에 심취한 반면 남명은 실천에 집중했으며 노장사상도 포용했다.

이 때문에 퇴계는 남명을 향해 "오만하여 중용의 도를 기대하기 어렵고, 노장에 물든 병통이 있다"고 비판을 했고, 이에 대해 남명은 "요즘 학자들(퇴계를 지칭)은 물 뿌리고 청소하는 절차도 모르면서 입으로는 천리(하늘의 진리)를 담론하며 허명을 훔친다"고 맞대응했다.

퇴계의 남명 비판은 훗날 남명의 수제자격인 정인홍이 남명을 옹호하는 글을 올리면서 다시 재현되었다.

"신(정인홍)이 젊어서 조식을 섬겨 열어주고 이끌어주는 은혜를 중하게 입었으니 그를 섬김에 군사부일체의 의리가 있고 늦게 성운의 인정을 받아 마음을 열고 허여하여 후배로 보지 않았는데 의리는 비록 경중이 있으나, 두 분 모두 스승이라 하겠습니다. 신이 일찍이 고 찬성 이황이 조식을 비방한 것을 보았는데 하나는 상대에게 오만하고 세상을 경멸한다는 것이고 또 하나는 높고 뻣뻣한 선비는 중도를 구하기가 어렵다는 것이고 또 하나는 노장을 숭상한다는 것이었습니다. 그리고 성운에 대해서는 청은

이라 지목하여 한 조각의 절개를 지키는 사람으로 인식하였습니다. 신이 일찍이 원통하고 분하여 한 번 변론하여 밝히려고 마음먹은 지가 여러 해입니다. …조식과 성운은 같은 시대에 태어나서 뜻이 같고 도가 같았습니다. 태산교옥 같은 기와 정금미옥과 같은 자질에 학문의 공부를 독실히 하였습니다. …이황은 두 사람과 한 나라에 태어났고 또 같은 도에 살았습니다만 평생에 한 번도 얼굴을 대면한 적이 없었고 또한 자리를 함께한 적도 없었습니다. 그런데도 한결같이 이토록 심하게 비방하였는데, 신이 시험 삼아 그를 위해 변론하겠습니다. 이황은 과거로 출신하여 완전히 나아가지 않고 완전히 물러나지도 않은 채 서성대며 세상을 기롱하면서 스스로 숭보라 여겼습니다. 조식과 성운은 일찍부터 과거를 단념하고 산림에서 빛을 감추었고 도를 지켜 흔들리지 않아 부름을 받아도 나서지 않았습니다. 그런데 이황이 대번에 괴이한 행실과 노장의 도라고 인식하였으니 너무도 모르는 것입니다."

후일 퇴계와 남명의 제자들은 율곡 이이, 성혼의 제자들과 대립해 동인을 형성했다가 다시 사상 차이로 동인은 남인과 북인으로 분화한다. 이런 분파주의는 조선의 고질병인 당쟁을 격화시키는 중요한 원인이 되기도 했다.

남명은 서거하기 전 전란이 일어날 것을 염려해 제자들에게 병법을 가르쳤다. 그 후 임진왜란이 일어나자 곽재우·정인홍·김면 등 남명의 제자들은 영남의 3대 의병장으로 불릴 만큼 혁혁한 공로를 세웠다. 이 세 분 외에도 남명의 제자로 의병장이 된 사람이 오십 명에 이른다.

남명 문하생들의 의병활동은 관군의 패주와 조정의 몽진으로 흩어진 민심을 수습하고 반격의 계기를 만들었다. 그들은 싸울 뿐만 아니라 일본군의 보급로를 차단했으며, 호남 곡창 지대의 보존이 전쟁의 승패를 가를 것으로 인식했다. 경상우도 의병들의 분전은 결국 호남의 곡창을 지킨 밑거름이 됐다.

흔히 의병은 의기로만 싸워 헛된 희생을 하는 경우가 많았으나 남명 문하생들이 이끄는 의병은 최소의 희생으로 최대의 전과를 올렸다. 이것은 의병장들이 문사이면서 무예와 병법을 배웠기 때문이니 남명이 실천한 문무병중 교육은 오늘날에도 시사하는 바가 크다.

이로써 남명의 문하생들은 선조—광해—인조 시대 초반까지 학계—정계—의병 등으로 폭넓게 활약했으니 한 처사의 교육 역량이 얼마나 큰 영향을 미치는지를 알 수 있다.

남명과 그 제자들의 공은 사관들로부터 격찬을 받았다. 한 사관은 "영남에 선비가 많이 나고 풍속이 돈독한 까닭은 퇴계와 남명이 모두 영남에서 나서 도학 발전에 힘썼기 때문이다"라고 평했다. 또 다른 사관은 "좌도(경북)에는 이황이 있어 학문을 숭상하고 우도(경남)에는 조식이 있어 절의를 숭상하여 영남의 풍속은 자못 눈여겨 볼 만하다"고 했다. 실학의 거두인 성호 이익은 "대체로 우도 사람들은 선량하면서도 정의로운데 이는 남명의 기풍을 본받아서이다"라고 말하기도 했다.

22장

권문해와 초간정원림과 《대동운부군옥》의 탄생

경상북도, 그중에서도 내륙지방에 사면 밀조심을 해야 한다. 얄팍한 지식을 뽐내다가는 망신당하기 십상이다. 이 일대는 무엇보다 지명에 붙은 수식어들이 어마어마하다. 안동은 '한국 정신문화의 수도'를 자처하고 영주는 '선비정신이 살아 있는 고장'임을 곳곳에서 강조하고 있다.

안동과 영주에 인접한 예천도 만만치 않다. 예천은 특이하게 단술을 뜻하는 예 자를 쓰고 있는데 지명의 유래가 엇갈린다. 예천군에서는 공식적으로 예천읍 노하리에 있는 주천을 드는데, 문화와 전통의 맥을 이어온 주천이 단술이 샘솟듯 해서 예천이라는 지명이 생겼다고 한다.

혹자는 '단술'이 땅과 기슭의 합성어로, 한자어 예는 그냥 차

초간정의 마루에 석양이 비치고 있다. 이곳에서 권문해 선생은 〈대동운부군옥〉을 썼을 것이다.

용한 것이라고 하니 뭐가 정설인지 분간키 힘들다. 이번에 예천에 간 것은 두 가지 이유에서다. 첫 번째는 전라도 일대의 정자와 원림을 몇 차례에 걸쳐 일순한 뒤 선비의 고장 경북에도 비슷한 곳이 있지 않겠느냐는 생각에서다.

두 번째는 구곡 탐방의 일환이었다. 구곡은 서양의 '샹그릴라' '유토피아' '아틀란티스'처럼 동양의 이상향 가운데 하나다. 보통 청산, 무릉, 도원, 동천이라는 말에는 풍광 좋고 선비들이 공부에 힘쓸 만한 곳이라는 뜻이 들어 있는데 구곡에는 더 깊은 사연이 있다.

각설하고, 충청북도 괴산에서 시작해 경상북도 문경으로 이어지는 화양구곡–쌍용구곡–선유구곡의 거대한 구곡 루트를 지나 예천에 이르면 초간정원림이 나타난다. 초간정은 1582년(선조 15)에 건립된 누정으로, 명승 제51호로 지정됐다.

초간정원림은 초간 권문해(1534~1591)가 1582년에 말년의 생활을 보내고자 조성한 것으로 당시의 이름은 초간정사라고 불렀는데 소고 박승임(1517~1586)이 지었다. 초간정원림은 화를 많이 입었다. 그 시발은 임진왜란으로 왜병의 노략질로 불타 버렸다.

이 초간정은 1626년(인조 4)에 권문해의 아들인 죽소 권별이 재건했는데 이 역시 화재로 타고 말았다. 100년이 넘도록 방치되던 이 정자를 1739년(영조 15)에 현손인 권봉의가 옛터에 집을 짓고는 바위 위에도 정자 3칸을 세웠는데 그게 지금의 건물과 원림 배

초간정원림은 계곡미의 원시미를 그대로 살리고 있다.

치다.

　권문해 선생에 대한 기록은 많지 않다. 자료에 따르면 그는 조선 전기의 문신으로 본관은 예천, 자는 호원, 호는 초간이었다. 그는 1534년(중종 29년) 권지의 아들로 태어났으며 퇴계 이황에게 배운 뒤 1560년(명종 15년) 별시 문과에 병과로 급제했다.

　권문해 선생은 좌부승지·관찰사를 지내고 1591년(선조 24년)에 사간이 되었으나 음력 6월 23일 사임하고 그해에 세상을 떠났다. 여기서 잠깐 짚고 넘어갈 것이 안동 권씨와 예천 권씨와의 관계다. 예천 권씨의 유래는 700여 년 전 고려 충목왕 시절로 거슬러 올라간다.

예천 권씨의 원래의 성은 예천 지방의 3대 토성 가운데 하나인 '흔'씨였으며 흔씨 가문은 예천 지방의 호족으로 대대로 호장을 세습했다고 한다. 그런데 예빈경을 역임한 6세 흔섬대에 이르러 고려 29대 충목왕이 등극했다.

하필 충목왕의 이름이 흔이었다. 이에 국명으로 흔씨는 성을 바꿔야 했다. 흔섬은 어머니가 안동 권씨였는데 어머니의 성이자 흔씨 1세, 3세의 처가 성이기도 한 권을 새로운 성으로 정했다. 그는 자기 이름을 권섬이라 하고 본관을 예천으로 삼았다는 것이다.

그 뒤 예천 권씨는 예천에 터를 잡고 여러 대에 걸쳐 세거했다. 특히 5세인 권선 대에 이르러 보기 드물게 권오행, 권오기, 권오복, 권오윤, 권오상 등 5형제가 전부 과거에 급제하자 조정에서는 이 가문을 '오복문'이라 칭했는데 다른 가문들이 모두 부러워했다는 것이다.

이런 권씨에게도 화가 찾아왔다. 연산군 시절 일어난 무오사화 때 예천 권씨는 막대한 피해를 입었고 이후 많은 자손이 안동 권씨로 흡수되기도 했다. 무오사화로 인해 중앙관직에서 멀어졌는데 이때 선비의 기개를 다시 보여준 인물이 바로 8세 권문해 선생이다.

권문해 선생은 일찍이 퇴계 문하에서 학문을 닦아 다시 권문의 명성을 널리 떨쳤는데 그가 저술한 두 가지 중요한 책자가 있다. 하나가 조선시대 최초의 백과사전이라는 《대동운부군옥》으로 조선시대에 간행된 출판물 중 가장 가치 있는 문집 중 하나로 평가받는다.

《대동운부군옥》은 총 20권 20책이다. 이 책은 원나라 음시부가 지은 《운부군옥》을 본떠 만들었다. '운부군옥'이란 여러 항목을 한자음의 높낮이에 따라 분류했다는 뜻으로, 우리와 중국의 문헌 190종 가운데 우리와 관련된 내용들을 단군부터 선조 때까지 다뤘다.

더 구체적으로 권문해 선생은 이 책을 쓴 이유에 대해 "소선의 선비들이 중국 역사와 역대의 치란 흥망에 대해서는 상세히 알고 있으면서도 정작 우리나라의 역사에 대해선 문자가 없던 옛날의 일처럼 아득하게 여기는 것은, 제대로 된 문헌이 없기 때문"이라고 밝혔다.

체계는 앞서 밝힌 것처럼 한자의 상평성 15운, 하평성 15운, 상성 29운, 거성 30운, 입성 17운의 총 106운이며, 다룬 항목은 우리나라의 지리, 인물, 효자, 열녀, 수령, 산천, 초목, 화초, 동물 등 11개 항목에 이른다.

또한 이 책은 《삼국사기》와 《계원필경》 등 조선 서적 172종과 중국 서적 15종을 참고했는데 중국 서적의 내용은 극히 일부이며 주로 조선 서적의 내용을 실었다. 권문해 선생이 인용한 조선 서적 172종 가운데 현재 전해지지 않는 책이 40여 종이나 된다. 일례로 《신라수이전》《은대문집》이 있다.

이것은 《대동운부군옥》이 아니었다면 임진왜란을 분수령으로 해서 사라진 많은 고전의 자취를 우리가 영영 찾을 수 없었다는 뜻이 된다. 이로 인해 《대동운부군옥》은 문화재청에 의해 보물 878호로 지정됐다. 여기서 잠깐 《대동운부군옥》에 실린 《신라수이전》의 내용을 인용해 보기로 한다.

'수이'라는 것은 매우 특이한 기담이라는 뜻인데 주인공은 삼한통일의 영웅인 김유신 장군이 등장하며 장군과 함께 이야기를 꾸려가는 인물은 '죽통미녀'다.

김유신이 서주로부터 경주로 돌아오는 길에 어떤 기이한 나그네가 먼저 가고 있었는데, 머리에 비상한 기운이 있었다. 나그네가 나무 아래에서 쉴 때, 김유신 또한 쉬면서 거짓으로 자는 척했다.

나그네가 지나가는 사람들이 없는지 살피더니 품속에서 죽통 하나를 꺼냈다. 그것을 흔드니 두 미녀가 죽통에서 나와 함께 앉아 이야기를 하다가 다시 죽통 속으로 들어갔다. 나그네가 품속에 넣고 일어나서 가므로 김유신이 뒤쫓아 가서 그에게 말을 하니 말이 온화하고 고상했다.

함께 경주로 들어가서 김유신이 나그네를 이끌고 남산 소나무 아래에 이르렀다. 잔치를 베푸니 두 미녀도 나와서 참가했다. 나그네가 말하기를 "나는 서해에 사는데, 동해에서 아내를 얻었습니다. 지금 아내와 함께 장인·장모에게 인사드리러 가는 길입니다"라고 했다. 이내 바람과 구름이 일고 어두워지더니 갑자기 사라져서 보이지 않았다.

한 가지 더 《대동운부군옥》에 등장하는 신라 선덕여왕과 관련된 '심화요탑', 즉 마음속 불덩이가 탑을 둘렀다는 설화도 소개해 본다.

지귀는 신라 활리역 사람이다. 선덕여왕의 아름다움을 사모해 마음이 상하고 눈물을 흘리다 그 모습이 초췌해졌다. 선덕여왕이 절에 거둥해 향을 피울 때 소문을 듣고는 그를 불렀다. 부름을 받은 지귀가 절의 탑 아래에 가 왕의 행차를 기다리다 홀연 깊은 잠에 빠졌는데 선덕여왕은 팔찌를 풀어 지귀의 가슴에 놓고 궁으로 돌아갔다.

지귀가 그런 뒤에야 잠에서 깨어서는 한참이나 번민하고 절통해하더니 마음속에서 불덩이가 나와 탑을 두르고는 곧 변하여 불귀신이 되었다. 그러자 선덕여왕이 술사를 시켜 다음과 같이 주문을 짓게 했다.

'지귀 마음속 불이

몸을 태우더니 변하여 불귀신이 되었네

창해 밖으로 옮겨가

보지도 말고 친하지도 말지라'

당시 풍속에 이 주문을 문벽에 붙여 화재를 막았다.

내친김에 고려시대 박인량의 《수이전》에 '호원'이라는 제목으로 실려 있는 '김현감호'의 줄거리도 살펴본다.

신라 풍속에 해마다 2월이 되면, 초 8일로부터 15일까지 서울의 남자와 여자들은 흥륜사의 전탑을 도는 복회를 펼쳤다.

원성왕 때에 김현이 밤 깊도록 홀로 탑을 돌았다. 그때 한 처녀가 염불을 하며 따라 돌았다. 서로 정이 통한 남녀는 구석진 곳에서 관계했다. 돌아가는 처녀를 김현이 억지로 따라가니 서산 기슭 한 초가에 들어가는 것이었다. 늙은 할미가 처녀에게 물었다.

"함께 온 이가 누구냐?"

처녀는 사실대로 말했다. 늙은 할미가 말했다.

"좋은 일이지만 안 한 것보다 못하다. 이미 저지른 일이니 구석진 곳에 숨겨 두어라. 네 형제가 나쁜 짓을 할까 두렵다."

조금 뒤에 세 마리의 범이 오더니 사람의 말을 했다.

"집안에서 비린내가 나는구나! 요깃거리로다."

늙은 할미와 처녀는 꾸짖었다.

"무슨 미친 소리냐?"

그때 하늘에서 외쳤다.

"너희는 너무 자주 생명을 해쳤다. 한 놈을 죽여 징계하겠다."

범들이 모두 근심하자 처녀가 말했다.

"세 분 오빠가 멀리 피해 가시면 제가 벌을 대신 받겠습니다."

범들은 기뻐하며 도망쳤다.

처녀가 김현에게 말했다.

"이제 감히 진심을 말하겠습니다. 저와 낭군은 같은 유는 아니지만 부부의 의를 맺은 것입니다. 세 오빠를 하늘이 미워하시니 우리 집안의 재앙을 제가 혼자 당하려 하는데, 보통 사람의 손에 죽는 것이 어찌 낭군의 칼날에 죽어서 은덕을 갚는 것과 같겠습니까? 제가 내일 시가에 들어가 심히 사람들을 해치면 임금께서 반드시 높은 벼슬로써 사람을 모집하여 나를 잡게 할 것입니다. 낭군은 나를 쫓아 성 북쪽의 숲속까지 오십시오."

김현이 말했다.

"어찌 차마 배필의 죽음을 팔아 벼슬과 바꾸겠소?"

처녀가 말했다.

"그런 말 하지 마십시오. 제가 일찍 죽음은 하늘의 명령이며 제 소원입니다. 낭군의 경사요, 우리 일족의 복이며, 나라 사람들의 기쁨입니다. 제가 한 번 죽음으로써 다섯 가지 이익이 갖추어지는데, 어찌 그것을 어길 수 있겠습니까? 다만 저를 위하여 절을 지어 주십시오."

다음날 과연 사나운 범이 성안에서 사람들을 해치니 원성왕이 이 소식을 듣고 영을 내렸다.

"범을 잡는 사람은 2급의 버슬을 주겠다."

김현이 대궐로 가 아뢰었다.

"소신이 해보겠습니다."

김현이 칼을 쥐고 숲속으로 들어가니, 범은 변하여 낭자가 되어 웃으면서 말했다.

"오늘 내 발톱에 상처를 입은 사람은 모두 흥륜사의 장을 바르고 그 절의 나발 소리를 들으면 나을 것입니다."

처녀는 김현의 칼을 뽑아 스스로 목을 찔렀다. 김현은 숲에서 나와 말했다.

"내가 지금 범을 잡았다."

이후 김현은 서천가에 절을 지어 호원사라 하고 범망경을 강하여 범의 저승길을 인도했다. 김현은 죽을 때가 돼서야 이 기록을 남겼다.

권문해는 《대동운부군옥》에서 '신라 기록에는 신선이 놀던 기록이 많다. 이런 괴이한 것을 말하는 이들을 경계하기 위해 이름을 밝힌다'며 신선이 놀던 곳들의 이름을 적고 중국과 함께 신라와 고려의 연호도 적었다. 우리의 것을 기록하면서 중국을 존

권문해 선생의 후손인 권영기씨가 손수 빗자루를 들고 고가를 관리하고 있다.

중하는 사대부 문화를 거스르지 않게 묘안을 낸 것이다.

　이것은 당시 사대부가 주체 의식을 가지면서도 유교의 틀 안에서 어떻게 살아야 할지 고민했음을 보여준다. 권문해 선생의 집필 방식은 조선 후기 내내 이어졌다. 연암 박지원 같은 이들도 《열하일기》 같은 책을 쓸 때 이 방식을 이었는데 이후 박지원과 북학파는 문체반정에 걸린다.

　문체반정이란 정조가 당시 유행하기 시작한 박지원의 《열하일기》처럼 참신한 문장을 '소품 소설이나 의고문체에서 나온 잡문체'라 규정한 뒤 정통적 고문인 황경원·이복원 등의 문장을 모범으로 삼도록 한 것이다.

정조는 이 방침을 실행하기 위해 규장각을 설치하고 패관소설과 잡서의 수입을 금하며 주자의 시문을 비롯 당송 8대가의 문장과 《오경발초》, 시인 두보의 《육유시》를 발간케 했다.

학자 군주로 알려진 정조의 이 같은 반동, 혹은 문장에 대한 관권 개입은 모처럼 싹트려 하던 우리 문학의 발전을 방해했다. 이로 인해 조선 후기 문학은 낮은 수준으로 방향을 잡지 못하고 오락가락했으니 지금 전해지는 정조의 명성과는 사뭇 다른 정책이었음을 알 수 있다.

권문해 선생은 《대동운부군옥》을 쓰면서 다음과 같은 기준을 지키기 위해 노력했다고 한다.

첫째, 민족자존의 입장을 고려해 방언, 속명 등 우리 고유의 것들을 그대로 기록한다. 둘째, 원본에 충실하도록 서로 모순되는 것들도 원 사료의 것을 그대로 기록한다. 셋째, 자료를 최대한 광범위하게 수집한다. 넷째, 후대의 감계가 되도록 권장할 만한 것들은 더욱 중요하게 다룬다. 다섯째, 유학을 존숭한다.

《대동운부군옥》은 선조 22년(1589년)에 완성되었지만 임진왜란으로 펴내지 못하고 후손 권진락이 순조 12년(1812년)에야 간행하기 시작해 헌종 2년(1836년)에야 완간했다. 이 책은 특히 16세기 한글의 모습을 알 수 있어 국어학에서도 중요하게 평가되고 있다.

더 구체적으로 《대동운부군옥》이 발간된 내역을 보면 천운이라는 말을 실감케 한다. 책의 저자 권문해는 대구부사로 있던 1589년에 20권 20책으로 집필을 완료했는데 훗날에 대비해 세 질을 미리 베껴두었다. 1591년에 학봉 김성일이 이 책을 간행하려 했으나 임진왜란이 터졌다.

결국 학봉이 빌려 간 책은 소실됐으며 한강 정구 선생이 두 번째 책을 빌려 갔는데 이번에는 잃어버렸다. 마지막 한 질이 권문해 선생의 아들 권별에게 넘어갔는데 아들은 아버지를 닮아 안 쓸을 너 필사해 두었다. 마침내 이 책은 1812년 간행 작업이 시작돼 1836년에 판각이 완료됐다.

《대동운부군옥》은 1913년 육당 최남선이 재간행을 시도하다 중단됐으며 1950년 정양사에서 영인됐고 1977년과 1990년에 아세아문화사에서 다시 영인됐다. 2003년 국역이 시작돼 2007년 20권으로 완간됐으니 책이 나온 지 400년도 훨씬 더 지난 뒤의 일이다.

권문해 선생이 남긴 또 다른 책이 《초간일기》다. 《초간일기》는 전 3책으로 《선조일록》 117장, 《초간일기》 90장, 《신란일기》 34장으로 구성돼 있다. 임진왜란 전 벼슬아치가 쓴 일기로는 《초간일기》 외에 권벌의 《충재일기》, 유희춘의 《미암일기》가 있다.

이 일기는 저자인 자신의 일상에서 일어난 모든 일을 적고 있어 당시 사대부들의 생활상을 엿볼 수 있다. 자신이 중앙의 관료직과 지방관을 지냈기에 조정에서 일어난 일은 물론 지방 관아의 기능과 관리들의 생활, 당쟁 관련 인물 및 정치, 국방, 사회, 교육, 문화, 지리 등을 살필 수 있다.

현재의 초간정은 1739년에 지은 건물인데 주변의 원림에 기대 담장을 둘러놓았다. 초간정 앞을 흐르는 개울이 금곡천인데, 초간정은 금곡천을 바라보는 경관을 확보하기 위해 높이 4m 남짓한 절벽 위에 바짝 붙여지었다. 때문에 북쪽과 서쪽은 담장이 없이 개울에 바로 붙어 있다.

초간정은 앞면 3칸, 옆면 2칸으로, 겹처마에 팔작지붕이다. 자연석으로 쌓은 받침 위에 다듬지 않은 자연석을 주춧돌로 놓고서 네모난 기둥을 세운 다음 5개의 도리로 꾸몄다. 처마 남쪽에 초간정사, 북쪽에 초간정, 동쪽에 석조헌이라고 쓴 각기 다른 편액이 걸려 있다.

이 가운데 '초간정사'라고 쓴 편액은 권문해가 처음으로 초간정사를 지을 때 박승임이 쓴 것이라고 한다. 여기서 권문해 선생은 《대동운부군옥》과 《초간일기》라는 후세에 남을 대작을 완성하는데, 초간정이 지금과 같은 모습으로 남은 데는 후손들의 알려지지 않은 노력이 담겨 있다.

초간정에서 멀지 않은 곳에 병암정이 있다. 예천의 대표적 사

병암정은 배 모양의 바위 위에 지었나.

적인 용문사를 찾아가는 용문면 일대는 조선 말기 유행했던
《정감록》에 등장하는 십승지 가운데 풍기 금계리와 쌍벽을 이루
는 금당실 마을과 지척이다. 산과 계곡과 들판이 절묘하게 어우
러져 척 봐도 명당 터다.

　이 병암정에 대해 《죽기 전에 꼭 가봐야 할 국내 여행》이라는
책은 "예천 권씨 일가의 대표적인 정자인 초간정의 모습이 권씨
종가의 웅장함과 어울리는 품격을 보여준다면 병암정의 모습은
신선의 영역을 보는 느낌이다"라고 적고 있다.

병암정은 밖에는 연못이 있고 높은 위치에 정자가 서 있으며 드라마 〈황진이〉의 촬영장이었다고 하는데 안으로 들어가 보면 경악을 금할 수 없다. 곳곳에 소주병과 과자봉지가 널려 있고 정자 안은 쥐똥 같은 것들이 그득했다. 물어보니 박쥐들이 밤이면 날아와 쏟아낸 배설물이라고 한다.

일제강점기에 예천 지역의 대표적 독립운동가인 권원하 선생과 관련이 있는 이 병암정은 1898년에 건립됐다. 마을 사람들에 따르면 2010년 작고한 예천 출신 코미디언 이대성씨와도 관련됐다고 하는데 정확한 사연은 알 길이 없고 관리가 부실하게 이뤄지고 있었다.

반면 이른 아침 초간정을 방문했을 때 웬 노인께서 손수 빗자루를 들고 정자 곳곳을 정갈하게 청소하고 있었다. 그는 객들에게 정자 위로 올라올 것을 권하며 초간정의 유래며 숨은 이야기를 한 보따리 풀어놓았는데 그가 바로 권문해 선생의 후손이며 예천군 군의원인 권영기 선생이었다.

권 선생은 국민건강관리공단에서 일한 뒤 정년퇴직하고 초간정 옆으로 이사와 하루도 빠짐없이 초간정을 관리해 왔다고 한다. 그에 따르면 "한국인들은 문화재의 중요성을 몰라 함부로 건물을 대하고 여기저기 쓰레기를 버려 한때 초간정원림에 대한 관광객의 출입을 금했다"고 한다.

자비를 들여 담장을 치고 관리에 힘쓰자 예천군수가 찾아와 개방을 간청했는데 개방의 조건으로 권 선생이 내세운 것은 관광객들이 이용할 수 있는 화장실과 주차장을 설치해 달라는 것이었다. "전남 담양 소쇄원처럼 입장료를 받지 그러느냐"고 권하자 권 선생은 웃기만 할 뿐이었다.

권 선생에 따르면 지금의 초간정도 원래 모습과는 크게 달라졌다고 한다. 원래 금곡천의 깊이는 지금보다 훨씬 깊고 수량도 풍부해 권 선생이 어렸을 적만 해도 초간정에서 다이빙해 수영을 즐길 정도였는데 인근에 정부에서 건물을 지으며 물을 빼 가 지금처럼 수위가 낮아졌다는 것이다.

이것은 소쇄원이 인근에 지은 무슨 교육청 연수원 때문에 과거의 모습을 잃은 것과 똑같다. 물이 빠지자 초간정 수변의 모습도 변했다. 원래 초간정 뒤편, 즉 사람이 출입하는 곳에도 금곡천 물이 자연스럽게 흘러들어 왔고 가운데는 석가산이 있었는데 지금은 휑한 마당처럼 보인다.

만일 수량이 유지됐다면 초간정은 앞뒤 사방으로 금곡천이 흐르고 사람은 회랑을 통해 이곳에 드나들면서 지금 마당처럼 변한 입구 쪽의 자연 호수 속 석가산을 감상할 수 있었을 것이다. 그럼에도 그나마 지금 같은 모습을 지키는 것은 권 선생 같은 후손들의 노력 덕분일 것이다.

23장

'근대 인문지리학의 아버지'
이중환과 《택리지》의 탄생

한민족이 터 잡은 지 반만년이 되는 동안 한반도라는 거대한 화폭에 굵은 흔적을 남긴 이가 다섯 명 있다.《월간조선》12월호에 소개한 도선국사와 무학대사는 고려, 조선의 수도를 정하는 데 결정적 역할을 했다. 둘은 비록 승려였지만 정치적 영향력이 정치인보다 외려 컸다고 하겠다.

현대에선 박정희 전 대통령을 꼽지 않을 수 없다. 그는 전쟁으로 폐허가 된 대한민국을 다시 그렸다. 박 전 대통령이 남긴 산업단지와 간척지와 댐은 우리가 경제 선진국으로 도약하게 된 자산이 됐다. 조선시대의 두 인물도 빼놓을 수 없다. 먼저 한반도의 본모습을 그려낸 고산자 김정호(1804~1866)다.

그는 발로 전국을 누비며 '대동여지도'를 남겼다. 30여 년 만

예천 회룡포는 안동 하회마을과 함께 천하의 명당으로 꼽힌다.

에 완성된 '대동여지도'는 함경북도 온성에서 제주도까지 22개의 첩으로 만들었다. 22개의 첩은 접으면 책이 된다. 다시 펼쳐놓으면 가로 3.8m, 세로 6.7m 크기의 한반도 지도가 된다. '대동여지도'는 현대 지도와 거의 일치한다.

'근대 지리학의 아버지'로 불러도 손색없을 김정호지만 생애는 불우하기 그지없었다. 그는 생몰연대가 부정확하다. 어떻게 삶을 마쳤는지도 전해지지 않는다. 심지어 김정호로부터 대동여지도를 받은 흥선대원군이 국가 비밀을 누설할 위험이 있다며 김정호의 아내와 딸을 죽였다는 끔찍한 설도 있다.

도선국사, 무학대사, 박정희 전 대통령, 김정호의 생애는 잘 알려졌고 간혹 영화나 드라마로 제작된 적도 있지만 청담 이중환(1690~1756)의 삶은 본격적으로 조명된 사례를 찾기 힘들다. 그가 남긴 《택리지》가 각급 학교의 역사교과서에 등장하는 것과 비교해 보면 사뭇 의아할 정도다.

이중환의 자字는 휘조이며 본관은 여주다. 그의 집안은 숱한 고위 공직자와 학자를 배출한 남인의 명문세족이었다. 그의 고조부가 서예로 명성을 떨친 이지정이며 아버지 이진휴는 도승지와 충청도 관찰사를 지냈다. 실학의 대가인 성호 이익이 이중환의 집안 할아버지뻘이다.

이중환의 생애에 대한 기록은 그가 죽은 뒤 이익이 쓴 '묘갈명'과 이중환이 20대부터 30대까지 관직에서 승승장구할 때 《승정원일기》에 기록된 것이 전부다. 외아들로 태어난 이중환은 어려서부터 머리가 뛰어나 시문을 잘 지었다. 그는 24세 때인 1713년 문과에 급제해 일찌감치 벼슬길에 나섰다.

이중환은 김천도찰방, 승정원 주서, 성균관 전적, 병조좌랑, 부사과, 병조정랑을 역임했는데 순탄하던 벼슬길이 30대 초반부터 기구하게 변했다. 이유는 그의 집안이 남인이었기 때문이다. 당시 권력을 독점하던 서인들에게 남인의 이 '낭중지추'는 목젖에 박힌 가시나 다를 바 없었을 것이다.

이중환에게 처음 닥친 흉조는 이른바 '목호룡의 고변'이었다. 《한국민족문화대백과》에 목호룡 사건은 다음과 같이 요약돼 있다. 목진공의 서얼 출신으로 지관이었던 목호룡이 1722년 3월 27일 다음과 같은 상소문을 올리면서 피로 점철된 훗날 임인사화로 불리는 피로 얼룩진 불길한 문을 연 것이다. 《조선왕조실록》에 기록된 상소문의 원문을 그대로 인용해 본다.

"성상을 시해하려고 모의하는 역적들이 있는데, 혹 칼로써, 혹 독약으로, 또 폐출을 모의한다고 하는데 나라가 생긴 이래 없었던 역적들이니 급하게 토벌해서 종사를 안정시키소서.

신(목호룡)은 비록 신분은 미천하지만 왕실을 보존하려는 뜻을 가지고 흉적이 종사를 위태롭게 하려는 모의를 직접 보고는 호랑이 입에 먹이를 주어서 은밀히 비밀을 알아낸 후 감히 이처럼 상변하는 것입니다."

여기서 성상은 경종을 말한다. 목호룡의 고변은 간혹 '삼급수 고변'으로 불리기도 한다. 이는 상소문에 언급된 칼, 독약, 폐출 같은 수단이 상대에게 치명적인 '삼급수'라 불리기 때문이다. 구체적으로 '칼'은 자객을 보내 경종이 아버지 숙종의 상을 치르고 있을 때 암살을 꾀했다는 것이다.

두 번째 소급수는 상소문에 언급된 독약으로, 누군가 경종의 수라를 담당하는 상궁에게 은 500냥의 뇌물을 주어 음식에 독을 넣으려 했다는 것이다. 세 번째 평지수는 숙종의 유조를 위조해 '세자(경종)를 폐위시켜 덕양군으로 만든다'는 구절을 넣었는데 이걸 자기가 직접 목격했다는 것이다.

목호룡이 이 음모에 가담했다고 지목한 인물들이 이른바 '노론 4대신'으로 불리는 이이명의 아들 이기지, 김창집의 손자 김성행, 광성부원군 김만기의 손자 김민택 등이었다. 목호룡의 고변으로 노론은 가담자뿐 아니라 김창집, 이이명, 이건명, 조태채 등 네 명의 영수를 잃는다. 남인 출신 서얼에 의해 네 명의 영수뿐 아니라 20여 명이 사형되고 30여 명이 장살됐으며 10여 명이 교살되고 100여 명이 유배되는 등 쑥대밭이 됐으니 이제 남인은 노론의 철천지원수가 된 것이다.

그렇다면 사실 여부를 차치하고라도 경종을 시해해 이득 볼 사람이 누구일까. 그것은 당시 연잉군이었던 영조였다. 과연 경

봉와 군상년는 시대 류성룡 선생의 일가가 왜군을 피해 묵었던 십승지 가운데 한 곳이다.

종이 요절하고 1724년 연잉군이 영조로 즉위하자 목숨이 경각에 달렸었던 영조의 반격이 시작됐다. 고변 후 동중추부사까지 승진했던 목호룡은 참수돼 머리가 사흘간 거리에 내걸렸다.

이어 목호룡의 고변 당시 서인을 상대로 심문을 맡았던 남인 세력이 몰락하기 시작했다. 그중에서 이중환은 특히 탄압당한 정도가 심했다. 친구 이희는 "청담(이중환)은 성품이 뻣뻣하고 깨끗하여 아첨과 비방을 싫어해 특히 미움을 받았다"고 증언하기도 했다. 이후 이중환의 생은 투옥과 유배의 반복이었다.

우리 산하에는 '무릉'이라는 이름이 붙은 곳이 많다. 영월 주천강 무릉리에 있는 기이한 바위들이다.

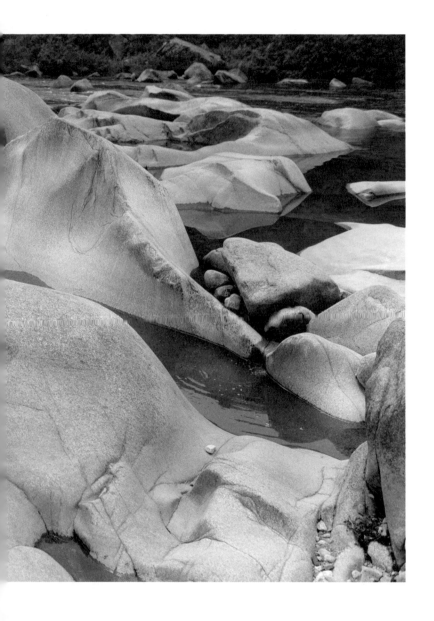

1713년에 벼슬에 나가 약진하던 삶이 10년 만에 끝나고 이후 죽을 때까지 고초가 이어지다 1753년에야 겨우 명예가 회복됐다. 이런 이중환이 숨 쉴 공간은 이 산하를 걸으며 글을 쓰는 길뿐이었다. 《택리지》는 비운 속에 빛을 보게 됐으니 사마천이 《사기 史記》를 탄생시킨 예와 같다고 하겠다.

이중환의 《택리지》는 한반도를 다음과 같이 설명한다.

"곤륜산(지금의 중국 서부 칭하이성에 있으며 해발 7167m)의 한 줄기가 고비사막 남쪽으로 뻗다가 동쪽으로 향하여 의무려산(중국 랴오닝성에 있으며 해발 866m)이 된다. 의무려산에서 산줄기가 한바탕 크게 끊겨 요동벌판이 되고 벌판을 지난 산줄기가 다시 솟구쳐 백두산이 된다. 이 산이 곧 《산해경》에서 말한 불함산이다.

백두산의 정기가 북쪽으로 천 리를 뻗어가다 두 강, 흑룡강과 혼동강을 끼고 남으로 선회하여 영고탑(중국 헤이룽장성에 있으며 북한 쪽 회령 건너편이다. 청나라의 발상지다)이 되고 등 뒤에서 하나의 맥이 뽑혀 나와 조선 산맥의 머리가 된다."

《택리지》는 이어 조선 팔도의 지세와 거기 얽힌 설화와 그곳에 사는 사람들의 인성에 대해서 논하고 있는데 이는 인용을 자제키로 한다. 해당 도에 사는 분들이 읽으면 상처가 될 부분이 상당히 많아 괜한 필화를 자초할 수 있기 때문이다. 다만 경상도에 대해 이중환은 극찬을 아끼지 않고 있다.

부겅 하현섬이다. 자이 막 울 흙이기 위해 샘꿀 을 웇있나는 듯이나.

"경상도는 지리가 아름답다. 풍수가가 말하는 하늘로 치솟은
수성의 형국으로 태백산 왼편에서 큰 지맥이 하나 나와 동해에
바짝 붙어 내려오다 동래 바닷가에서 멈추고 태백산 오른쪽에
서 또 하나의 큰 지맥이 나와 소백산, 작성산, 주흘산, 회양산, 청
화산, 속리산, 황악산, 덕유산, 지리산 등을 이루고 남해 바닷가
에서 멈춘다. (…) 옛날에 계림은 '군자국'이다 라고 말한 곳이다.
지금은 동경이라 부르는데 경주의 읍치는 태백산 왼편에서 뻗은
지맥 한가운데 있으니 풍수가가 말하는 용이 휘돌다가 머리를

돌려 처음 일어난 곳을 돌아보는 형국에 해당한다. 서북쪽이 트인 지세로 형국 안을 흐르는 물이 동쪽으로 흘러 큰 강을 이루고 바다로 들어간다.

(…) 위아래로 수천 년 동안 경상도는 장수와 정승, 공경대부, 문장 잘하고 덕행을 지닌 선비를 비롯하여 공훈을 세우거나 절의를 지킨 사람, 선인과 승려, 도사 등을 많이 배출하여 인재의 창고라 일컬어졌다. 우리 조선조에서 선조 임금 이전에 국정을 담당한 사람은 모두 경상도 사람이었고 문묘에 배향된 네 명의 현자·한훤당 김굉필, 정암 조광조, 회재 이언적, 퇴계 이황을 말한다 역시 경상도 사람이었다.

(…) 예안과 안동, 순흥, 영천, 예천 등의 고을은 태백산과 소백산 남쪽에 있는데 신령이 서린 복된 땅이다. 큰 산 아래의 평탄한 산지와 넓은 들녘은 밝고 수려하며 흰 모래와 단단한 흙은 기운과 빛깔이 완연히 한양과 같다.

(…) 상주 남쪽은 선산(지금의 구미)으로 상주보다 더욱 밝고 빼어나다. 속담에 '조선 인재의 절반이 영남에서 나고 영남 인재는 절반이 선산에서 난다'라고 할 정도로 옛날부터 학문에 뛰어난 선비들이 많았다. 임진왜란에 참전한 명나라 군사가 이곳을 지나갈 때 술사가 우리나라에 인재가 많은 것을 꺼려서 군졸을 시켜 고을 뒤편의 산맥을 끊고 벌겋게 달아오른 숯으로 뜸질을 하게 하였다. 또 큰 쇠못을 박아 땅의 정기를 눌렀으니 이때부터 땅이

충북 괴산군에 있는 암시재다 우아 수시임 섬생이 개은 인은 곳이다.

쇠잔하여 인재가 나오지 않는다."

　이중환은 《택리지》에서 조선 팔도에서 가히 도읍이 될 수 있는 곳으로 한양서울과 송도개성를 최고로 치면서 고려 태조 왕건이 중국인의 피를 이어받았다는 주장을 편다. 먼저 한양에 대해 이중환은 "이야말로 한나라 산수의 정신이 다 모이는 곳"이라고 칭찬을 아끼지 않고 있다.

"함경도 안변부 철령에서 나온 산맥 한 줄기가 남쪽으로 500~600리를 뻗어가다가 양주에 이르러 올망졸망한 산이 된다. 이 산줄기가 동북방에서 한양 쪽으로 비스듬히 비집고 들어오다가 갑자기 솟아나 도봉산 만장봉 바위 봉우리가 된다. 여기에서 서남방을 향해 뻗어가며 조금 끊겼다가 또 우뚝 솟아 삼각산 백운대가 되고 계속 남쪽으로 내려가 만경대가 된다.

그중에서 한 줄기는 서남쪽으로 가고 또 한 줄기는 남쪽으로 뻗어가 백악이 된다. 풍수가의 말에 따르면 하늘을 찌르는 목성으로 궁성을 주관하는 주산이다. 한양은 동쪽과 남쪽, 북쪽에 모두 큰 강이 흐르고 서쪽으로 바닷물이 드나든다. 여러 갈래의 물이 다 모여드는 지점에 자리 잡고 있다. 이야말로 한나라 산수의 정신이 다 모이는 곳이다."

다음은 송도 차례다. 그의 말을 원문대로 인용해 본다.

"임진나루를 건너 장단을 경유하여 서쪽으로 40리를 가면 개성부가 나온다. 여기가 바로 고려의 국도로서 송악이 진산이다. 진산 아래에 만월대가 있으니 '송사'에서 '큰 산에 의지하여 궁전을 지었다'라 한 것이다. 김관의는 《편년통록》에서 (송도를) 금 돼지가 누워 있는 곳이라 하였고 도선은 임금 심은 밭이라 하였다."

이어 태조 왕건 설화가 등장한다. 핵심 내용을 요약해 본다. 당나라 선종(810~859)이 젊었을 적 중원을 돌며 고생하다가 바다 건너 개성으로 왔다. 보육(왕건의 3대조로 본명은 손호술) 집에 머무는데 보육이 선종이 예사 인물이 아님을 알아보고 작은딸 진의에게 잠자리 시중을 들게 했다.

이별을 앞두고 선종은 진의가 임신한 것을 알고 붉은 활 하나를 주며 '사내아이를 낳거든 이것을 가지고 중국으로 찾아오라. 이름은 작제건이라 하라'고 했다. 작제건이 성인이 돼 장삿배를 타고 바다를 건너는데 배가 머뭇거리며 나가지 않았다. 사람들이 떨며 삿갓을 던져 길흉을 점쳤다.

그런데 작제건의 삿갓만 물에 가라앉았다. 선사꾼 일행은 사량과 함께 작은 섬에 작제건을 내려놓고 떠났다. 어느 날 동자 하나가 물속에서 솟구쳐 나와 '용왕님이 뵙기를 청한다'고 해 그를 따라갔다. 용궁에 이르렀는데 한 노인이 '요사이 흰 용 하나가 내 소굴을 빼앗으려 한다'며 도움을 청했다.

작제건이 어떻게 도우면 좋겠느냐고 묻자 노인은 '내일 오시에 바람 불고 비가 오며 파도가 칠 텐데 등이 푸른 쪽이 나고 흰 쪽이 그놈이다'라고 했다. 다음 날 작제건은 싸우는 두 용 가운데 흰 용을 화살로 쏴 맞혔다. 푸른 용은 원래 용왕이었다. 싸움에서 이긴 용왕은 자기 딸을 작제건에게 줘 아내로 삼게 했다.

작제건이 아내와 함께 송도로 돌아가자 황해도 염주 태수와 백주의 태수가 재물을 바치고 집을 지어줬다. 작제건이 낳은 아들이 융이고 융이 다시 아들을 낳아 성명을 따로 지어 왕건이라 했으니 사실 그의(왕건)의 성씨는 왕씨가 아니라 당나라 선종 이침의 이씨인 것이다. 참으로 믿기 힘든 설화이다.

이중환은 조선 팔도에서 가장 볼 만한 명산을 여덟 개 꼽았다. 금강산, 오대산, 태백산, 소백산, 속리산, 선유산, 덕유산, 지리산이다. 여기서 선유산은 충청북도 괴산에서 경상북도 문경에 걸쳐 있는데 지금은 선유구곡으로 불리고 있다. 인적이 드물어 물이 매우 맑고 산수가 빼어나다.

이어 여덟 개 산과 더불어 은둔자들이 깃들어 수양하기 좋은 산 네 곳을 지목하고 있다. 북한 쪽의 칠보산, 묘향산과 합천 가야산, 봉화 청량산이다. 이중환은 "예부터 천하의 명산은 승려가 많이 차지했다"며 자신의 기준으로 본 명찰을 거론하고 있다. 그가 첫손에 꼽은 절은 영주 부석사다.

이어 경상남도 양산 통도사, 대구의 동화사, 전라남도 영암의 도갑사, 남해 천주사, 논산 대둔사, 김제 금산사, 순천 송광사, 전남 고흥의 팔영산 능가사를 꼽고 있다. 이 중 능가사에는 옛날 유구국의 태자가 표류해 왔다가 관세음보살에게 칠 일 동안 기도해 소원을 성취했다는 전설이 있다.

이중환은 조선 팔도의 많은 산 가운데 가장 생김새가 멋진 산

충북 괴산군과 경북 문경시를 잇는 선유동계곡에 있는 이름 없는 폭포다.

으로 개성의 오관산, 한양의 삼각산, 진잠의 계룡산, 문화의 구월산을 선택했다. 이 가운데 개성의 오관산은 서쪽의 박연폭포, 동쪽의 화담을 갖추고 바다로는 교동도와 강화도가 바다를 막고 있어 천하의 명당이라고 평가하고 있다.

반면 한양의 삼각산은 천상의 수도이자 훌륭한 도읍터이긴 하나 1000리 정도 뻗은 기름진 들이 없다는 것이 결점이라고 했다. 계룡산은 웅장함으론 오관산에 미치지 못하고 수려함으로는 삼각산에 미치지 못하지만 서북쪽에 매우 크고 깊은 용연이 오관산이나 삼각산에는 없는 것이라고 지목했다.

그 외에 이중환이 꼽은 '잘생긴 산'은 뜻밖에도 춘천의 청평산, 원주의 치악산, 공주의 무성산, 해미의 가야산, 남포의 성주산, 변산이 있다. 그는 "이 산들은 크게는 도읍이 될 만하며 작게는 고매한 사람과 은거하려는 선비가 숨어 살 만한 땅"이라고 했다. '나는 자연인이다'처럼 되고 싶다면 고려해 볼만한 말이다.

반면 사람이 살지 못하나 명승이라 할 산으로 영암 월출산, 장흥 천관산, 흥양 팔영산, 광양 백운산, 대구 비파산, 청도 운문산, 포항 내연산, 청송 주왕산이 있다고 했다. 그 산 리스트 뒤에는 "신선과 승려가 살기에 알맞고 한때 유람하기에는 좋지만 집을 지어 살 땅은 아니다"라는 부기가 있다.

건설이나 부동산에 관심이 있는 이들이라면 이중환이 꼽은 '강가의 주거지'편을 놓쳐서는 안 될 것 같다. 그가 꼽은 팔도에서 으뜸가는 강가의 주거지는 평양이며, 두 번째가 강원도 춘천의 우두촌이다. 세 번째가 여주 읍치로 더 구체적으로는 신륵사 부근이다. 반면 한양의 강촌 마을은 좋지 않다고 했다.

'시냇가 주거지'로 첫손에 꼽히는 곳은 경북 안동의 하회이며, 두 번째가 도산서당이 있는 도산이다. 그는 "시냇가의 주거지는 오직 이 두 곳이 참으로 나라 안에서 첫째간다. 땅이 명사(퇴계 이황과 서애 류성룡)로 인해 귀해진 것만은 아니다"라고 했다.

그다음이 청송읍 시냇물 하류가 황수와 합류하는 곳으로 학봉 김성일의 고택이 있는 반변천, 임하천 상류, 영천 서북쪽 순흥 부근을 흐르는 죽계가 거론됐다. 이중환은 "소백산과 태백산 아래, 황수 유역은 참으로 사대부가 살 만한 곳"이라 했는데 이것은 남사고의 십승지와 상당 부분 겹친다.

24장

'붓에 지다', 글씨에 삶을 건
추사와 원교, 창암 세 남자 이야기

전라남도 해남에 대흥사라는 대찰이 있다. 충청남도 예산이 추사고택을 본 뒤 땅끝마을 해남으로 발길을 옮겼다. 이 큰절에는 추사 김정희(1786~1856)와 초의선사(1786~1866)의 흔적이 남아 있다. 추사는 흔히 명필로 알려져 있지만 조선 후기 우리 문화의 거대한 봉우리였다.

그는 시서화에 능했고 청나라 학자들도 혀를 내두른 금석학의 거두였으며 장서가이기도 했다. 충남 추사고택의 주소는 예산군 용궁리다. 추사는 여기서 1786년 6월 3일 태어나 어린 시절을 보냈다. 양지 바른 곳에 단정하게 보존된 고택은 사랑채와 안채가 나뉘져 있는데 이것은 중부지방의 전형적인 양반 가문의 모습이라고 한다.

원래 남에게 넘어간 집을 고 박정희 대통령이 복원을 지시해 지금처럼 우리들에게 추사의 자취를 보여주고 있다. 원형과는 많이 달라졌다고 하지만 옛집의 소박한 운치는 남아 있다. 관리도 철저히 되는 듯 마감시간이면 어김없이 관리직원들이 나타난다. 추사고택의 사랑채는 기역자(ㄱ) 형이며 가운데로 난 문을 열면 방이 하나로 이어져 있다.

안채는 미음자(ㅁ) 구조로, 안으로 들어서면 육간대청이 보이고 양옆으로 안방과 부엌이 있다. 반대편에는 안사랑과 작은 부엌도 있다. 추사고택의 기둥에는 추사의 글씨가 많다. 하나같이 교훈을 주는 말들이어서 집을 살피며 글씨의 뜻을 되새기는 것도 뜻있는 여정이 될 듯하다. 이 집은 한양에서 나라의 건물을 짓던 목수를 불러 만들었다.

추사가 명문대가의 자제였다는 뜻이다. 아버지 김노경은 월성위 김한신의 손자(추사의 증조부)인데 월성위는 영조의 부마였다. 김한신의 아내가 영조의 딸 화순옹주였던 것이다. 정확히 말하면 사도세자의 형으로, 어렸을 적 죽은 첫아들 효장세자를 낳은 정빈 이씨의 딸이었다. 명문가 출신이어서 그런지 추사는 어릴 적부터 사람들을 놀라게 했다.

그의 천재성을 보여준 일화가 여섯 살 때 월성위 궁에 붙인 입춘첩이다. 입춘첩이란 입춘 때 대문에 붙이는 '건양다경' '입춘대길' 같은 글을 말한다. 어린 김정희의 글을 본 박제가는 "이 어

전남 해남 대흥사 대웅전의 현판은 원교 이광사의 작품이다.

린아이가 훗날 학예로 이름을 드날릴 것"이라고 말했다. 그 다음 해인 김정희가 7살 때는 당대의 명재상 채제공이 역시 입춘첩을 보고 이렇게 말했다.

"글씨로 이름을 날릴 만큼 명필이다."

그야말로 주머니 속의 송곳처럼 낭중지추의 재주였는데 당대의 재상 채제공은 추사의 앞날을 예지한 듯한 말을 남겼다.

"만일 글씨를 잘 쓰게 되면 반드시 운명이 기구할 것이니 절대로 붓을 잡게 하지 마시오. 그러나 만약 문장으로 세상을 울리게 되면 크게 귀하게 되리다."

추사는 당대의 학자 박제가에게 사사했으며 스물네 살 때인 1809년 생원시에서 일등으로 합격한 뒤 동지겸사은사부사로 북경에 간 아버지 김노경을 따라 수행했다. 자제군관이란 직책을 얻었는데 중국에서 추사는 거유들을 만난다. 당시 47세인 완원, 78세인 옹방강을 찾아 사제의를 맺고 주학년·이정원·조강·서송·옹수배·옹수곤·사학숭 등이다.

추사에게 중국행은 차를 접하는 계기가 됐다. 당시 청나라의 고매한 선비들은 차를 즐겼는데 이 문화를 접한 추사도 차의 매력에 빠져들게 된 것이다. 당시 우리나라에는 차 문화가 없다시피 했다. 추사가 북경에서 만난 인물 중 특히 옹방강은 금석학의 대가였는데 추사를 향해 "경술문장해동제일"이라고 칭찬했다고 한다.

그는 어린 추사에게 귀중한 자료도 잔뜩 선물했다. 석묵서루라는 자신의 개인 도서관에 소장된 장서와 고탁본 자료를 추사에게 보내줘 추사의 안목을 한꺼번에 넓힌 것이다. 옹방강은 불교에도 심취한 인물이었는데 이것은 훗날 추사가 불교에 대해 편견을 갖지 않도록 한 배경이 되기도 했다. 완원의 역할도 추사의 삶에서 중요하다.

그는 옹방강과 함께 청을 대표하는 학자였는데 추사가 찾아오자 '용봉승설'이라는 명차를 대접했다. 추사는 훗날 '승설도인'이라는 호도 썼는데 이때 맛본 용봉승설의 맛을 잊지 못했기 때문이라고 한다. 추사가 서른 살 되던 1815년, 그는 동갑 초의선사와 금란지교의 관계를 맺는다. 여기서 잠깐 초의선사에 대해 알아보기로 한다.

1786년(정조 10년) 전남 무안에서 태어난 초의선사의 속성은 장씨로 15살 때 큰 위기를 맞았다. 강변에서 놀다 그만 물에 빠져 목숨을 잃을 뻔했는데 마침 지나가던 스님의 도움으로 목숨을 구하게 된 것이다. 스님은 장씨 소년에게 출가를 권했고, 소년은 1년 뒤인 16세 때 남평 운흥사에서 민성스님을 스승으로 삼아 스님의 삶을 시작했다.

초의선사는 19살 때 영암 월출산에서 득도를 했다고 한다. 바다 위로 떠오르는 보름달을 보고 깨달음을 얻은 뒤부터는 전국을 돌며 선지식을 키웠다. 마침내 대흥사의 13대 대종사가 됐는데 대종사는 한마디로 불가의 큰어른을 말한다. 초의선사의 관심 분야는 매우 폭이 넓었다고 한다. 한낱 학승이 아니었다는 뜻이다.

그가 추사를 알게 된 것은 다산 정약용 선생의 아들 정학연의 소개 때문이다. 강진에서 18년간 귀양을 산 다산을 아들 정학연이 자주 찾았다. 그때 정학연은 대흥사의 초의선사를 알게 됐고 그의 지식에 감동해 "한양에 가면 여러 명사들을 소개해 주겠다"고 약속했다. 어느날 초의선사가 한양으로 오자 정학연이 추사를 부른 것이다.

두 사람의 관계에 대해 이설도 있다. 초의선사가 한때 수락산 학림암에서 해붕선사를 모실 때 추사가 해붕선사를 찾아왔고 이때 초의와도 인사를 했다는 것이지만 뭐가 정확한지는 알 길이 없다. 한마디로 다산은 유배 중 유일·혜장스님이라는 당대의 고승들과 교유했고 김정희와 초의선사는 다산을 매개로 만나게 된 것이다.

추사와 초의선사의 관계는 잘 규명돼 있는데 여기서는 추사가 마흔 살 때 제주도로 유배당하면서 초의선사에게 보낸 편지를 인용하는 것으로 둘의 관계를 보여주고자 한다. 외로운 유배 시절, 추사가 초의선사가 보내 준 차로 시름을 달랬음을 알 수 있다.

"햇차를 몇 편이나 만들었습니까. 잘 보관하였다가 내게도 보내 주시겠지요. 자흔과 향훈스님들이 만든 차도 빠른 인편에 부쳐 주십시오. 혹 스님 한 분을 정해 (그에게 차를) 보내신다 해도 불가한 일이라고 여기지는 않을 것입니다. 김세신도 편안한가요. 늘 염려됩니다. 단오절 부채를 보내니 나누어 곁에 두세요."

"갑자기 돌아오는 인편으로부터 편지와 차포를 받았습니다.

충남 예산군 용궁리에 있는 추사고택이다.

차 향기를 맡으니 곧 눈이 떠지는 것만 같습니다. 편지의 유무는 원래 생각지도 않았습니다. 얼마나 우스운 일입니까. 나는 차를 마시지 못해 병이 났습니다. 지금 다시 차를 보고 나아졌으니 우스운 일입니다."

'편지의 유무는 신경쓰지 않는다'는 말은 무슨 뜻일까? 추사는 편지를 즐겨 썼지만 초의선사는 답장을 잘 안 보냈다는데 그것을 말하는 듯하다. 또 한 가지 '인편으로 편지와 차포를 받았다'는 부분이다. 인편은 차 배달 심부름꾼을 말하는데 소치 허련이 초의의 분부를 받고 추사에게 차를 심부름하는 역할을 자주 맡았다.

그렇다면 소치 허련은 무슨 연유로 초의선사와 인연을 맺었을까. 1809년 태어난 허련은 소설 《홍길동》을 쓴 교산 허균의 집안이었다고 한다. 허균의 후예 중 진도에 정착한 이가 허대인데 그는 임해군의 처조카였다. 광해군이 즉위하면서 임해군이 역모죄로 몰려 진도로 귀양오자 수행한 허대가 아예 눌러앉은 것이다.

진도라는 당시로는 고도절해에서 그림을 그리던 허련의 정열을 맨처음 알아본 이는 숙부였다. 그는 "내 조카는 반드시 그림으로 일가를 이룰 것"이라며 어렵게 오륜행실도를 구해 줬고 허련은 그것을 모방하며 실력을 키웠다. 허련이 초의선사를 알게 된 것은 1835년 무렵이다. 초의선사는 '호남팔고대'라고 칭송받

지리산 천은사 일주문에 이광사의 필적이 그대로 남아 있다.

았다.

그의 〈다산도〉 〈백운동도〉 같은 그림을 보면 초의선사가 불법뿐 아니라 시서화에도 조예가 깊다는 것을 알 수 있다. 초의선사는 허련에게 단비와 같은 존재였다. 그가 남긴 《몽연록》에는 초의선사에 대한 감사의 글이 있다.

"초의선사는 나를 항상 따뜻하게 대접해 주었고 방을 빌려주며 거처하도록 해 주었다."

천재는 천재를 알아보는 법이다. 허련의 재주를 알아본 초의선사는 대흥사 한산전에 머물며 불화를 가르치는 한편 녹우당의 해남 윤씨에게 부탁해 허련이 공재 윤두서 선생의 그림을 열람하도록 했다. 이 모든 게 허련을 위한 배려였다. 허련은 "공재 선생의 그림을 열람한 뒤 수일간 침식을 잊을 정도로 감동을 받았다"고 회고하고 있다.

초의선사가 이렇게 할 수 있었던 것은 어린 시절 다산의 문하에서 해남 윤씨 후손인 윤종민, 윤종영, 윤종심, 윤종삼 등과 동문수학했기 때문이다. 다시 《몽연록》을 살펴본다.

"아주 어릴 적에 초의선사를 만나지 않았다면 어떻게 멀리 돌아다닐 생각을 하였으며 지금까지 이처럼 홀로 담담하고 고요하게 살았겠는가. 선사와 수년을 왕래하다 보니 기질과 취미가 동일하여 노년에 이르기까지 변하지 않았다."

초의선사는 이제 허련을 추사에게 소개한다. 1838년 8월 무렵 금강산 유람을 떠난 초의선사는 허련의 그림을 추사에게 보여줬다. 허련의 그림을 본 추사는 대번에 "압록강 이동에 소치만한 화가가 없다"고 격찬하며 다음과 같이 말했다고 한다.

"허군의 그림 격조는 거듭 볼수록 더욱 묘해 이미 격을 이루었다고 할 만합니다. 다만 보고 들은 것이 좁아 그 좋은 솜씨를 마음대로 구사하지 못하고 있으니 빨리 한양으로 올라와 안목을 넓히는 것이 어떨지요?" 자기 문하로 들어오라는 것이었다.

초의선사는 이 소식을 허련에게 전했고 기별을 받은 허련은

대흥사 윗팔을 자세히 부여주고 있다. 인피늬 뗏녹틀 헤는 늦한 서기가 남아 있다.

이십 일을 걸어 추사를 만난다. 소치는 당시를 "초의선사가 전하는 편지를 올리고 곧 추사 선생에게 인사를 드렸다. 처음 만나는 자리였지만 마치 옛날부터 서로 아는 것처럼 느꼈다. 추사 선생의 위대한 덕화가 사람을 감싸는 듯했다"고 기억하고 있다.

추사와 소치의 사제관계는 추사가 제주도로 유배를 떠나면서 끝나지만 소치는 제주도로 스승을 찾아갈 정도였다. 이후 소치의 그림 실력은 타의 추종을 불허할 정도로 성장했는데 다산의 아들 정학연은 다음과 같은 시로 그를 평가하고 있다.

"마음속에 한 폭의 산수를 채비하여 늘 밝은 정신을 품어 세속을 초월하는 풍취가 있은 다음에야 붓을 들어 삼매에 들어갈 수 있으니 이 경지는 소치 한 사람뿐이다."

이 소치가 후손에게 남긴 교훈이 있다. 첫째, 붓 재주 하나로 성가할 생각을 말라, 둘째 먹을 항상 입에 달고 다녀라, 셋째 인연의 소중함을 잊지 말라, 넷째 나를 밟고 더 높은 곳으로 올라가라는 것이다. 근면·성실·겸손의 정신이 배어 있는 말이다. 소치의 가문은 이후 5대에 걸쳐 13명의 화가를 낳으니 한국 동양화의 산맥이라 하겠다.

소치를 비롯해 2대 미산 허형, 3대 남농 허건, 임인 허림, 4대 임전 허문, 5대는 허진 전남대 교수로 이어지는 것이다. 이러고 보니 사도세자와 정조가 이어지고 정조 시대의 다산 정약용과 연담 유일스님─혜장스님이 연결되며 다시 추사 김정희와 초의선사와 소치 허련이 맺어지는 것이다.

이제 당대의 거장들이 교유했던 무대 해남 대흥사를 알아본다. 대흥사의 창건연대는 정확히 밝혀지지 않았지만 통일신라 말로 추정되며 사찰 스스로는 백제 구이신왕 때인 426년 신라의 정관존자라는 분이 창건했다는 설이 전해지고 있다. 하지만 정관존자에 대해서는 생애나 활동 상황이 알려지지 않고 있다.

조계종 22교구 본사인 대흥사는 근대까지만 해도 대흥사·대둔사로 불렸는데 지금은 대흥사로 통일됐다. 이 사찰은 풍담스님부터 초의선사까지 13대 대종사를 배출했으며 만화부터 범해스님까지 13대 대강사를 낳았다. 이곳이 유명한 것은 '한국불교의 종통이 이어지는 곳'이라는 명성 못지않게 호국의 도량이기 때문이다.

일찍이 서산대사는 이곳을 "전쟁을 비롯한 삼재가 미치지 못할 곳으로 만년 동안 훼손되지 않을 땅"이라고 했다. 실제로 임진왜란이 일어나자 대흥사는 승병의 총본부가 됐다. 지금도 절 안에 있는 표충사라는 사당에는 서산대사·사명대사·처영스님 같은 승병 지도부의 영정이 모셔져 있다.

이 유서 깊은 대흥사는 볼 것도 많지만 현판을 빼 놓아서는 안 된다. 추사가 제주도로 귀양가던 길에 대흥사에 들렀다. 이때 대웅전 현판을 보고 마음에 들지 않아 '무량수각'이라는 글씨를 써 달게 했다. 문제는 추사가 내려 버린 대웅전 글씨가 명필 원교 이광사(1705~1777)의 것이었다는 사실이다.

전하는 바에 따르면 추사는 친구인 초의선사에게 이렇게 호통까지 쳤다고 한다.

"조선의 글씨를 다 망쳐 놓은 것이 원교인데 어찌 안다는 사람(초의선사)이 그가 쓴 대웅보전 현판을 버젓이 달아 놓을 수가 있는 것인가?"

추사의 극성에 초의선사는 원교의 현판을 떼 버렸다. 원교는 중국과 다른 우리 특유의 서체인 동국진체를 완성한 인물로 유명하다.

그런 이광사의 글을 폄하한 추사의 자존심도 대단했지만 7년 3개월간의 귀양살이를 끝내고 한양으로 가는 길에 다시 대흥사에 들른 추사는 초의선사에게 이렇게 물었다.

"내가 귀양길에 떼어 내라고 했던 원교의 현판은 어디 있는가? 내 글씨를 떼고 그것을 다시 달아 주게. 내가 그때는 잘못 보았어."

이것은 온갖 부귀영화를 누리다 하루아침에 사형을 당할 뻔한 위기를 맞고 가까스로 목숨을 부지한 추사가 제주도라는 절해고도에서 스스로를 되돌아봤다는 증거라고 사람들은 말한다. 참고로, 이광사 역시 추사처럼 전남 완도 옆 신지도라는 섬에서 22년이나 유배생활을 했다. 큰아버지가 반反 영조의 진영에 섰던 게 화근이었다.

훗날에는 자신도 천주교도들의 나주 벽서사건에 연루된 것이다. 그래서인지 전남의 절에는 원교의 글씨가 제법 남아 있다. 대흥사의 대웅보전 외에도 침계루·천불전·해탈문이 그의 작품이고, 지리산 천은사 극락보전·일주문·명부전의 글씨도 그의 것이다. 그의 아들이 훗날 《연려실기술》을 지은 이긍익이다. 내친김에 원교 이광사의 생애를 본다.

원교 이광사는 추사가 그랬듯 서예의 명가 출신이다. 종고조부 이경석, 증조부 이정영, 부친 이진검이 모두 명필이었다. 원교

대흥사 무량수각의 추사 현액과 원교의 필적이 맞서고 있다.

는 양명학을 받아들인 당시로선 진보학자였으며 인품 높고 명필로 이름을 날렸지만 1755년의 이른바 '나주 벽서사건'으로 삶의 물결이 확 바뀌어 버렸다.

　이 일로 큰아버지 이진유가 처형되고 원교도 함경도 회령으로 유배됐다. 영조시대 명사들의 이야기를 담은 《병세재언록》이라는 책에는 당시 의금부에 끌려온 원교가 하늘에 대고 통곡하며 이렇게 외쳤다.

　"내게 뛰어난 글씨 재주가 있으니 목숨만은 살려주십시오."

이 말을 들은 영조가 불쌍히 여겨 귀양으로 마무리지었다는 것이다.

원교가 있는 회령에 많은 제자들이 모여들었다. 조정에서는 이것을 문제 삼아 원교를 다시 신지도로 보냈다. 원교는 거기서 풀려나지 못하고 세상을 떠났다. 원교의 글씨체를 동국진체라고 하는 것은 그가 스승인 백하 윤순의 뒤를 이어 원교체를 완성하자 사람들이 겸재 정선이 동국진경 산수를 창출한 것과 같다 하여 동국진체로 부르기 시작했다.

원교와 추사는 나이 차가 많아 직접 대면한 적은 없다. 원교가 숨진 뒤 추사가 태어났기 때문이다. 하지만 두 사람은 대흥사 현판만 두고 대립한 것이 아니다. 원교가 서예의 이론을 집대성해 《원교필결》이라는 책을 남겼는데 훗날 추사가 후기를 쓰면서 호되게 비판한 것이다. 길지만 전문을 살펴본다.

〈요사이 우리나라에서 서예가라고 일컬어지는 사람들이 이르는 진체(왕희지체)니 촉체(조맹부체)니 하는 것은 모두 이런 것이 있다고 여겨 표준으로 받들고 있는 것이니 마치 썩은 쥐를 가지고 봉황새를 으르려고 하는 것 같아 가소롭다.

원교는 《필결》에서 이렇게 말했다. "우리나라는 고려 말엽 이래로 다 언필(붓을 뉘어서 쓰는 것)의 서이다. 그래서 획의 위와 왼편은 붓끝이 발라가기 때문에 먹이 짙고 부드러우며 아래와 바른

편은 붓의 중심이 지나
가기 때문에 먹이 묽고
깔끄러운 동시에 획은
치우쳐 완전하지 못하다.

이 설은 하나의 가로
획은 네 가지로 나누어
말하므로 미세한 데까지
분석한 것 같으나 가장
말이 안 된다. 위에는 단
지 왼편만 있고 바른편
이 없으며 아래에는 단
지 바른편만 있고 왼편
이 없단 말인가? 붓끝이
발라 가는 것이 아래에

제주도에 있는 제주추사관의 안내판이다.

미치지 못하고 붓 중심이 지나가는 것이 위에는 미치지 못한다
는 말인가?〉

추사와 원교를 말하며 빼놓을 수 없는 인물이 창암 이삼만
(1770~1847)이다. 이삼만은 전라북도 전주, 지금 관광객들로 몸살
을 앓는 한옥마을 근처 옥류동에서 약초 캐는 아버지의 아들로
태어났다. 이삼만이 스물네 살 때 아버지가 독사에 물려 사망했

다. 화가 난 이삼만은 인근 산자락의 뱀을 닥치는 대로 잡아 죽이기 시작했다.

전해지는 바로는 쇠지팡이 3개가 못 쓰게 될 정도였다고 한다. 특히 이삼만은 독사만 보면 그 자리에서 살과 뼈까지 우두둑 씹어 먹었는데 나중에는 뱀들이 이삼만만 보면 아예 기를 못 쓰고 얼어붙은 듯 꿈쩍하지 못했다는 이야기도 전한다. 요즘도 전북지방에서는 정월 첫 뱀날에 '이삼만' 석 자를 대문에 거꾸로 붙이는 풍습이 있다.

이삼만의 이름이 뱀을 막는 일종의 '부적'이 된 것이다. 이삼만은 가난한 집안 출신이어서 변변한 붓을 써 보지도 못했다. 칡뿌리로 만든 갈필, 대나무를 잘게 쪼개서 만든 죽필, 꾀꼬리 깃털로 만든 앵우필이 고작이었으며 낙관은 고구마에 도장을 파 사용했고 종이도 한약봉지, 헌 창호지, 낡은 부채 같은 곳에 글을 썼다.

추사와 창암 사이에도 다음과 같은 이야기가 전해지고 있다. 추사가 제주도로 귀양 가던 길에 전주에 살던 이삼만의 집을 찾았다. 당시 추사가 쉰넷, 이삼만은 일흔이었다. 창암이 추사에게 자신이 쓴 글을 내밀자 추사가 물끄러미 바라보다 한마디 던졌다.

"노인장께선 지방에서 글씨로 밥은 먹고 살겠습니다."

이에 창암은 말이 없었다.

추사가 돌아가자 비로소 창암이 제자들에게 넋두리 비슷하게 말했다.

"저 사람이 글씨는 잘 아는지 모르겠지만 조선 붓의 헤지는 멋과 조선 종이의 스미는 맛은 잘 모르는 것 같더라."

창암이 죽은 뒤 1년 후에 추사는 제주도 유배에서 풀렸다. 추사가 집으로 가는 길에 다시 전주 창암집에 들렀다. 집은 창암의 제자가 지키고 있었다. 추사는 스스로 붓을 들어 '명필창암 완산이공삼만지묘'라고 쓰고 뒤에는 다음과 같은 내용을 담았다.

"여기 한 생을 글씨를 위해 살다 간 어질고 위대한 서가가 누워 있으니 후생들이 감히 이 무덤을 훼손하지 마시어다. 그의 필법은 나라에서 최고봉을 이루었고 나이가 들면서 입신의 경지에 들어 명성이 중국에까지 미쳤다."

전남 대흥사에는 추사와 창암의 글씨가 나란히 걸려 있다. 무량수각이 추사의 것이고 가허루가 창암의 것이다. 그러고 보면 대흥사에는 추사와 원교와 창암의 글이 다 모여 있다. 그런가 하면 구례 천은사의 보제루도 창암의 것이다.

25장

세계의 대화맥 소치 허련 5대와 진도 운림산방

전라남도 진도는 왜 '보배 진' 자가 붙었는지를 알 수 있을 만큼 절경이 많다. 낙조 가운데 전국 으뜸이라는 세방낙조부터 매년 음력 2월 말부터 3월 초까지 바닷길이 열리는 한국판 홍해 '신비의 바닷길'(명승 9호), 선녀가 내려와 방아를 찧었다는 관매도, 대표 견종인 진돗개 등이 그 일부다.

이런 명승 절경도 운림산방을 능가하지는 못한다. 전라남도 지정기념물 51호인 이곳은 5대 직계 화맥 200여년 동안 이어지는 산실이다. 세계 화단의 이적이요, 한국 화단의 자랑이라고 할 만하다. 오죽하면 "진도 양천 허씨는 빗자루만 들어도 명작이 나온다"는 우스갯소리까지 그럴듯해 보인다.

운림산방은 조선 후기 남종화의 거봉인 소치 허련(1808~ 1893)의 화실이었다. 지금은 소치가 손수 심은 배롱나무가 연못 속에서 붉은 꽃을 토해 내는 운림지와 소치의 소박한 화실과 생가와 훗날 만든 기념관이 있다. 뒤로 진도 최고봉 첨찰산(해발 485m)이 운림산방과 거기서 가까운 쌍계사를 품고 있다.

운림산방을 깊이 이해하기 위해서는 다산 정약용, 추사 김정희와 각각 교유한 아암 혜장스님, 초의 의순스님(1786~1866)부터 알아야 한다. 다산은 전남 강진에 유배되면서 백련사 아암 혜장스님과 교유했는데 혜장스님의 수제자가 바로 초의선사였다. 초의선사는 속세에서 성이 장씨이고 이름은 의순이다.

본관이 인동인 의순은 법호가 초의이며 당호는 일지암으로, 1786년에 태어나 1866년 입적했다. 그는 다도를 정립해 다성이라 추앙되는데 어릴 적부터 이상한 일을 많이 겪었다. 그는 다섯 살 때 강에서 놀다가 급류에 휩쓸려 죽을 고비에 맞는데 마침 부근을 지나가던 스님이 구해 줘 목숨을 건졌다.

스님은 그에게 출가할 것을 권했다. 15세에 남평 운흥사에서 민성을 은사로 삼아 출가한 그는 19세에 영암 월출산에 올라 바다 위로 떠오르는 보름달을 바라보고 깨달음을 얻었다고 한다. 22세 때부터 전국의 선지식을 찾아다녔는데 평생지기가 후배였던 소치 허련(1809~1892)과 동갑인 추사 김정희(1786~1856)다.

그는 추사와 함께 다산초당을 찾아 유배 중인 스물네 살 위의 다산을 스승처럼 섬기며 실학 정신을 배웠다. 둘은 차를 놓

전남 진도 운림산방에 있는 운림지다.

고 서로를 돕는데 다산이 '각다고'를 쓰면 초의는 '동다송'을 읊었으니 비로소 한국의 다도는 두 분에 의해 중흥된다. 초의선사의 차에 대한 관점은 '다선일미'라는 말에 집약됐다.

차를 마시되 법희선열을 맛본다는 뜻이다. 한 잔의 차에 부처의 진리와 명상의 기쁨이 녹아 있다는 것이다. 초의선사가 다산을 흠모하는 시가 있다. 〈비에 갇혀 다산초당에 가지 못하고〉라는 시를 감상해 보기로 한다.

자하의 계곡을 생각할 때면/분분했던 꽃과 나무 뚜렷이 떠오른다./장마비가 괴롭게 서로를 막으니/밖에 나갈 채비를 갖추고도 스무날을 보냈다./어른과의 약속을 제때에 지키지 못하니/어디에도 내 진심을 하소연할 곳이 없구나.

초의선사는 다산이 유배생활을 마친 뒤에도 자주 찾아갔으며 이후 다산의 아들 정학연·정학유 형제와도 가까이 지냈다. 다산이 세상을 뜬 후 초의선사는 돌연 속세의 어머니 무덤을 찾는데 훗날 사람들은 이것이 다산을 그리워했던 마음 때문이라고 해석한다. 다음은 그가 남긴 〈고향에 돌아와서〉라는 시다.

고향을 멀리 떠난 지 40여년 만에/돌아와 보니 머리에 눈발이/날리는지 몰랐었구나!/새로운 터는 풀이 우거져 있고/내가

초의선사가 생의 마지막을 보냈던 곳이다.

살았던 집은 어디로 갔느냐/조상의 무덤은 이끼에 묻혀/시름에 덮여 있네/마음이 죽었는데 한은 어디서 일어나며/피마저 말라 버려 눈물조차 나오지 않네!/주장자 짚고 또다시 구름 따라 떠나노니/말아라! 내 살아서 고향 찾는 것이/부끄럽기만 하노라!

추사 김정희(1786~1856)는 1786년 6월 3일 태어났으며 아버지는 김노경이다. 김노경은 월성위 김한신의 손자(추사의 증조부)인데 월성위는 영조의 부마였다. 김한신의 아내가 영조의 딸인 화순옹

주었던 것이다. 정확히 말하면 사도세자의 형으로, 어렸을 적 죽은 첫아들 효장세자를 낳은 정빈 이씨의 딸이다.

추사는 어렸을 적부터 천재로 소문났다. 7살 때 당대의 명재상 채제공이 그가 쓴 입춘첩을 보고 "글씨로 이름을 날릴 만큼 명필"이라고 했다. 추사는 당대의 학자 박제가에게 사사했으며 스물네 살 때인 1809년 생원시에서 일등으로 합격한 뒤 동지겸 사은사부사로 북경에 간 아버지 김노경을 수행한다.

당시 자제군관이란 직책을 얻었는데 중국에서 추사는 거유들을 만난다. 당시 47세인 완원, 78세인 옹방강을 찾아 사제의를 맺고 주학년·이정원·조강·서송·옹수배·옹수곤·사학숭 등과 친교를 맺었다. 훗날 옹방강과는 편지를 통해 지도를 받는 사이가 된다.

옹방강은 청나라에서 금석학의 대가로 정평이 난 인물인데 김정희를 만난 후 "경술문장해동제일"이라고 칭찬했다고 한다. 그는 어린 추사에게 귀중한 자료도 잔뜩 선물했다. 석묵서루라는 곳에 소장된 장서와 고탁본 자료를 추사에게 보내줘 추사의 안목을 한꺼번에 넓힌 것이다.

옹방강은 불교에도 심취했는데 이것이 추사가 불교에 대해 편견을 갖지 않도록 한 배경이다. 완원도 중요하다. 옹방강과 함께 청을 대표하는 학자였는데 추사가 찾아오자 태화쌍비관이라는 거처에서 '용봉승설'이라는 명차를 대접했다. 추사는 '승설도인'이라는 호도 썼는데 이때 맛본 용봉승설의 맛을 잊지 못했기 때

소치 허련의 초상화다.

문이다.

추사가 서른 살 되던 1815년, 그는 동갑 초의선사와 금란지교의 관계를 맺는다. 두 사람의 관계에 대해 이설도 있다. 초의선사가 한때 수락산 학림암에서 해붕선사를 모시고 있을 때 추사가 해붕선사를 찾아왔고 이때 초의선사와도 인사를 했다는 것이지만 어느 것이 정확한지는 알 길이 없다.

추사와 초의선사의 관계는 추사가 마흔 살 때 제주도로 유배당하면서 더 깊어졌다. 외로운 유배시절, 추사는 초의선사가 보내준 차로 시름을 달랬다. 다음은 둘이 주고받은 편지 내용의 일부다.

"햇차를 몇 편이나 만들었습니까. 잘 보관하였다가 내게도 보내 주시겠지요. 자흔과 향훈스님들이 만든 차도 빠른 인편에 부쳐 주십시오. 혹 스님 한 분을 정해 (그에게 차를) 보내신다 해도 불가한 일이라고 여기지는 않을 것입니다. 김세신도 편안한가요. 늘 염려됩니다. 단오절 부채를 보내니 나누어 곁에 두세요."

"갑자기 돌아오는 인편으로부터 편지와 차포를 받았습니다. 차 향기를 맡으니 곧 눈이 떠지는 것만 같습니다. 편지의 유무는 원래 생각지도 않았습니다. 얼마나 우스운 일입니까. 나는 차를 마시지 못해 병이 났습니다. 지금 다시 차를 보고 나아졌으니 우스운 일입니다."

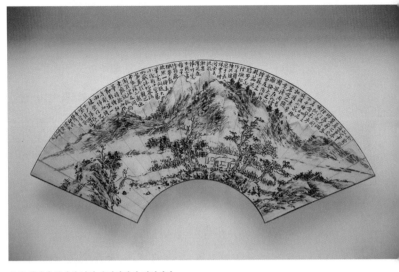

소치 허련이 부채에 남긴 운림산방의 전경이다.

초의선사가 이렇게 할 수 있었던 것은 어린 시절 다산의 문하에서 해남 윤씨 후손인 윤종민, 윤종영, 윤종심, 윤종삼 등과 동문수학했기 때문이다. 다시 《몽연록》으로 돌아가 소치가 남긴 기록을 살펴본다.

"아주 어릴 적에 초의선사를 만나지 않았다면 어떻게 멀리 돌아다닐 생각을 하였으며 지금까지 이처럼 홀로 담담하고 고요하게 살았겠는가. 선사와 수년을 왕래하다 보니 기질과 취미가 동일하여 노년에 이르기까지 변하지 않았다."

초의선사는 이제 허련을 추사에게 소개한다. 1838년 8월 무렵 금강산 유람을 떠난 초의선사는 허련의 그림을 추사에게 보여줬다. 허련의 그림을 본 추사는 대번에 "압록강 이동에 소치만한 화가가 없다"고 격찬한 다음과 같은 말을 했다고 한다.

"허군(소치)의 그림 격조는 거듭 볼수록 더욱 묘해 이미 격을 이루었다고 할 만합니다. 다만 보고 들은 것이 좁아 그 좋은 솜씨를 마음대로 구사하지 못하고 있으니 빨리 한양으로 올라와 안목을 넓히는 것이 어떨지요?"

자기 문하로 들어오라는 소식을 초의선사는 허련에게 전했고 허련은 이십 일을 걸어 추사를 만났다. 소치는 당시를 "초의선사가 전하는 편지를 올리고 곧 추사선생에게 인사를 드렸다. 처음 만나는 자리였지만 마치 옛날부터 서로 아는 것처럼 느꼈다. 추사 선생의 위대한 덕화가 사람을 감싸는 듯했다"고 기억하고 있다.

추사와 소치의 사제관계는 추사가 제주도로 유배를 떠나면서 끝나지만 소치는 제주도로 스승을 찾아갈 정도였다. 이후 소치의 그림 실력은 타의 추종을 불허할 정도로 성장했는데 다산의 아들 정학연은 다음과 같은 시로 그를 평가하고 있다.

"마음속에 한 폭의 산수를 채비하여 늘 밝은 정신을 품어 세속을 초월하는 풍취가 있은 다음에야 붓을 들어 삼매에 들어갈 수 있으니 이 경지는 소치 한 사람뿐이다."

허련이 쓴 운림산방 현판이다.

소치라는 허련의 호는 '작은 어리석음'이라는 뜻으로 추사가
내려줬다. 중국의 대화가 대치 황공망과 비교한 것으로, 황공망
이 큰대 자를 쓰자 겸양의 뜻으로 작을소 자를 쓴 것이다. 스승
의 기대대로 소치는 42살 때인 1842년 헌종 앞에서 그림을 그렸
으며 당대의 명사 흥선대원군 이하응·민영익·신관호 등과 교유
한다.

이런 소치는 마흔아홉 살 때인 1849년 고향인 진도로 귀향해
운림산방을 세우고 85세 때인 1893년 생을 마감할 때까지 불후
의 명작을 남겼다. 소치의 화맥은 넷째아들 미산 허형(1861~1938)
으로 이어진다. 허형은 어려서 천연두에 걸려 구사일생으로 목
숨을 건졌는데 뒤늦게 그림 재주가 부친 소치의 눈에 띄었다.

나라를 빼앗긴 식민지에서 허형은 어렵게 전문 직업화가의 길
을 걸었다. 제2회 선전에서 63세의 나이로 입선한 그는 묵모란·

전남 진도의 세방낙조는 우리나라 석양 가운데 최고의 경치로 꼽힌다.

묵죽·묵매 등 주로 묵화풍의 그림을 그렸는데 묵모란과 묵매는 부친을 능가한다는 평을 받았다. 3대를 이은 것은 미산 허형의 두 아들 남농 허건(1908~1987)과 임인 허림(1917~1942)이다. 남농은 고향의 산야·해촌·산사 등을 가문의 필법인 갈필법으로 그려 냈는데 거친 선으로 빚어낸 소나무의 구성과 생동감 넘치는 필선은 누구도 흉내낼 수 없는 당대 최고로 평가받았다.

남농은 운림산방이 있는 운림동에서 태어나 강진 병영을 거쳐 목포에 정착했는데 1944년 〈목포의 일우〉라는 작품으로 지금의 국전 격인 선전에서 최고상을 수상했다. 1982년 대한민국 은관문화훈장을 받은 해 운림산방을 복원해 국가에 헌납했다. 그는 1985년 대한민국 예술원 원로회원으로 추대되기도 했다.

남농의 동생 허림은 요절한 비운의 작가다. 18세 때 선전에 처녀출품한 뒤 내리 5회 입선한 그는 부친이 타계한 후 일본으로 건너가 모든 물상을 점으로 표현하는 '토점화'라는 독창적인 화법을 일궜다. 토점화는 두껍게 배접한 화선지에 밑그림을 바탕으로 황토흙으로 점을 찍어 그림을 그린 뒤 채색하는 화법이다.

그는 조선인 화가에게 쉽게 문을 열지 않는 일본 문부성전에 1941년 〈전가〉, 1942년 〈6월 무렵〉이라는 작품으로 내리 입선해 천재성을 일본 화단에 드높였으나 가난하게 이어온 유학생활을 견디지 못하고 26세에 요절했다. 남농은 일찍 세상을 뜬 동생 임인의 아들 임전 허문에게 4대 화맥을 맡겼다.

임전은 생후 11개월 때 부친을 잃고 7살 때부터 백부 남농 슬하에서 자랐다. 홍익대 미대를 졸업한 임전은 수묵의 농담을 이용한 '운무산수화'라는 독창적 화풍을 자랑하고 있다. 임전 이후 5대 화맥은 남농의 손자 허재·허전, 남농의 동생들 자식인 허청규·허은 등으로 이어지고 있다.

소치 가문의 직계는 아니지만 의재 허백련(1891~1977도) 빼놓을 수 없는 양천 허씨 가문의 대화가다. 그는 종고조뻘인 미산 허형에게서 묵화의 기초를 익혔으며 일본 도쿄에 6년간 머물며 일본의 대표적 남종화가 고무로의 지도를 받아 남종 산수화의 대가가 됐다.

26장

김삿갓과 화순과 영월

1863년 3일 29일 전라남도 화순군 동복면에서 한 방랑객이 쓸쓸히 삶의 종장을 찍었다. 살아 있다는 게 죽는 것보다 나을 게 없는 생이었다. 김병연(1807~1863), 세상은 그를 본명보다 김삿갓, 혹은 한문으로 김립이라 부르길 즐겼다. 사망했을 때 그의 나이는 57세였다.

그의 호가 난고다. 난초 '란' 자에 언덕 '고' 자인데 김병연의 삶을 모르더라도 그 뜻이 새겨볼수록 서글프기 그지없다. '고'는 흰 머리뼈와 네발짐승의 주검을 본떠 만든 한자다. 그렇다면 난초 만발한 언덕에 스러진 초라한 주검 정도의 뜻이 되겠다. 그는 왜 이렇게 잔인하기 그지없는 호를 택했을까.

메타세콰이아길을 보기 위해 담양으로 향했다가 김삿갓의 종

명지, 즉 숨을 거둔 곳이 부근 화순에 있다는 이야기를 들었다. 김삿갓이라면 강원도 영월이 유명한 것으로만 알았는데 화순이라니, 하는 관심이 생겼다. 김삿갓의 묘는 왜 영월에 있는데 최후는 전남 화순에서 맞은 걸까? 이번에는 한국의 시선이라 불린 기인이사의 생애를 되짚어 보는 여정이다.

김병연의 고향은 원래 경기도 양주다. 그는 당대 최고의 권세가였던 안동 김씨 가문이었다. 그런 그가 방랑시인이 된 것은 할아버지 김익순 때문이다. 김병연이 네 살 때인 1811년 평안도 땅에서 경천동지할 반란이 일어났다. 홍경래의 난이다.

홍경래의 난은 조선 후기 최대의 민란이었다. 조선이 멸망한 이유를 되짚다 보면 반드시 꼽힐 정도로 나라 전체를 뿌리째 흔들었다. 당시 평안도는 조선 팔도 중 가장 천대받았다. 재능이 있어도 평안도 출신이라면 기피했다는데 평안도민들 역시 조정을 불신했다. 평안도민들이 반정부 성향을 띤 데는 뿌리 깊은 사연이 있다. 병자호란이 그것이다.

병자호란 때 조정은 후금의 철기, 즉 기병을 피해 산성에 웅거하는 전략을 택했다. 후금이 조선의 수도를 최단기에 점령하려면 압록강→의주→선천→곽산→정주→안주→숙천→평양→개성으로 진격해야 했다. 실제로 후금의 철기는 바람처럼 조선 강토를 가르며 수도 한양으로 접근했는데 그 속도가 봉화보다 빨랐다고 한다. 물론 봉화를 늦게 올렸기 때문에 벌어진 일이었다.

심샷샛이 내눈 신임 와분의 찡에 기 시비.

당시 나라를 지배했던 인조는 조선 역사상 가장 한심하고도 무능한 왕이었다고 나는 확신한다. 그는 이런 대책을 세운 뒤 자기가 앞장서 싸우기보다 강화도로 내뺄 궁리부터 하고 있었다. 그랬으니 하회는 보지 않아도 뻔한 일이 될 것이다. 백성을 지킬 군사가 없는 평안도 땅은 무주공산, 그야말로 허허벌판이 됐다.

후금 군사들의 칼 아래 백성들만 애꿎게 죽어 나갔다. 백성들의 시신이 산처럼 쌓이고 거기서 나온 피가 바다처럼 흘렀다는, 그야말로 시산혈해를 민초들은 목도했던 것이다. 백성들을 희생시키고도 인조는 강화도로 갈 틈조차 없어 겨우 남한산성으로 숨어 들어갔다.

내친김에 한 가지 더 이야기하자면, 당시 선봉장으로 후금의 철기를 이끌고 내려온 장수 용골대 휘하의 병력이 겨우 4000명이었다. 그런데도 조선은 40여 년 전 임진왜란·정유재란의 참패를 못 잊고 다시 '오랑캐'에게 농락당했다. 병자호란 때 조선에서 끌려간 백성이 50만 명이라고 한다. 후금 군사가 경상·전라·강원·함경·충청도까지 가지 못했으니 대부분 평안도와 한양 사람들이었을 것이다. 백성을 버린 임금, 그것이 그야말로 '개피 본' 평안도 사람들의 민심이었다.

각설하고, 이런 배경에서 일어난 홍경래의 난 때 김병연의 할아버지 김익순은 홍경래의 난을 진압해야 할 선천 방어사였다. 방어사는 종2품의 고위 관직이었다. 그런데 김익순이 선비가 마땅히 택해야 할 불사이군 대신 항복을 하면서 그의 집안은 한순간에 몰락해 버렸다. 김익순의 아들, 즉 김병연의 아버지인 김안근은 연좌제에 얽힐 것을 우려해 자기 집안의 종복이었던 김성수가 살던 황해도 곡산으로 아들 병연과 그의 형 병하 형제를 보냈다. 충성스러웠던 종 김성수는 형제에게 글공부도 시켰다고 한다.

훗날 조정에서는 김익순이 항복만 했을 뿐 반란의 당사자는 아니라는 이유를 들어 멸족의 벌까지는 주지 않지만 이미 김병

전남 화순시 문학공원에 있는 김삿갓의 동상이다.

연의 가세는 기울 대로 기울었다. 경기도 여주·가평을 전전하다가 이들 가족이 마지막으로 깃들인 곳이 영월이다. 화불단행이라는 말이 있다. 이것은 김병연의 생에 딱 어울리는 말이다.

김병연은 할아버지의 일은 알지 못한 채 나이 스물 되던 해인 1826년 과거인 향시에서 장원급제, 즉 수석 합격했다. 그런데 당시 시험문제가 화근이었다. 운명의 장난인지 글의 주제는 '가산에 있는 정시의 충절을 기리고 김익순의 죄를 탄한다'는 것이었다. 김병연은 일필휘지, 붓을 휘둘러 이렇게 논박했다.

"너의 혼은 죽어서도 저승에도 못 갈 것이며 한 번 죽어서는 그 죄가 가벼우니 만 번 죽어 마땅하다."

이 사실을 알게 된 가족들과 조부를 맹공한 김병연의 실의에 상상이 갈까? 장원급제의 기쁨보다는 조부에 대한 죄송함, 가세의 몰락, 고단한 신세가 연달아 떠올랐을 것이다.

김병연의 가출은 지금으로 치면 자살쯤에 해당됐을 것이다. 이렇게 해서 세상을 등지고 전국을 떠돌기 시작한 김병연에 대해서는 많은 일화가 있다. 그중 욕설의 백미白眉가 자신을 모질게 박대한 시골 서당의 훈장을 향해 날린 다음과 같은 시다. 제목이 '욕설모서당'이다.

서당내조지 書堂乃早知

방중개존물 房中皆尊物

학생제미십 學生諸未十

선생내불알 先生來不謁

  해석하자면, '서당을 내 일찌감치 알고 왔는데 방안에는 모두 귀한 물건뿐이네. 학생 수는 채 열 명이 안 되는데 알량한 선생은 나와서 나를 보지 않네…' 참으로 재치가 넘치지만 입으로 암송하기는 쉽지 않은 시인의 분노가 느껴질 것이다. 이런 김병연이 전라도 땅으로 흘러들어온 것은 1850년 화순군 동복면 구암리 창원 정씨와의 인연 때문이었다고 한다. 훗날 병들고 늙은 그가 정씨 집 사랑채에서 숨을 거뒀을 때 사람들은 그의 시신을 마을 뒤편 '동뫼'라는 곳에 매장했다. 죽음을 예감했는지 정씨 집 앞에는 이런 시비가 서 있어 오가는 나그네들의 가슴을 아프게 했다 한다.

  '절반이나 이지러진 서가에는

  수 권의 책이 있고

  대대로 전해 내려오는

  한 개의 벼루가 있어

  묵향에 스스로 깊이 취하니

  마음이 한가롭구려

  미약한 이 몸이

이밖에 또 무엇을 바랄소냐'

똥뫼라는 이름에는 사연이 있다. 행려병자로 연고 없이 사망한 사람들을 묻은 곳을 이르는 것이다. 일종의 공동묘지라고 할수 있다. 그곳에는 김삿갓과 관련된 비석이 서 있는데 바로 옆이소와 돼지 키우는 축사다. 짐승들의 울음소리와 분뇨냄새가 진동하고 있다. 땅에는 인연이 있는지 200년 전 시인이 숨진 곳이오늘날에도 소와 돼지의 우리가 되어 있었다.

흔히 김삿갓을 두고 사람들은 세계의 3대 민중시인이라고 한다. 나머지 둘이 누군가 보니 미국의 월트 휘트먼(1819~1892)이 꼽혔다. 학교를 다니지 못한 휘트먼은 목수로 일하며 민중의 대변인이라는 평가를 받았다. 다음이 일본의 대 시인 이시가와 다쿠보쿠(1886~1912)다. 이시가와 다쿠보쿠의 최종 학력은 모리오카 중학교 중퇴였다. 그는 사회주의적 계몽운동을 펴다 26세로 요절했다. 세 민중 시인을 비교해 보면 나이로는 김삿갓이 가장 연장자가 되고 일본의 다쿠보쿠가 가장 어리다.

비슷한 시기에 3대 민중 시인이 탄생했다는 것은 19세기가 양의 동서를 막론하고 얼마나 백성들이 살기 힘든 시대였는지를말해 준다고 볼 수 있다. 그렇다면 왜 김삿갓은 이곳으로 온 것일까? 지금 구암마을에는 김삿갓이 숨진 옛 집이 잘 보존돼 있다. 마당에는 자목련이 흐드러지게 피었고 우물에는 커다란 거미 한 마리가 똬리를 틀고 있어 세월의 무상함을 보여준다.

이 집은 백인당 정치업 선생이 1728년 터를 잡은 곳이다. 그 후손들이 290년을 떠나지 않고 살고 있는데 백인당은 '백 번을 참는다'는 당호처럼 집을 찾는 식객을 후히 대접하고 쉬도록 하는 게 가풍이었다. 그의 6세손 정시룡 선생 대에 김삿갓이 찾아오자 그는 오랜 기간 사랑채를 비워 주고 1863년 김병연이 죽자 장제를 치렀으며 3년 뒤 김병연의 후손이 찾아오자 유골을 넘겨 줬다고 한다.

참으로 후덕한 인품이 아닐 수 없다. 지금 그의 집 앞쪽에는 작은 정자가 서 있으며 그 앞에는 죽장에 삿갓을 쓴 김삿갓의 농상이 서 있다. 김삿갓은 인세 기교의 후덕한 때문인지 세 차례 이 마을을 찾았는데 그때마다의 족적이 아직도 전해지고 있다. 맨 처음이 1841년으로 화순적벽을 보고 이런 시를 읊었다.

무등산고송하재無等山高松下在

적벽강심사상류赤壁江深沙上流

'무등산이 높다지만 소나무 아래요 적벽강이 깊다더니 모래위로 흐르는구나'의 뜻이다. 두 번째가 1850년으로 협선루라는 누각에서 시상을 얻어 다음과 같은 시를 남겼다.

약경심홍선藥經深紅鮮

산창만취휘山窓滿翠徽

선군하화취羨君下花醉

호접몽중비胡蝶夢中飛

　해석하자면, '약 캐러 가는 길가엔 붉은 이끼가 깊고 산을 향해 난 창문에는 푸르름이 가득하다. 그대 꽃 아래 취해 있음이 부럽구려, 나비는 꿈속에서 날고 있는데' 정도가 될 것이다. 세 번째가 1857년으로, 그때부터 김삿갓은 평생을 짚고 다니던 죽장을 내던지고 정씨 집에 6년을 머물다 숨을 거둔다. 그런데 안타까운 것은 후손이 그의 시신을 인수해 간 다음에도 그의 묘가 제대로 알려지기까지 시간이 걸렸다는 것이다.

　김삿갓의 유해를 영월로 옮긴 것은 그의 아들 익균으로, 지금의 영월군 김삿갓면 와석리 노루목 근처였다. 이후 그의 묘가 '김삿갓의 것이었다'고 알려지기까지는 116년이 걸렸다. 여기에는 고 박영국 선생의 노력이 있었다고 한다. 공무원이자 향토사학자인 박 선생은 '영월에 김삿갓의 묘가 있다'는 말을 듣고 1970년대 초부터 탐문을 벌였다.

　1982년 8월 공직에서 물러나면서부터 사람들이 모인 곳이면 어디든 찾아가 증언이나 구전 같은 단서를 찾았다. 그러던 중 영월 창절서원 원장이던 김영배 옹으로부터 "노루목에 김삿갓 묘

강원도 영월에 있는 김병연의 유허비다.

가 있다"는 증언을 듣게 됐는데 여기에 흥선대원군이 등장한다. 대원군이 집권하면서 김영배 옹의 증조부였던 현성부판관 김성봉 선생이 와석리로 낙향한 것이다.

김성봉 선생은 같은 안동 김씨 출신인 김병기로부터 "양백지간인 영월과 영춘 어간에 김삿갓의 묘소가 있는데 잘 돌봐 달라"는 부탁을 받았다고 한다. 이 말이 후손인 김영배 옹에게까지 전해진 것을 김옹이 잊지 않고 있었던 것이다. 박영국씨는 김옹과 함께 1982년 10월 17일 이십 리 산길을 걸어 와석리에서 3대를 산 이상기씨를 만났고 그로부터 김삿갓의 묘를 확인하기에 이른다. 재미있는 것은 일제시대에도 일인들이 김삿갓의 묘를 수소문했다는 것이다.

이 글을 쓰면서 우려되는 것은 혹시나 이 글로 인해 화순과 영월 사이에 '김삿갓 논쟁'이 일지 않았으면 하는 것이다. 독자 여러분이 아시는 것처럼 유명인의 고향이 어디냐를 놓고 갈등을 벌이는 지방자치단체가 한두 곳이 아니기에 드리는 말이다. 내친김에 화순에 김삿갓의 동상이 두 군데 있는 사연을 소개할까 한다.

화순과 담양은 가히 정자의 고장이라 할 만큼 빼어난 정자가 산재해 있다. 구암마을과 물염정이라는 정자다. 물염정은 중종과 명종 대에 성균관 전서와 구례·풍기군수 등을 지냈던 물염 송정순 선생이 지은 정자다. 자신의 호를 땄는데 말 그대로 '세상 어느 것에도 물들지 않겠다'는 선비의 다짐이 살아 있다. 송정순은 사화로 관직을 그만두고 고향 담양으로 가던 중 이곳 경치에 반해 정자를 지었는데 김삿갓 역시 풍광에 매료되고 말았다.

물염정 맞은편에는 기암괴석이 붉게 빛나고 있는데 여기가 바로 화순의 4대 적벽인 물염적벽이다. 훗날 자세히 다룰 기회가 있겠지만 물염적벽은 그 모양이 옹기를 닮았다는 옹성산의 절벽이 동복천에 비친 경치를 말하는 것이다. 화순에는 물염적벽 외에 창랑적벽·노루목적벽(혹은 이서적벽)·보산리적벽 등 4대 적벽이 있다. 중국 양쯔강 상류에 있는, 삼국지연의에서 제갈량이 조조의 백만대군을 화공으로 격파한 그 적벽과 비슷해서 붙은 이름이다.

나는 저승의 김삿갓이 비록 고단한 삶을 살다 갔지만 창원 정씨와 박영국 선생 같은 분들에게 고마움을 표할 것이라고 본다. 우리나라가 한심한 역사로 점철됐지만 그래도 이렇게 버티는 게 바로 창원 정씨 일가 같은 부자들의 베풂과 뜻 있는 이들의 정성 때문이 아닐까?

27장

눈 내린 듯 천리 뒤덮은 매화보다 더 서릿발같
은 황현의 기개

한국의 봄은 남두에서 시작된다. 단언컨대, ㄱ 시발점은 지리 산과 섬진강이다. 넉넉한 흙과 물을 자양분 삼아 산수유, 매화, 벚꽃이 구례, 광양 하동 줄기를 타고 대열을 맞추듯 피어난다. 이 시절, 이 동네는 봄의 열병을 앓고 있다.

지금으로부터 106년 전 엄동을 뚫고 핀 매화처럼 고결한 선비 가 구례에서 숨을 거뒀다. 지리산 노고단이 보이는 월곡마을에 서 그는 네 수의 절명시를 남긴 뒤 아편을 입에 털어넣었다. 모 름지기 그 땅을 밟는 자, 감상해 볼 일이다.

'어지러운 세상 부대끼면서 흰머리가 되기까지亂離滾到白頭年

　몇 번이나 목숨 버리려 했지만 그리하지 못했구나幾合捐生却未然

오늘은 정말로 어쩔 수 없게 되어今日眞成無可奈

가물대는 촛불만 푸른 하늘을 비추네輝輝風燭照蒼天'

시를 쓴 황현(1855~1910)은 전남 광양군 봉강면 서석촌에서 태어났다. 호는 매천이라 썼다. 그가 사망한 구례에는 매천을 기리는 매천사와 그가 세웠던 호양학교 터가 남아 있다. 구례에서 남원 가는 길 초입에 안내판이 서 있다.

매천은 어릴 때부터 스승 왕석보로부터 "앞날이 촉망된다"는 평을 들었다. 스물네 살 때 서울로 올라와선 이건창과 교유하며 '한말 삼재'로 불릴 정도였다. 스물아홉 때 과거에 급제했으니 시골 출신이라는 어처구니없는 이유로 장원에서 2등으로 밀렸다.

환멸을 느낀 매천은 칩거에 들어갔지만 과거에 재응시하라는 부모의 성화에 못 이겨 서른네 살 때 다시 과거에 합격했지만 이미 그의 조선은 민씨들이 활개치는, 무너져 가는 나라였다. 그때 그가 낙향하며 남긴 말이 있다. "도깨비 나라의 미치광이들!"

광양과 구례를 오가며 학문에만 정진했던 매천은 6권7책의 《매천야록》을 남겼다. 《매천야록》은 1894년, 갑오개혁이 일어나기 전 고종의 탄생과 즉위에 대한 신기로운 이야기에서 시작된다. 지금의 종로 운현궁에 왕기가 서렸다는 것이다.

〈… 철종 초에 장안에는 '관상감 터에서 성인이 나온다'는 동요가 떠돌았고 '운현궁에 왕기가 서려 있다'는 이야기가 있었는데

전남 광양의 매화마을 전경이다.

얼마 안 되어 금상이 태어났다.〉

여기서 관상감은 일명 서운관으로 천문지리를 맡아 보는 관청을 가리키고 있다. 이 서운관 자리에 운현궁이 들어섰는데 '금상', 즉 고종이 거기서 태어났다는 것이다. 《매천야록》은 이후 장동김씨 일족의 횡포와 그에 저항하는 흥선대원군의 이야기를 자세하게 전한다.

정권을 잡은 대원군은 개혁정치를 펴지만 장동김씨의 저항도 만만치 않았다. 《매천야록》엔 다음과 같이 둘의 대화가 적혀 있다.

"나는 천리를 끌어 지척을 삼을 것이며 태산을 깎아 평지를 만들 것이며 남대문을 3층으로 높이고 싶은데 여러분은 어떠시오?"

이런 대원군의 물음에 김병기가 다음과 같이 답하고 물러났다. "천리도 지척이라면 지척이 되는 것이고 남대문도 3층으로 만들면 3층이 되는 것입니다. 대감이 무슨 일인들 못하겠소이까. 다만 태산은 스스로 태산이니 어찌 평지로 바꾸겠습니까?"

대원군은 픽 웃고 말았다. 천지를 지척으로 삼겠다는 것은 종친을 대접하며, 남대문을 높이는 것은 남인을 중용하겠다는 것이며, 태산을 평지로 깎는 것은 김씨의 노론을 억누르겠다는 것인데, 김병기가 이를 알고 '한 방' 먹인 것이었다.

저무는 왕조에는 우울한 징조들이 잇따른다. 첫 번째가 위계질서가 뒤집히는 것으로, 일찍부터 대원군은 이렇게 말했다고

매천 황현 선생의 초상화다.

매천은 기록했다. "조선에는 세 가지 커다란 폐단이 있으니 충청도 사대부와 평안도 기생과 전주 아전이 그것이다!"

여기서 충청도 사대부는 우암 송시열을 태두로 한 노론 세력을 말하는 것 같고, 평안도 기생은 관리들의 넋을 앗아가는 경국지색을 경계하는 것인데, 전주 아전에 대해선 전라감사 정봉조 시절, 한 아전이 선비를 매질한 사건이 나온다.

감사는 그 아전을 죽이라고 했는데 아전이 오히려 정봉조의 아버지 정기세에게 뇌물을 줘 무마하려 했다는 것이다. "삼 대에 걸쳐 이 감영에서 벼슬을 했으니 어찌 소자가 직책도 다하지 않고 녹봉만 먹겠느냐"며 정봉조가 버텨 결국 아전은 처형되고 말았다.

아랫물이 흐린데 윗물이 맑을 리 없다. 고종 역시 뇌물을 극히 좋아했는데 고종의 생일인 1887년 만수절 때의 일이다. 경상감사 김명진이 상감에게 왜국 비단 오십 필과 황저포 오십 필을 바치자 고종은 얼굴색이 변하면서 용상 아래로 내던져 버렸다.

뒤이어 전라감사 김규홍이 춘주와 갑초 각 오백 필, 백동 오 합, 바리 오십 개 등을 바치자 고종이 말했다. "감사들이 이렇게 예를 차려야 마땅하지 않은가?" 그러자 김명진의 사위였던 충정공 민영환이 자기 돈 이만 냥을 장인의 선물에 더해 고종께 바쳤다.

어디 그뿐이랴 좌초한 배처럼 표류하는 조선의 황혼기에는 첩과 무당의 횡포도 빠지지 않고 나온다. 첫째는 김좌근의 첩 나합이다. 나주 기생 출신인 나합은 지략과 술수에 능해 김좌근은 곧 나합이라는 '독'에 빠져 국정을 더불어 논했다.

많은 벼슬이 나합을 통해 나왔는데 그중 나합과 간통한 이들도 적지 않았다. 한번은 관상을 잘 보는 참판 조연창이 나합과 정을 통하려다 갑자기 김좌근이 등장하자 놀라고 말았다. 당황하는 조연창을 대신해 나합은 "저도 관상을 보고 있었다"고 둘러댔다.

임오군란 때 명성황후가 군인들을 피해 충주로 피난갔을 때였다. 한 무당이 나타나 환궁 날짜를 점쳐 줬는데 신기하게도 적중했다. 황후가 무당을 데리고 궁으로 돌아왔는데 몸이 좋지 않을 때면 무당이 묘하게도 아픈 곳만 골라 만져 줬다. 황후의 총애가 깊어지자 무당은 자신을 관성제군 딸이라 칭했다.

관성제군은 《삼국지연의》에 등장하는 관우다. 중전은 방약무인한 무당의 말에 현혹돼 그를 진령군으로 봉했다. 진령군은 이제 아무 때고 대궐로 가 임금과 중전을 만났다. 임금과 중전은 그를 가리키며 이런 말도 했다. "군이 되니 믿음직하도다."

임금과 중전의 총애가 쏟아지니 벼슬 노리는 자들이 들개처럼 진령군을 향해 달려들었다. 혹은 자매를 칭하고, 혹은 수양아들이 되겠다고 자청한 이들도 있었다. 《매천야록》에는 조병식, 윤영신, 정태호가 가장 심했다는데 그중엔 잠자리를 같이한 자도 있었다.

'삼정의 문란'으로 알려진 것처럼 행정도 엉망이었는데 《매천야록〉에는 개에게 벼슬을 준 웃지 못할 이야기도 등장한다. 충청도의 한 과부가 아이 없이 복구라는 개 한 마리와 살고 있었다. 어느날 그녀가 복구 부르는 소릴 지나던 객이 들었다.

그는 잽싸게 복구에게 토목공사를 관리하는 감역이라는 벼슬을 준 뒤 대가를 챙기러 왔다. 과부는 이 소릴 듣고 탄식하며 "손님께서 복구를 보시겠소?"라고 했다. 큰 소리로 부르니 개 한 마리가 꼬리를 흔들며 오는 것이었다. 망하기 직전 조선의 상황은 이랬다.

외교권을 일본에 박탈당한 1905년의 을사늑약 이후의 기록은 조선의 권력자들의 민낯을 보여준다. 박제순·이근택·이완용·권중현과 함께 '을사오적'으로 꼽히는 당시 내부대신 이지용은 나라를 팔아먹는 문서에 도장을 찍고 이런 궤변을 늘어놓았다.

"나는 오늘 최지천이 되기를 바란다. 우리가 아니면 나랏일을 누가 하겠는가."

여기서 '지천'은 병자호란 때 청나라와의 화의를 주장한 지천 최명길을 말한다. 그런데 다음 사항을 보면 이지용이 최명길과 비교될 수 있을지 의문이다.

최명길은 김상헌이 강화문서를 찢자 "조정에는 이런 문서를 찢는 자도 반드시 있어야 하고 나 같은 자도 없으면 안 된다"고 했다. 이것은 나라를 살리기 위해 화전을 함께 구사해야 한다는 뜻인데 과연 이지용은 그럴 자격이 있었는가.

선날 구례 매천사는 황현 선생이 스스로 목숨을 끊은 곳이나

나라가 망한 후 을사오적을 비롯한 간신들의 행태는 오늘날에
도 유례를 찾을 수 없을 만큼 낯 뜨거웠다. 이지용의 처 이홍경
은 일본 고관 아키하라를 비롯해 하세가와, 고쿠분 쇼타로 등과
간통했다. 아키하라가 일본으로 돌아갈 때의 광경은 장안의 화
제가 됐다.

배웅 나온 이홍경이 아키하라의 입속으로 혀를 내밀자 아키하
라가 혀를 깨문 것이다. 장안에선 이를 빗대 만든 '작설가'가 유행
했다. 그런가 하면 이완용은 아들 이명구가 일본으로 유학 간 사

이 며느리와 간통하다 갑자기 나타난 아들에게 들키고 말았다.

이명구는 "집과 나라가 모두 망했으니 죽지 않고 어찌 버티랴!" 하고 비명을 지른 뒤 자살했다. 민긍식은 자기 첩이 낳은 딸과의 사이에서 네 번째 아들을 낳은 뒤 "점쟁이가 내게 아들 넷을 보겠다고 했는데 이놈이 수를 채웠다"고 자랑했다.

판서를 지낸 홍종헌의 조카는 과부 사촌누이와 간통해 첩으로 삼았는데 매헌은 "이것은 두드러지게 소문난 일이고 그 밖의 소소한 것은 이루 다 기록할 수가 없다"고 한탄했다. 나라가 망하자 법치와 질서는 물론 윤리마저 깡그리 붕괴된 것이다.

이 와중에 최익현·허위·이강년 같은 의병장들과 안중근·이재명 같은 의사들이 들불처럼 일어났으니 참으로 대한민국의 역사는 있는 자들의 몫이 아니라 생명을 초개처럼 나라 위해 바친 민초들의 것임을 《매천야록》은 냉철하게 기록하고 있는 것이다.

내가 《매천야록》을 읽으며 가장 가슴 저렸던 부분은 1884년 박문국 주사로 임명된 이노우에 가쿠고로가 우리 관리들과 나눴다는 대화다. 이노우에는 얼굴이 못생겼지만 문학에 밝았고 우리말에도 능해 여러 사람들과 자주 어울렸다.

어느 눈 오는 날 밤 이노우에는 박문국의 여러 주사들과 운을 내놓고 시를 짓는 등 화기애애한 잔치를 벌였다. 술에 취하자 이노우에가 말했다.

"오늘 밤은 즐거우니 거리낌없이 말해도 되겠습니까? 공들은

구례의 호양학교 터다. 인재를 기르는 것이 국난을 극복하는 길이라 매천 선생은 믿었다.

평소 우리를 꼭 '왜놈 왜놈'이라고 하지요?"

이노우에는 이러는 것이었다. "공들은 사대부를 자처하고 사실 우리가 왜놈은 맞지요. 그러나 왜놈을 꺾어 굴복시킨 다음에라야 왜놈도 스스로 왜놈임을 인정하지 않겠습니까? 공들이 입으로 사대부라고 떠든다고 해서 오늘날 왜놈을 물리칠 수 있겠소?"

그 말을 한 뒤 이노우에는 담뱃대를 들어 검술 묘기를 보인 뒤 놀란 표정을 짓는 사대부들에게 또 한마디를 했다. "서양과 통상하던 초기에 우리도 그들을 받아들이지 않고 모두 칼로 찌르려 했소. 나 같은 자도 검술을 배워 외국인 하나라도 더 베려 했소. 그런데 내가 검술을 이루자마자 외국과 강화가 성립돼 모든 게 쓸모없어졌소. 지금 여러분들이 보신 게 바로 그 검술 재주요. 공들이 검술도 모르면서 왜놈이라고만 한다면 우리 왜놈이 수긍하겠습니까?" 사대부들은 이에 아무 답도 하지 못했다.

이 일화는 우물안 개구리 식으로 세상을 바라보는 현대인들에게도 뭔가 통찰을 줄 것이다. 총천연색으로 변하는 세상에 《매천야록》을 들춘다면 흥이 반감될 것이다. 그렇지만 우리 호국영령이 있었기에 과거 이렇게 초라했던 우리가 살아난 것은 아닐까.

남도기행을 계획하는 독자들이 계시다면 기자 나름의 추천 코스를 밝히고 싶다. 먼저 지리산 산수유 마을에 들러 꽃구경을 하고 온천에 몸을 담그시라. 이후 한국에서 가장 아름답다는 구례-하동 간 도로를 쉬엄쉬엄 걷거나 차로 느릿느릿 달리는 것이다.

지리산의 웅장함 속에 한국 최고의 명당이라는 운조루에 들러 어려운 이웃을 보살핀 '노블레스 오블리주'의 교훈을 얻고 다시 은빛 물결 찰랑이는 섬진강을 따라 화개장터를 구경한 뒤 소설 《토지》의 무대가 된 악양의 너른 벌판을 구경하는 것이다.

그다음은 섬진강을 두고 지리산과 마주하는 백운산 자락의, 지금은 아마 사라졌을 매화마을을 보고 내친 김에 광양으로 가 매천 황현의 유적을 찾아보는 것이다. 광양에는 이런 지사志士들의 꿈이 '산업의 쌀'로 변한 웅장한 제철소도 있다.

지리산과 섬진강을 사이에 둔 구례·하동·광양에는 도시에선 못 볼 진미가 천지로 널려 있다. 깨끗한 물에서만 자란다는 올갱이나 재첩국, 혹은 섬진강 민물 참게탕 한 그릇이면 이런 성찬이 없다는 탄성이 절로 터질 수밖에 없을 것이라고 장담할 수 있다.

더 부지런을 떤다면 하동쪽 지리산 깊숙이 틀어앉은 유서 깊은 쌍계사에 들러 우리 차의 시배지를 구경해 보시라. 고원 층층이 지금 막 싹을 틔우고 있을 푸른 녹차의 융단이 끝없이 펼쳐지는 그 길에는 유서 깊은 고찰들이 점점이 산재해 있다.

아마 그 모습을 본다면 몇백만 원씩 들여야 갈 수 있는 프랑스 와이너리의 장관보다 우리 산하의 멋과 맛과 역사가 내뿜는 향훈이 더하면 더했지 결코 못지지는 않을 것이다. 나 역시 영국 유학시절 처음 본 프랑스 보르도의 포도밭보다 우리 하동·보성·월출산 주변의 차밭에 더 감동을 받은 적이 있다

28장

책임총리의 도를 번암 채제공에게 묻다

조선사 최대의 미스터리가 임진왜란(1592년)·정유재란(1597년)과 정묘호란(1627년)·병자호란(1636년)이다. 조선은 당시 세계 최강의 군사력을 갖고 있던 일본과 청을 44년 동안 맞아 네 차례 싸웠다. 일본과의 7년 전쟁에서 버텼던 조선은 청의 두 차례 침략에 나라가 멸망할 정도로 허망하게 무너졌다.

여러가지 이유가 있겠지만 가장 큰 원인은 유능한 재상의 유무가 아니었을까 싶다. 선조나 인조 모두 명군이라고 부르기엔 무리가 있는 군주였지만 특이하게도 선조시대에는 조선시대를 통틀어 가장 유능한 정승과 판서들이 잇따라 배출됐다. 그것이 의심 많은 임금 선조의 복이었는지 모른다.

예로부터 '어진 사람 3명이면 천하를 태평하게 다스린다'는 말이 있다. 이 말은 역사를 살펴보면 사실에 가깝다. 조선시대 국력이 강성했던 시기에는 여지없이 쟁쟁한 재상과 판서가 왕들을 보필했기 때문이다. 태종 때의 조준·민제·하륜, 세종 때의 황희·맹사성 등이다. 그렇다면 과연 조선시대 명재상들이 보인 교훈은 무엇이었을까.

첫째는 공정한 국사처리다.

둘째는 전란에 대한 준비다.

셋째는 위기를 맞았을 때 흔들리는 국왕의 중심을 잡아 주는 일이다.

넷째, 임금의 수모를 스스로 대신해 받는 일이다.

다섯째, 백성들의 어려움을 알고 그 한을 풀어 주는 것이다.

여섯째, 청렴결백하게 공직을 마치는 것이다.

일곱째, 임금이 잘못된 길로 들어서면 직을 걸고 간언하는 것이다.

여덟째, 자신의 목숨을 아끼지 않는 것이다.

아홉째, 편중되지 않은 인사다.

열째, 스스로 항상 겸손하게 처신하는 것이다.

개인적으로 조선의 5대 명신으로 황희·류성룡·이원익·채제공·최명길을 생각하는데 황희를 제외한 세 명의 재상들은 전란 때

번암 채제공 선생을 모신 상의사다.

나라를 구했다. 임진왜란 당시의 류성룡·이원익과 병자호란 때의 최명길이 그렇다. 채제공(1720~1799)은 다소 예외적인 인물이다.

본관이 평강인 채제공은 지중추부사를 지낸 채응일의 아들이자 효종 때 대제학을 지낸 채유후의 방계 5대손이다. 그가 어렸을 때 집안이 가난했다. 조선 최대의 야사집 《대동기문》에는 열다섯 살 때 향시에 합격한 채제공이 23세에 대과에 응시하려 했으나 지필묵을 마련할 길이 없어 고생하던 이야기가 나온다.

채제공은 생각 끝에 명망 있는 정승 집을 찾았다. 채제공은 정승에게 말했다.

"열다섯에 초시를 한 이후 대학(성균관)에서 7, 8년 정진하다가 한번 재주를 시험코자 하나 지필묵이 없어 도움을 청합니다."

물끄러미 그를 바라보던 정승이 지필묵 한 짐을 하사했다. 그런데도 채제공은 고맙다는 말도 없이 보따리를 쳐다볼 뿐이었다. 정승이 의아한 표정을 짓자 채제공이 말했다.

"소인이 비록 궁핍하나 선비에게 이 물건을 손수 지고 가게 하시렵니까?"

놀란 정승이 사과하곤 하인을 시켜 보따리를 가져다 주게 했다. 채제공이 감사의 뜻을 표하고 일어서는데 옷 속에서 개 가죽이 뚝 떨어졌다. 조선시대 가난한 상민들은 솜을 살 수 없어 개 가죽을 내의로 사용했다. 채제공은 낯빛이 변하지도 않은 채 하인에게 말했다.

"구피가 떨어지지 않도록 잘 매어 주게."

이 모습을 본 정승은 속으로 감탄했다. '가히 정승감이로다.' 과연 정승의 예상대로 채제공은 1743년 문과 정시에 급제했다.

채제공은 충청남도 홍주, 지금의 청양군에서 태어났다. 그의 후손들이 고향을 떠났기 때문인지 청양읍에는 상의사라는 사당만 있을 뿐 유적지는 변변한 게 없다. 그의 묘소는 경기도 용인시 처인구 역북동 산5번지에 있으며 그의 유물은 그가 총력을 기울여 완성한 수원 화성 부근 화성역사박물관에 기증됐다.

樊巖蔡相國濟恭七十三歲眞

聖上十五年辛亥 御眞圖寫後永 命揭儓 內入其餘本明年壬子乹

書者李命基

甫亦甫淸 父母之恩 俞頂甫踵 聖主之恩 廓是君恩 香火名恩

貴爲一身 所愧歜後 伊揚非恩 無計報恩 樊寫自贊自書

번암 채제공 선생의 초상화다. 수원 화성박물관에 있다.

채제공은 숙종 46년(1720년)에 태어나 영조 11년(1735년) 향시에 급제하고 영조 19년인 1743년에 문과에 급제했다. 영조의 특명으로 29세에 한림 벼슬을 받았고 34세에는 충청도 암행어사가 돼 균역법의 폐단을 지적했으며 변방을 방비할 수 있는 대책을 마련해야 한다는 건의서를 올리기도 했다.

채제공은 영조와 정조 두 임금을 섬겼다. 때는 당쟁이 국가의 기틀을 흔들 만큼 거센 시절이었다. 채제공이 왜 재상으로서 유능한 인물이었는가를 보여주는 대목을 짚어 본다.

첫째, 채제공은 왕조의 기틀을 흔들 수 있는, 즉 훗날 분쟁이 일어날 수 있는 결정을 한사코 반대했다. 다른 신하들과 다른 점이었다.

둘째, 채제공은 왕의 뜻이 바른 것이라면 정확히 받들어 시행했다. 1794년부터 1796년까지, 지금 유네스코 세계문화유산이 된 수원 화성을 짓는 공사에서 그는 최고 책임자가 됐다. 한양을 떠나 새로운 유토피아를 만들고자 했던 정조의 수원 화성 건설은 채제공의 목표이기도 했으며 그가 없었다면 불가능했을 것이다.

숙종은 정비 인현왕후 민씨에게서 자식을 보지 못했다. 희빈 장옥정에게서 왕자 균을 얻었는데 그가 경종이다. 숙종은 인현왕후의 궁인인 최씨에게서 아들 금을 보았는데 그가 영조다. 장희빈이 과욕을 부리다 숙청당하자 당장 세자였던 균(경종)의 폐세자 문제가 이슈화됐다. 1720년 숙종이 죽자 균이 왕위에 올렸다.

병약한 경종은 연잉군 금을 왕세제로 세웠다. 당연히 연잉군은 경종 지지파들의 과녁이 됐다. 그를 제거하기 위해 수없이 독살 시도가 있었고 심지어 자객을 보내기도 했는데 연잉군은 왕대비 인원왕후의 치마 속에 숨어 자객의 칼날을 피한 적도 있었다고 한다. 이런 과정을 거쳐 왕이 된 영조는 매사에 엄격했다.

이런 영조에게 어릴 적부터 똑똑했던 아들 선(사도세자)은 귀여움의 대상이었으나 나이가 들어 가면서 선은 기행을 반복했다. 험담과 무고가 난무한 데다 엄격하기 그지없는 아버지 영조의 책망에 '격간도동'이라는 일종의 정신병에 걸렸다. 《조선왕조실록》에는 세자 선의 자질과 병증에 대한 기록이 있다.

세자는 천자가 탁월하여 임금이 매우 사랑하였으나 10여 세 후에는 점차 학문을 태만히 하고 대리청정한 이후부터 질병이 생겨 천성을 잃었다. 처음에는 대단치 않았기 때문에 신민이 낫기를 바랐으나 정축년(1757년) 이후부터 증세가 더욱 심해져 병이 발작할 때는 궁비와 환시를 죽이고, 죽인 후에 문득 후회하곤 했다.

영조는 이런 왕자를 두고 볼 수 없었다. 1758년 영조는 세자를 폐하려고 비망기의 초를 내렸다. 이때 온몸을 던져 비망기의 철회를 요구한 이가 바로 도승지였던 채제공이었다. 채제공은 비망기가 내려진 이튿날 창경궁 함인정에 행차한 영조를 찾아가 계단에 엎드린 뒤 다음과 같이 말했다.

"삼가 어제 저녁에 내리신 초책에 기주할 만한 사실을 써 넣으라는 명을 보았사온데 전하께서 어찌하여 이와 같은 조처를 내리십니까? 이를 쓰지 말도록 하면 왕명을 어기는 것이요, 쓰도록 하면 이것은 신하의 직분상 감히 할 수 없는 짓입니다. 신 등은 죽음을 무릅쓰고 문서를 돌려드릴까 합니다."

처음에 영조는 노한 기색이었으나 비망기를 철회하며 "도승지의 말이 옳다. 가납하겠노라"라고 답했다. 자신은 비록 주변 신하들의 눈치를 보아 아들을 폐하려 했으나 아들을 살리려는 채제공의 충성에 영조는 훗날 손자 정조에게 이렇게 말했다.

"채제공은 진실로 나의 사심없는 신하이며 너의 충신이다."

정약용이 채제공을 기리며 쓴 《번옹유사》에는 더 자세한 이야기가 나온다.

정조가 전해준 말에 의하면 "영조께서 제 손을 잡고 해 주시는 말씀이 '나와 너로 해 아버지와 아들로서의 은혜를 온전하게 해 준 사람은 채제공이다. 나(영조)에게는 순신이지만 너에게는 충신이다. 너는 그것을 알아야 한다.'"

희대의 불운한 천재였던 다산 정약용은 채제공을 흠모했음인지 〈번옹화상찬〉에서 이런 찬양시를 바치기도 한다.

"바라보면 근엄해 무섭게도 보이지만 대면해 보면 유화하여 뜻이 잘도 통하네/고요히 계실 때야 쌓아둔 옥이나 물에 잠긴 구슬 같으나 움직였다면 산이 울리고 바다가 진동하도다/거센 파도 휘몰아쳐도 부서지지 않고 돌 무더기 짓눌려도 닳지를 않네/아무리 짧고 길며 작고 큰 창날이 겨누어도 정승으로 발탁됨을 막지 못했네/그 웅위하고도 걸특한 기개는 천길 높이 깎아지른 절벽의 기상이었지만/남을 해롭게 하거나 사물을 해치려는 생각은 조금도 마음속에 두질 않았네/군자답도다 이 어른이여."

이런 채제공의 노력에도 불구하고 1762년 사도세자는 뒤주에 갇힌 지 8일 만에 숨지고 말았다. 이 일이 벌어졌을 때 채제공은 모친상을 당해 고향으로 내려간 터여서 아무런 손을 쓸 수가 없었다. 1767년 관직에 복귀한 채제공은 1772년 세손 우빈객·공시 당상을 했다. 세손, 즉 정조의 보필과 훈육 책임을 맡은 것이다.

영조 말년인 1775년부터 대리청정을 시작한 세손 산은 1776년 조선의 22대 임금 정조로 등극했다. 왕에 오른 정조는 세손 시절부터 가슴에 품고 있던 아버지 사도세자 무고 사건의 진상 조사에 나섰다. 책임자는 채제공이었다. 당시 정조의 오른팔은 '세도'라는 말을 낳은 홍국영과 채제공이었다.

채제공은 홍국영이 몰락할 때 함께 탄핵받아 8년간 서울 명덕산, 즉 지금의 수락산에서 칩거했다. 이 오랜 기간 그는 절망하지 않고 붕당정치의 타파를 위한 정책을 구상했다. 마침내 1788년 정조는 친서를 내려 그를 우의정에 임명했다. 그는 기다렸다는 듯 '6조 진언'을 올렸다. 골자는 다음과 같다.

첫째 임금이 나라를 다스리는 도리를 세울 것, 둘째 당론을 없앨 것, 셋째 탐관오리를 징벌할 것, 넷째 의리를 밝힐 것, 다섯째 백성의 어려움을 근심할 것, 여섯째 권력기강을 바로잡을 것이었다. 6조 진언이 받아들여지면서 정조시대는 화려하게 꽃피웠다.

반계 유형원과 이수광에서 시작된 실학이 이익·홍대용·홍만성 등에 의해 정점을 이루며 서유구·정약용에게 이어졌다. 박지원·박제가·박세당 등은 북학파로 조선 지성의 시야를 넓혔고 그 맥은 박규수·김옥균에게 전해졌다. 안정복·이긍익·한치윤·유득공은 조선사를 정립해 신채호가 등장할 토양이 됐다.

학문에 관한 한 영조·정조 시대의 르네상스는 세종 시대에 버금가거나 혹은 능가한다는 평가를 받게 된 것이다. 모든 것이 유능한 왕 정조와 그를 보필한 채제공의 몫이라 할 수 있다. 1790년 채제공은 좌의정이 됐는데 공교롭게도 영의정과 우의정이 없어 3년간 독상으로 정사를 홀로 주관하게 됐다.

당시 채제공이 칠십 평생 지었던 시문을 정리해 《번암시문고》로 엮었다. 이 소식을 들은 정조는 그 시문집에 대한 평을 겸해 서문을 써 주었다. 제왕이 신하의 문집에 서문을 짓고 친필로 써

서 하사하는 것은 세상에 드문 일이다. 정조가 노 재상의 글솜씨를 찬미하고 인간됨을 칭찬한 내용은 아래와 같다.

걸출한 기운 구사하며 필력도 굳세니
초상화의 그대 모습 그대로 보는 듯하오
거침없이 치달리는 곳은 큰 파도의 기세가 있고
강개한 대목에는 감개하고 슬픈 소리 많아라
북극의 풍운은 만년의 만남에 밝았고
창강의 갈매기는 옛 맹약에 속했네
호주湖洲 이후에는 그만한 후손이 있으니
중국의 시안 같은 제상 문장가가 나왔음을 다시 기뻐하노라

여기서 호주는 채제공의 종고조인 채팽륜으로 문장가였다. 그 후손에 번암이 나왔음을 칭찬한 것이니 이런 영광도 없을 것이다.

채제공은 1793년 화성 건설을 위해 새로 설치된 화성유수부의 초대 유수가 된다. 정조의 화성 건설은 수구파 대신들의 반발을 샀다. "멀쩡한 한양을 놔두고 굳이 수원에 성을 쌓다니" 하는 소리들이 터져 나왔다. 젊은 정약용에게 성의 설계를 맡긴 것 뿐 아니라 가장 큰 문제는 돌로 성을 쌓는 문제였는데, 야사가 전한다.

막대한 양의 돌을 구하는 일은 정조에게도 고민이었다. 그는 아버지 사도세자를 위해 지은 경모궁에 앉아 아버지에게 기도했다.

"아버지, 단단한 석성을 지을 수 있도록 도와주십시오."

그런 기도를 드린 지 얼마 되지 않아 낭보가 전해졌다.

"전하, 돌맥을 찾았사옵니다. 수원에 돌맥이 있었사옵니다"라는 보고였던 것이다.

놀랍게도 수원 인근 숙지산·여기산·권동·팔달산에서 돌맥이 무더기로 나왔다. 숙지산에서 8만 1110덩어리, 여기산에서 6만 2400덩어리, 권동에서 3만 2000덩어리, 팔달산에서도 1만 3900덩어리가 발견됐는데, 채제공이 하루는 이런 기묘한 말을 하는 것이다.

"전하 생각할수록 신기하고 묘한 인연입니다."

채제공에 따르면 가장 큰 채석장이 된 숙지산은 숙지, 즉 깊이 안다는 뜻이다. 돌이 있는 것을 알고 있었다는 뜻이다. 더 놀라운 것은 숙지산과 여기산이 속한 곳이 공석면이었던 것이다. 화성을 쌓느라 돌을 다 캐내 이제 돌이 없는 곳이 바로 공석면이다. 이 말에 정조는 아버지를 떠올리며 눈물을 흘렸다.

채제공의 세 번째 업적은 조선 상업사에 획기적인 변화를 가져온 도고를 폐지한 것이다. 도고란 독점적인 매점행위를 말한다. 그동안 조선은 정부에서 허가해 준 육의전 외에도 시민 도

수원화성의 연무대다. 정조가 의문의 죽음을 맞은 후 조선은 급격히 멸망의 길로 들어섰다.

고가 난무해 상거래에 막대한 지장을 초래했다. 약한 백성의 상거래는 거대한 도고상인들의 횡포에 짓눌려 왔다.

채제공은 이런 악폐의 철폐를 강력히 주장했고 정조가 받아들임으로써 조선 상업사는 일대 변혁을 이뤘다. 역사책에 나오는 '신해통공'이 바로 이것이다. 조선의 관료들은 대대로 사농공상이라 해 상업을 천시해 왔지만 경륜이 남다른 채제공은 상업 문제에도 깊숙이 개입해 백성들의 한을 풀어 준 것이다.

이렇게 정조를 도왔던 채제공은 정조보다 1년 앞선 1799년 세상을 떴다. 정조는 최대의 예우와 최상의 대접을 해 가며 장례를 도왔다. 먼저 평생 번암 채제공의 친구로 형조판서와 홍문제학을 지냈던 당대의 문장가 해좌 정범조(1723~1801)에게 번암의 일대기를 정리한 신도비를 세우게 했다.

정조는 채제공의 부음을 듣자 식사를 폐했으며 문숙이라는 시호를 하사했다. 그런가 하면 3월 28일 장례식에는 직접 뇌문을 지어 신하로 하여금 읽게 했다. 파란만장한 번암 채제공의 일생을 500여 글자로 정리한 뇌문은 지금 경기도 용인시 처인구 역북면 채제공의 묘 앞에 우뚝 서 있다. 그 내용을 잠시 살펴본다.

사람과 함께 없어지지 않는 것은

서가에 가득한 문고이니

인쇄에 부쳐

수원화성의 100년전 모습이다. 독일군 장교가 촬영했다.

장차 오래 전하게 하려네

친히 뇌문을 지으니

오백여 말일세

평소의 일을 두루 서술하니

나의 글에 부끄러움은 없네

아들 홍원에게 이르노니

선친 욕되게 말고 그대로 따르라.

이 글은 '의정부영의정 규장각제학 화성부유수 장용외사 사시
문숙공 채제공의 장례일에 규장각 신하를 보내어 그 영전에 대

신 영결을 고하게 하노라'라는 글로 120줄 480자이며 정조의 《홍재전서》에도 실렸다. 최상의 예우를 노신에게 바친 정조는 이듬해 세상을 떠나니 그의 르네상스는 미완이 되고 만다.

앞서 언급한 《대동기문》에 또 다른 일화 한 편이 있다. 채제공이 죽은 후 정조는 아주 기발한 문제를 떠올렸다. 화부화, 즉 꽃이 다시 꽃으로 부활한다는 뜻이었다. 정조가 과거시험에 화부화라는 말을 과제로 냈다. 과연 정조의 예상대로 제대로 된 답을 써낸 선비들이 없는데 단 한 명이 정확히 의도를 짚었다.

정조가 그 답안을 쓴 선비를 장원으로 뽑은 뒤 불러서 물었다.

"누가 이 제목의 뜻을 가르쳐주었는가?"

선비는 상경하던 길에 겪었던 일을 왕에게 아뢰었다. 경기도 용인을 지날 때 날이 저물어 하루 묵을 곳을 찾는데 한 노인이 나타나 자기 집으로 데려갔다. 자기 전, 노인이 선비에게 이렇게 말하는 것이었다.

"이번 과거의 제목은 '화부화'일 것이니 준비하시오."

선비가 물었다.

"그게 무슨 뜻입니까?"

노인은 "굳이 풀이하자면 '꽃이 진 자리에 다시 피는 꽃'이라는 뜻이라오."

선비는 고개를 갸우뚱했다.

"그런 꽃이 있습니까?"

"우리 주변에서 흔히 볼 수 있는 꽃이라오. 목화는 꽃이 피기도 하지만 꽃이 져서 솜이 되면 그게 또 다른 꽃처럼 보이지 않소?"

그리고 과거장에서 선비는 노인의 예언이 적중했음을 알고 놀랐다. 왕은 이 이야기를 다 듣고 그 노인의 생김새를 물었다.

"얼굴이 길고 갸름하며 키는 훌쩍 컸습니다. 코도 컸고 입술은 두툼했습니다."

정조가 사람을 보내 선비가 묵었던 집을 찾았다. 현장을 확인한 관리는 "선비가 묵었다는 집은 없고 다만 무덤이 있을 뿐이었습니다. 바로 전임 정승 채제공의 비석이 있었습니다."

정조가 감탄하며 말했다.

"번암이 죽어서도 재주를 부리는구나."

3부
—
역사 속의
한국형
'노블리스 오블리주'

29장

100년 전 조선 민중에게 자부심을 안겨준
두 청년 안창남과 엄복동 이야기

올해는 1919년 3·1만세운동이 일어난 지 정확히 100년이 되는 해다. 3·1만세운동 직후 1920년대로 접어들면서 조선 민중 사이에 유행한 노래가 있다. 경기민요 '청춘가'를 개사한 것인데 이 민요에 1920년 암울했던 조선 민중에게 대단한 자부심을 준 두 젊은이의 이름이 등장한다.

'떴다 보아라 안창남 비행기

내려다보아라 엄복동 자전거

간다 못 간다 얼마나 울었나

정거장 마당이 한강수 되거라

싫거든 두어라 너 하나뿐이냐

산 넘어 산이 있고 좋다

강 건너 강이 있다.'

민요에 등장하는 안창남(1901~1930)은 서울 상공을 난 최초의
비행사다. 엄복동(1892~1951)은 최고의 자전거 선수였다. 나라 빼
앗긴 지 10년 만에 등장한 두 '혜성'에 국민은 환호했지만 운명
은 엇갈렸다. 한 명은 독립운동을 하다 최후를 맞았지만 다른
한 명은 도둑으로 몰락해 살다 6·25 때 폭사했다.

사실 안창남은 한반도 상공을 난 첫 비행사지 한국인 최초의
비행사는 아니었다. 1920년 미국 캘리포니아에 있는 레드우드 비
행학교를 졸업한 미주 한인 비행사가 여섯 명이나 있었던 것이
다. 한장호, 이용선, 이초, 오림하, 장병훈, 이용근이 그들이다. 공
군이 이들을 '한국 최초'로 공인한 것은 1992년이다.

서울에서 태어난 안창남의 팔자가 바뀐 것은 1917년 9월 서울
용산에서 열린 미국인 조종사의 곡예비행을 본 뒤였다. 용산은
현재 강북 최고의 요지지만 1920년 당시에는 일본군 주둔지였다.
통일교 본부가 있는 시티파크 일대가 바로 그곳이다. 경의선이
다니는 철도 바깥쪽은 모래벌판이었다.

미국인 조종사 아트 스미스의 비행에 매료된 안창남은 일본
으로 건너갔다. 오사카 자동차학교에서 먼저 운전을 배운 뒤 면
허를 땄다. 이어 아카바네 비행제작소에 진학해 6개월간 비행기

의 구조와 제작방법 등을 공부한 뒤 마침내 오쿠리 비행학교에 입학, 무사히 졸업했다.

안창남은 1921년 5월, 일본 민간 비행사 시험에 합격해 비행면허증을 받게 된다. 당시 17명이 응시해 합격자는 2명뿐이었다. 그는 한 달 뒤 지바에서 열린 민간 항공대회에서 2등을 했다. 안창남은 중구 평동에서 출생해 미동국민

서울 여의도에 있는 안창남 기념물이다.

학교를 마치고 휘문학교를 중퇴했는데 상당히 두뇌가 명석했다고 한다.

안창남의 이름이 국내에 알려진 것은 그가 1920년 10월 오쿠리 비행학교의 조교수가 됐을 때부터였다. 《동아일보》를 비롯한 언론은 그를 '자랑스러운 조선 청년'으로 대서특필했고, 이어 그의 고국 방문 지원과 개인 비행기를 사주자는 모금운동이 일어나기도 했다. 당시 비행기 값은 당시 돈으로 2만원이었다.

1922년 10월 《동아일보》가 그의 고국 방문 비행을 발표했는데 그로부터 한 달 뒤 열린 도쿄~오사카 간 왕복 우편비행대회에서 안창남이 우승하자 한반도는 안창남이라는 이름으로 뒤덮였다. 그해 12월 10일 안창남은 오쿠리 비행학교 소속 영국제 1인승 뉴포트 복엽기 '금강호'를 타고 조국으로 왔다.

'금강호'의 조종간을 잡은 안창남은 여의도 비행장을 이륙한 뒤 남산~창덕궁 상공~여의도 코스를 비행했다. 당시 서울에 30만명이 살았는데 그의 비행을 보러 몰린 인파가 5만명이 넘었다. 안창남은 1923년 잡지 《개벽》에 당시의 감동을 그린 '공중에서 본 경성과 인천'이란 글을 실었다.

空中(공중)에서 본 京城(경성)과 仁川(인천)

京城(경성)의 한울(하늘)! 京城(경성) 한울!

내가 어떠케 몹시 그리워햇는지 모르는 京城(경성)의 한울! 이 한울! 이 한울에 내 몸을 날리울 때 내 몸은 그저 심한 감격에 떨릴 뿐이었습니다.

[출처 : 국사편찬위원회 한국사데이터베이스]

안창남이 환호에 취해 평탄한 일생을 살기로 결심했다면 그는 광복 후 '친일리스트'에 이름을 올렸을지 모른다. 그런데 1923년

여의도가 과거 비행장이었음을 기억하게 해주는 터널이다. 여의도 공원과 한강 고수부지를 연결하고 있다.

9월 관동대지진이 또 한 번 그의 삶을 바꾼다. 일본인들이 대지진 당시 조선인들이 우물에 독약을 넣었다며 조선인을 대거 학살하자 분노한 안창남은 1924년 중국으로 건너갔다.

중국에서 '조선청년동맹'에 가입해 활동하던 안창남은 몽양 여운형의 소개로 산시성 군벌 옌시산의 군대에서 항공중장으로 근무하면서 장제스의 국민당이 벌인 2차 북벌에 참전했는데 그 계급이 소장이었다. 북벌 후 안창남은 산시비행학교의 교장직을 맡아 중국인 비행사를 양성했다.

조국의 광복을 염원했던 안창남은 이에 그치지 않고 1928년 '대한독립공명단'이라는 비밀 항일조직을 결성해 활동에 매진했다. 하지만 그도 잠시 국민당과 공산당 간의 천하대란이 벌어지기 직전인 1930년 4월 산시비행학교에서 비행교육을 하던 중 안타깝게도 추락사했다. 안창남 사후 사흘 뒤 옌시산은 장제스에 대항하는 반란을 일으켰다.

안창남의 시신은 타이위안에 묻혔고 '중화민국 제3집단군 항공학교 특별비행교관 안군창남지묘'라는 비석까지 있었지만 1965년 문화대혁명의 소란 속에서 파괴돼 지금은 흔적도 없다. 안창남의 일생은 영화로도 제작됐다. 1949년 9월 개봉한 윤봉춘 주연, 〈안창남 비행사〉가 그것이다.

2001년 정부는 안창남에게 '건국훈장 애국장'을 수여했다. 하지만 후손이 없어 정부가 보관하고 있다. 지금 우리가 안창남의 족적을 그나마 더듬어 볼 수 있는 곳은 여의도공원이다. 김포공항이 세워지기 전 비행장 역할을 했던 이곳에는 안창남의 활동을 담은 동판과 각종 항공 관련 자료들이 전시돼 있다.

안창남 이후 수많은 '빨간 마후라'가 등장했다. 최초의 여성 비행사이자 여성 전투기 조종사 권기옥(1901~1988)을 비롯해 박경원(1901~1933), 이정희(1910~?) 등이 나라 잃은 한을 창공을 가르며 풀었다.

식민지 조선에서 자전거 선수로 활동한 인물은 대개 자전거 가게 점원이 많았는데 이는 자전거가 매우 귀중했기 때문이다. 우리나라에서 자전거 대회가 처음 열린 곳은 1906년 4월 22일 동대문 훈련원 자리였는데, 처음 대회를 연 것은 대한제국의 군인이었던 권원식과 요시카와라는 일본인이었다.

엄복동이 자전거 선수로 이름을 떨치기 시작한 것은 1913년 3월 10일 충청남도 조치원에서 열린 '육군기념제 자전거경주연합대회'에서 1등을 하면서부터다. 같은 해 4월 13일 《매일신보》와 《경성일보》 주최로 열린 '전 조선자전차경기대회'는 공교롭게도 용산의 일본군 주둔 연병장에서 열렸다.

당시 이 대회에 일본인은 모두 7명이 출전했는데 대회를 주최한 신문사들은 이 일본 선수들을 자동차에 태우고 시내를 일주하는 환영식을 열었다. 더구나 재경 일본 상점들마저 후원에 나서자 두 신문이 "우리도 조선인 선수를 후원해야 한다"고 호소하면서 대회는 한일 대결 같은 긴장감이 고조됐다.

4월 13일 오후 2시 남대문에서 용산의 일본군 연병장까지 이어진 도로에는 10만명 이상의 관중이 몰렸다. 경기는 선수들의 수준을 고려해 등급별로 열렸다. 최고가 참가하는 '일류 경기'에 조선인은 엄복동·황수복이, 일본인 선수는 네 명이 출전했다. 경기는 시작부터 이변을 자아내고 말았다.

엄복동이 처음부터 선두를 질주해 용산 일본군 연병장을 스무 바퀴 도는 동안 한 번도 뒤처지지 않았다. 3등 역시 황수복이 차지하자 4월 15일자 《매일신보》는 조선인이 일본인을 이긴 데 대한 감격을 감추지 못하고 감정 듬뿍 실린 다음과 같은 기사를 내보내기도 했다.

"십만 관객이 박수 응원하는 가운데 엄복동과 황수복은 항상 다른 선수보다 앞서나가다가 다른 선수가 쫓아옴을 보고 더욱 용맹을 내어 넓은 경주장을 겨우 이십이 분에 스무 번을 돌아 우리가 애독자 제군과 기다리고 바라던 전조선대경주회의 명예 있는 일등은 마침내 엄복동 군에게 떨어지고 황수복도 삼등을 점령하여 다정다한한 십만 동포의 박수갈채하는 가운데에 감사한 눈물로 동포의 다대한 열성을 사례하며 엄복동은 인천 공영사에서 기부한 우승기와 용천상점에서 기부한 라지 자전거를 받았으며…."

엄복동은 같은 해 4월 27일 평양에서 열린 대회에서도 우승했으며, 11월 2일 동대문 훈련원에서 열린 '추계 자전거 대회'마저 제패하면서 '자전거 왕'이라는 칭호를 받게 된다. 1913년 11월 4일 《매일신보》는 "엄복동을 두고 '자전거 대왕'이라는 말이 자자하였다"고 보도하기도 했다.

엄복동은 이후에도 한일 대결의 상징처럼 됐는데 대표적인 사례가 1920년 5월 2일 경복궁에서 열린 '서울 시민을 위한 대운동회'다. 그날 경회루 앞에서 자전거 경주가 열렸다. 경주에는 조선, 일본, 중국 선수 70여 명이 참가했다. 당시 우승 후보는 예선전 1등인 엄복동과 모리시타였다.

　결승전은 운동장을 40바퀴나 도는 것이었는데 서른 바퀴를 넘었을 때 엄복동은 이미 2위 그룹을 몇 바퀴나 앞서고 있었다. 그때 심판석에서 돌연 '경기 중지!'라는 신호가 울렸다. 일본인 심판이 일본 선수들의 패색이 짙어지자 "해가 이미 졌다"는 황당한 이유를 댄 것이다. 이에 엄복동이 흥분했다.

　분을 참지 못한 엄복동은 우승기가 있는 곳으로 가 "이것은 내가 1등 하는 걸 막으려는 수법이오. 이까짓 우승기는 뒀다가 뭐 하려는 것이오?"라고 외치고는 우승기를 내동댕이쳤다. 이에 일본인들이 엄복동에게 달려들면서 난투극이 벌어지자 여기 조선인들이 가세하면서 경기장은 아수라장으로 변했다. 당시 《동아일보》는 사건의 전말을 다음과 같이 자세히 보도했다.

　"여덟 사람이 용기를 다 바쳐 주위를 돌 때, 다른 선수들은 불행히 중도에서 다 뒤떨어지고, 오직 선수 엄복동과 다른 일본 선수 한 사람만 그나마 승부를 겨루게 되었는데, 그것도 엄복동은 삼십여 바퀴를 돌고, 다른 일본 사람이 엄 선수보다 댓 바퀴를 뒤떨어져, 명예의 일등은 의심없이 엄 선수의 어깨에 떠러지게 되었는데, 어찌된 일인지 심판석에서는 별안간 중지를 명령함에 엄 선수는 분함을 이기지 못하여 '이것은 꼭 협잡으로 내게 일등을 아니 주려고 하는 교활한 수단이라!' 부르짖으며 우승기가 있는 곳으로 달려들어 '이까짓 우승기를 두었다 무엇하느냐!'고 우승 깃대를 잡아꺾으매, 옆에 있던 일본 사람들이 일시에 몰려들어 엄 선수를 구타하니 마침내 목에 상처가 나고 피까지 흘리게 되매, 일반 군중들은 소리를 치며 엄복동이가 맞아 죽는다고 운동장 안으로 물결같이 달려들어서, 욕하는 자, 돌 던지는 자, 꾸짖는 자 등 분개한 행동은 자못 위험한 지경에 이르렀으나, 다행히 경관의 진압으로 군중은 헤치고, 대회는 마침내 중지가 되고 말았는데, 자세한 전말은 추후 보도하겠으나 우선 이것만 보도하노라."

엄복동은 1923년 5월 20일 중국 다롄에서 열린 국제 자전거대회에 출전해 우승했는데, 이날의 경기를 《동아일보》는 1923년 5월 31일자에 다음과 같이 보도하기도 했다.

"자전거 대장 노릇하는 엄복동군이 이미 보도한 바와 같이 지나간 이십일 대련시 봉판정 운동장에서 열린 자전거 대경주회에 원정 차로 떠났는데 개최일이 되는 이십일 아침부터 모여드는 관람자들이 무려 오만여 명에 달한 중에 특히 조선인 관람자가 많아서 엄군의 우승을 열광적으로 바라며 열심히 응원했다.

맨 나중 일류선수의 70주 경주가 시작되매 장내는 더욱이 긴장하여지며 엄 선수는 튼튼한 기상과 용맹한 자세로 출장하여 경기는 시작되었다. 일본서는 자전거 대왕이라는 일류선수 일본인과 또한 중국인, 조선인 연합의 경주이므로 조선인은 더욱 뛰

놀았다.

이에 엄선수는 줄곧 다섯 바탕으로 앞서 놓고 돌매 일본인들은 하품을 하며 혀를 내두른 모양은 장관이었는 바 최후의 70주에 이르러 엄 선수가 일등 선착이 되고 일본인은 이착이 되고 중국인이 삼착으로 마치어…"

엄복동은 1930년대 초까지 선수로 활동했는데 일제는 조선신궁대회를 자주 열어 조선 선수들의

경기도 의정부시 종합체육관 앞에 건립된 엄복동의 동상이다.

일왕에 대한 충성을 강요했다. 당연히 엄복동은 일제의 주요한 표적이었다. 1972년에 출간된 《한국인물대계》의 엄복동 편에는 엄복동이 일제가 주최한 대회에는 참가하지 않았다고 기록하고 있다.

"이렇듯 인기가 상승되는 존재로 부각되자 일본인 각 자전거점에서는 그를 회유시켜 끌어오려 했지만 그는 결연히 거절함으로써 자기에게 보내진 민족의 기대를 헛되이 하지 않았음은 물론

이거니와 일본에서 개최되는 자전거 경기에는 참가를 거부했다."

엄복동은 서른다섯 되던 해인 1926년 서울 장충단대회를 끝으로 은퇴를 선언했지만 그의 높은 인기에 주최 측이 항상 그를 초청하면서 1932년 조선인이 개최한 '전 조선 남녀 자전거대회'까지 출전했다. 당시 그는 마흔한 살로 전성기를 한참 넘겼지만 1만m 경기에서 당당히 우승을 차지했다.

인생에 오르막과 내리막이 없다면 그것은 진정한 인생이 아니다. 엄복동은 안타깝게도 젊은 시절의 명성이 1926년 즈음해 오명으로 바뀌게 된다. 그 첫 보도가 《동아일보》 1926년 7월 10일 자에 보도된 엄복동의 '절도 장물 판매에 관한 재판 결과'다.

"조선에서 자뎐거 선수로 유명한 엄복동이가 절도와 공범자가 되야 징역을 하게 되엿다. 경기도 부천군 다주면 댱의리에 원적을 두고 시내 병목뎡 이백십번듸에 거주하든 리효진(35)은 절도 전과 이범인 자로 금년 이월 이십오일 이래 또다시 시내 여러곳에서 남의 자뎐거 십여대를 훔처다가 시내쵸음뎡 백십일번듸에 원적을 두고 병목뎡 이백이십구번듸에서 자뎐거 영업을 하는 엄복동(35)의 뎜포에 가서 그것을 팔아달라고 의뢰하야 엄복동은 리효진과 함께 그 절취하여온 자뎐거를 여러차례 원산으로 가지고 가서 팔다가 사실이 발각되야 두명이 모다 원산경찰서에 잡히여 함흥 디방법원에서 리효진은 절도죄로 엄복동은 절도장물 사보죄로 예심에 결뎡을 밧고 지난 구월 이십일에 리효진은 징역 사년 엄복동은 징역 일년륙개월에 벌금 오십원의 판결언도를 밧고 모다 그를 불복한 후 수일전에 경성 복심법원으로 공소하여 올라와 당대 조선에서 자뎐거 선수로 그를 당할 자가 업다고 하든 용감한 엄복동도 지금은 서대문 형무소 털창 밋헤서 신음하고 잇는 중이더라."

1950년 6·25가 일어나기 한 달 전《동아일보》1950년 4월 1일자에 엄복동이 다시 등장한다.

"비행사 안창남씨와 더불어 우리나라의 은륜계에 명성을 날리던 엄복동(61)씨는 그 옛날의 명성도 어디로 생활에 궁한 나머지 남의 자전거를 훔치려다 구속되었으나 인정검사의 따뜻한 온정으로 석방된 사실이 있다. 즉 왕년에 자전거 선수로 천하에 용명을 날리던 엄복농는 세월이 흘러 어느덧 육순이 넘은 노인이 되어 지금은 경기도 양주군 회천면 덕계리에서 농사를 짓고 있었는데 그날 그날의 끼니에 어려워 지난 22일 시내 종로구 청진동 575번지 박연이씨 댁 앞을 지나다 훌륭한 자전거 한 대가 박씨 문전에 놓여 있는 것을 발견한 순간 그 자전거가 대단히 훌륭한데 욕심이 나서 그 자전거를 훔치려고 하였으나 그만 사람들에게 발견되어 체포되었다고 한다. 그 후 서울지검에 송치되어 안희경 검사의 담당하에 취조를 받아왔는데 안검사는 엄의 과거 지사와 현재의 사정에 동정하는 바 있어 30일 기소유예로 석방하였다고 한다."

30장

무장독립운동단체 의열단장 김원봉

최근 들어 영화에 자주 등장하는 인물이 있다. 무장독립운동
시내 여인들의 단상을 시냈던 김원봉(1898~1958)이다. 영화감독들
이 그를 주목한 것은 베일에 싸인 테러리스트이기 때문일 것이
다. 김원봉은 2015년 개봉된 영화 〈암살〉에 등장했으며 9월에 개
봉된 영화 〈밀정〉에도 나온다.

김원봉 역을 맡은 배우들은 당대의 최고 스타들이다. 〈암살〉
에서는 조승우, 〈밀정〉에서는 이병헌이 그로 변신했다. 김원봉의
생애를 살피기에 앞서 〈밀정〉이 무슨 내용을 다뤘는지를 살펴보
자. 〈밀정〉은 역사상 실재했던 '황옥 경부 폭탄 사건'을 다뤘다.
사건은 1923년 벌어졌다.

황옥은 일제시대 경기도 경찰부 경부로 재직, 의열단이 중국

상하이에서 비밀리에 제조한 폭탄을 국내에 들여오려고 할 때 협력했던 인물이다. 1923년 3월 7일 의열단원 김시현 등 3명은 일제에 협력한 요인을 암살하기 위해 권총 5자루와 폭탄 18개를 반입하려 했다.

원래 이 계획은 1922년 가을 세워졌다고 한다. 의열단은 두 가지 계획을 세웠다. 하나는 임시정부 재무총장 이시영과 김한이 계획을 짰고, 다른 하나는 고려공산당 장건상과 김시현이 주도하는 것이었는데, 두 가지 플랜 가운데 임시정부의 김한이 주도했던 계획이 먼저 실행에 옮겨지게 됐다.

김상옥·안홍한이 국내로 잠입했고 폭탄 등 무기도 무사히 한만 국경 인근에 도착했다. 그런데 김한이 일제의 밀정이라는 정보가 의열단 본부에 전달되면서 계획이 중단됐다. 훗날 이 정보는 허위로 밝혀졌다. 이에 국내에 먼저 들어왔던 김상옥이 단독으로 종로경찰서 폭탄 투척 사건을 벌이게 됐다.

김상옥은 종로서에 폭탄을 던진 뒤 일경과 세 시간에 걸친 총격전을 벌이다 사살됐다. 다음은 《동아일보》 1923년 3월 15일 호외에 실린 기사의 일부다.

'동대문경찰서 율전 경부보가 육혈포를 쏘며 선두로 들어가다가 김상옥의 육혈포에 맞아 넘어지매 김상옥은 여러 형사가 주저하는 틈에 다락 속에 있는 널빤지를 뚫고 나가서 세 집으로 쫓겨 다니며 세 시간 이상을 격렬히 싸웠으나 필경 수십 명 경관의 일제 사격으로 빗발 같은 탄환 속에 맞아 죽게 되니 김상옥은 이 중에 총을 쏘다가 옆집에 들어가 "나에게 이불을 좀 주시오, 이불을 주시면 그것을 쓰고 탄환을 좀 피하여 몇 명

김원봉과 아내 박차정이다.

더 쏘아 죽이고 죽을 터이니" 했으나, 주인이 말을 안 들어서 그대로 싸우다 죽는데, 총을 맞아 숨진 후에도 육혈포에 건 손가락을 쥐고 펴지 아니하고 숨이 넘어가면서도 손가락으로는 쏘는 시늉을 했다더라.'

첫 번째 계획이 실패하자 의열단은 곧바로 두 번째 계획을 실행했는데 그 책임자가 김시현이었다. 영화 〈밀정〉에서는 공유가 이 역을 맡았다. 김시현은 밀양경찰서 폭탄 투척 의거를 계기로 친해진 황옥을 끌어들였다. 황옥이 일제 경찰이지만 신뢰할 만하다고 여긴 이유가 있었다.

1922년 김시현이 고려공산당에 입당하도록 도와주고 극동인민대표자대회 참석을 알선해 준 인물이 황옥이었기 때문이다. 김시현은 김원봉과 장건상에게 황옥의 합류를 건의했다. 김원봉은 직접 황옥을 만났고, 그가 경찰이기 때문에 거사에 도움이

될 것이라 판단했다고 한다.

1923년 3월에 김시현과 황옥은 경성으로 잠입하고 폭탄도 무사히 반입됐다. 그런데 3월 15일 황옥을 비롯한 관련자 18인이 일경에 모두 체포됐고 도주했던 김시현도 대구에서 붙잡히고 만다. 의열단 내부의 밀정 때문에 벌어진 비극이었다. 경천동지할 일은 8월 7일 법정에서 벌어졌다.

황옥이 "내가 의열단의 폭탄 반입을 도운 것은 의열단원들을 검거하기 위해서였다"라고 말한 것이다. 영화 〈밀정〉은 바로 이런 내용을 다룬 것이다. 황옥은 김시현과 함께 징역 10년 형을 받았지만 2년 뒤 석방됐고 1950년 6·25 때 북으로 납북되면서 역사 속에서 자취를 감춘다.

다시 김원봉으로 돌아간다. 김원봉의 삶은 이렇게 열 가지 항목으로 정리할 수 있다.

첫째, 그는 우리의 해외독립투사 가운데 가장 강력한 테러리즘을 구사했다.

둘째, 그의 삶의 전성기는 20대로, 의열단과 함께한 시기였다.

셋째, 그의 인생은 정당을 구성하면서 몰락하기 시작했다.

넷째, 그는 분명 사회주의와 공산주의에 물들어 있는 인사였다.

다섯째, 그의 사회주의와 공산주의에 대한 관심이 조국 독립의 방편이었지 진정한 '빨갱이'는 아니었다는 반론의 여지는 있다.

여섯째, 그를 몰락시킨 것은 중국공산당과 북한 김일성과 해방 후에도 여전히 위세를 떨친 일본 경찰 출신과 미군정이었다.

일곱째, 그의 6·25 때 행적은 정확히 밝혀지지 않고 있지만 조국을 향해 총부리를 겨눈 김일성 일파의 구성원이었음을 부인할 수 없다.

여덟째, 그의 사인은 여전히 미궁에 빠져 있다. 처형설─은퇴설─자살설이 있지만 처형설이 가장 유력해 보인다.

아홉째, 김구 선생과 그는 라이벌 관계였지만 백범은 항상 그를 포용했다.

열째, 그의 두 번에 걸친 사랑은 또 다른 소설 한 편이 될 만큼 극적이었다.

김원봉은 일제가 가장 두려워한 테러리스트답게 변신의 명수였다. 그 증거가 그가 사용했던 이름이다. 그는 김약산·최림·진국빈·이충·김세량·왕세덕·암일·왕석王石·운봉·김국빈·진충·김약삼 같은 이름들을 번갈아 사용했다.

김원봉은 김해 김씨 참판공파 42세손으로 1898년 8월 13일 경남 밀양에서 태어났다. 김원봉의 할아버지는 역관 출신이고 아버지는 30여 마지기의 농사를 짓는 중농中農이었다. 13세 때 나라를 일본에 빼앗기자 김원봉은 친구 윤세주와 함께 울면서 복수를 맹세했다고 한다.

김원봉은 서당을 다니다 11세 때 밀양공립보통학교로 편입했는데 1911년 4월 29일 일왕의 생일을 축하하는 천장절 때 일장기를 학교 화장실에 처박아버린 뒤 윤세주와 함께 학교를 자퇴했다. 이후 밀양 읍내 동화중학 2학년에 편입했다.

보통학교 졸업장이 없으면 허용되지 않던 편입이 예외적으로 허락된 것은 그의 애국행동이 알려졌기 때문이다. 밀양 동화중학에는 전홍표라는 유명한 교장이 있었다. 그는 학생들에게 늘 "우리가 목숨이 붙어 있는 한 일본과의 투쟁을 하루도 게을리해서는 안 된다"고 강조했다고 한다.

이 말에 힘입어 김원봉과 윤세주는 '연무단'이라는 모임을 만들어 체력단련에 힘썼다. 뒷산을 오르내리고 한겨울에도 냉수욕을 하는가 하면 공을 가지고 모래밭을 뛰어다녔는데 이것은 머지않아 그가 중국에서 독립운동을 할 때 체력의 밑거름이 됐다.

김원봉이 다니던 동화중학은 전홍표 교장의 발언과 연무단의 존재가 일제 경찰 정보망에 포착되면서 폐쇄됐다. 김원봉은 밀양의 표충사에서 시간을 보냈는데 그곳은 임진왜란 때 왜군을 격파한 사명대사의 충혼이 살아 있는 곳이며 고려시대 때 《삼국유사》를 쓴 일연스님이 머물던 곳이기도 하다.

김원봉은 15세 때 서울 중앙학교 2학년에 편입했는데 곧 웅변으로 유명해졌다. 그의 서울행은 고모부 황상규의 조언이 중요한 역할을 했다. 황상규는 대한제국 시기 집성학교를 졸업한 후

창신학교와 밀양 고명학교를 설립했고 대한광복회를 창설해 의군부 중앙위원을 지내기도 했으며 1931년 사망했다. 김원봉이 훗날 의열단을 만든 것은 황상규에게서 받은 영향이 컸다고 한다.

중앙학교에서 김원봉은 약산이란 호를 얻는데 이것은 '산처럼 우뚝하게 살라'는 뜻이다. 훗날 중국에서 함께 독립운동을

박차정의 관 옆에 김원봉이 서있다.

한 친구 김두전은 물처럼 넓게 살라는 뜻에서 약수, 이명건은 별처럼 되라고 여성이란 호를 얻는다.

1916년 10월 김원봉은 중앙학교를 그만두고 중국 천진의 독일계 학교 덕화학당에 입학했다. 김원봉이 덕화학당에 입학한 이유는 군사학을 배워야겠다는 결심 때문이었다. 김원봉은 세계에서 가장 강력한 군대를 가진 독일을 흠모해 중국에 간 뒤 1917년에는 단동에서 '청산리 대첩'의 명장 김좌진 장군 등을 만나기도 했다. 덕화학당은 제1차 세계대전의 영향으로 폐쇄되고 말아

김원봉의 뜻은 좌절됐다.

김원봉은 1918년 9월 본격적인 독립운동을 하기 위해 친구 김약수·이여성과 함께 중국으로 갔다. 남경 금릉대학에 입학해 공부를 하려는 즈음, 1차 세계대전이 끝나고 저 유명한 윌슨 미국 대통령의 종전 14개조 평화원칙, 우리가 흔히 민족자결주의로 알고 있는 윌슨 독트린이 선포됐다.

당시 중국에 있던 조선독립운동가들은 파리 강화회의에 외교 인재를 보내려 했는데 김원봉의 생각은 달랐다. 그는 '국가의 존망과 민족의 사활이 걸린 큰 문제를 외국인에게 호소해 그들의 결정을 기다리는 것은 결코 할 일이 아니다'고 생각했다. 그는 파리강화회의에 사람을 보내는데, 이는 조선의 현실을 호소하려는 것이 아니라 일본 대표를 암살하기 위해서였다.

그 역할을 김원봉은 4년 전 국내에서 무전여행을 할 때 부산에서 만난 김철성이란 인물에게 맡겼다. 김철성은 중국으로 건너와 오송동제대학에 다니며 김일이란 가명으로 활동하고 있었다. 권총과 여권을 구해 파리로 간 김철성은 동료의 배신으로 거사에 실패했다.

김원봉은 1920년 중국 길림의 신흥무관학교를 방문했다. 이 학교는 이시영(초대 건국부통령) 형제가 만주 유하현에 세운 학교로 그해 8월까지 2000명의 졸업생을 배출한 곳이다. 거기서 김원봉은 무장투쟁의 한계를 절실히 느끼면서 '폭렬투쟁론'이라는 독립운동 노선을 마음속에 굳히고 만다.

인근 봉천에서 고모부 황상규가 활동하고 있었는데 김원봉은 이종암·이성우·서상락·강세우·김옥·한봉인·한봉근·신철휴 등 여덟 동지를 규합해 의열단을 만들었다. 김원봉은 신흥무관학교에 석 달간 다니는데 이것은 폭탄 제조법·총기류 취급법을 배우기 위해서였다.

의열단은 머지않아 일제에는 공포의 대상이 되는데 이런 일화가 있다. 일본 외무대신이 김원봉을 체포하면 즉각 나가사키 형무소로 이송하고 소요 경비는 외무성에서 직접 지출하겠다고 공언했다는 기록이 그것이다. 그런가 하면 조선공산당은 1926년 소련이 주도하는 코민테른에 제출한 보고서에 이렇게 기록하고 있다.

"조선의 (중국에서 행하는) 민족혁명전선에서 직접 투쟁하는 단체는 의열단·신민부·통의부밖에 없다."

의열단이 얼마나 공포의 대상이었는지 웃지 못할 이야기도 전해진다. 좀도둑들이 의열단을 자처하는가 하면 경찰이 범인을 취조하다 "나는 의열단"이란 말에 놀라 도망쳤다는 신문 보도도 있다. 의열단이 출범한 것은 1919년 11월 10일 중국 길림성 파호문 밖 중국인 집에서였다. 그들은 구축왜노(일본놈을 몰아내자), 광복조국, 타파계급, 평균지권을 내세우며, 정의의 의, 맹렬의 열을 따 의열단이라 이름을 지었다. 창단식에는 총 13명이 참가했는데 김원봉은 지도자로 지목됐다. 특이한 것은 지도자의 명칭이 맏형이라는 뜻인 의백이란 사실이다. 이것은 의열단이 반 혈연적인 운명공동체라는 사실을 보여준다.

김원봉은 중국 상해 영창리 190호에 살면서 단원들에게조차 현주소를 말하지 않았다. 일제의 추적을 따돌리기 위해 영창리 외에 5개소를 전전하며 잠을 잤는데 항상 일요일 오후면 상해 교외에 있는 사격장에서 권총 사격연습을 했다. 의열단은 먼저 조선총독부 폭파를 시도했다.

곽재기·이성우·신철휴·김수득·한봉근·윤세주 등 여섯 단원이 1920년 6월 16일 인사동의 한 중국집에 모였는데 이 사실이 밀고돼 경찰에 체포됐다.《동아일보》에 '조선총독부를 파괴하려는 폭발탄대의 대검거' '암살파괴의 대음모사건'이란 기사가 아직도 남아 있다.

이 시도가 실패하자 김원봉은 같은 해 9월 박재혁을 밀양으로 보냈다. 그는 폭탄 13개와 미제 육혈포(권총) 2정과 탄환 900발을 무사히 반입했다. 박재혁은 부산경찰서장 하시모토가 고서 수집에 남달리 관심이 많다는 걸 알아냈다. 그는 9월 14일 중국인 고서적상으로 변장한 뒤 서장 면회 요청을 했다. 서장이 솔깃해 허락하자 그 앞에 고서적 보따리를 풀어놓았다. 정신없이 고서적을 구경하는 서장을 물끄러미 바라보던 박재혁은 그에게 의열단의 전단을 보이며 말했다. "네가 우리 동지를 잡아 우리 계획을 깨뜨린 까닭에 우리는 너를 죽이려는 것이다." 박재혁은 그의 면전에 폭탄을 던졌다. 하시모토는 병원으로 옮기는 중 사망했다.

의열단의 다음 목표는 조선총독부였다. 김원봉은 그 실행요원으로 김익상을 택했다. 김익상은 권총 두

김원봉을 보도한 동아일보의 기사다.

자루를 들고 국내에 잠입하는 열차 안에서 곁에 앉은 일본 여자와 이야기도 나누고 아기를 안아주는 등 부부처럼 행세해 경신의 눈을 피했다.

1921년 9월 12일 오전 10시 전기수리공으로 가장한 김익상이 조선총독부에 등장했다. 청사에 들어서자마자 폭탄을 던진 뒤 김익상은 소란한 틈을 타 기차를 타고 신의주로 간 뒤 일본인으로 위장해 북경으로 탈출했다. 그가 돌아온 것은 사건이 일어난 지 5일 만인 9월 17일이었다.

일본 경찰은 이듬해 김익상이 상해 황포탄에서 일본 육군대장 다나카 기이치를 암살하려다 체포될 때까지 대체 조선총독부에 폭탄을 던진 범인이 누군지 몰랐다고 한다. 체포돼 20년 형을 받은 김익상은 이감 뒤 일본 구마모토 형무소에서 출옥했다.

그런데 출옥 며칠 뒤 한 일본 형사가 물어볼 것이 있다며 데리고 나간 뒤 행방이 묘연해졌다. 김원봉은 훗날 "20년이나 옥고를 치르고 나왔건만 왜놈들은 그를 그대로 내버려둘 수 없었던가 보오. 김익상 동지는 저 악독한 놈들 손에 참혹한 최후를 맞이한 것만 같구려"라고 말했다고 한다.

의열단의 활동자금은 어디서 마련한 것일까? 그 돈줄을 좇다 보면 김원봉과 사회주의 혹은 공산주의자들과의 연관이 나타난다. 1923년 4월 7일 조선총독부 경무국장이 일본 외무성 차관에게 보고한 기밀 자료에는 이런 말이 나온다. "의열단이 소련공산당에서 자금을 받아 투쟁자금으로 충당했으며 고려공산당 계열과 연계돼 있다. 김원봉은 광동 국민당 통보소에 머물며 소련 대표와 접촉을 시도했다."

소련공산당이란 세계적 공산주의 확산을 노리고 만든 '코민테른'을 말한다. 반면 김원봉은 임시정부와는 거리를 뒀다. 그 이유는 이승만이 일정기간 조선을 열강의 위임통치로 두자는 안을 미국에 제안해 임정 요인들을 격분케 만든 일 때문이다. 당시 임정에선 이승만을 성토하는 선언문을 작성했는데 김원봉도 여기 서명했다.

임정과의 관계에서 유명한 것이 도산 안창호 선생과 빚은 갈등인데 이것에서 양측의 입장 차이를 알 수 있다. 도산은 1920년 5월 김원봉에게 "폭탄을 기율 없이 단독적으로 사용하지 말고 임정에 속해 실력을 키운 뒤 상당한 때에 크게 일어나는 것이 어떠냐"고 권했다. 부분적인 모험행동을 피하고 적응 시기를 둔 뒤 대대적으로 행동하는 게 낫다는 충고였는데 김원봉은 이 제안을 거부했다. 그렇다고 김원봉과 도산이 적대적인 관계는 아니었다. 일본 영사관은 김원봉이 북경에 있다는 걸 알고 추적했는데 상해로 도망갈 자금이 없어 곤궁에 처한 김원봉에게 안창호는 손수 돈을 들고 와 탈출을 도왔다.

김원봉과 연관이 있는 고려공산당은 이동휘가 지도하는 단체였다. 이동휘는 1920년 5월 레닌에게서 200만 루블을 지원받기로 하고 1차로 40만 루블을 받는다. 이동휘는 이 돈을 임정이 아닌 고려공산당 운영자금으로 쓰다 물의를 빚어 1921년 1월 임정 국무총리를 사임한다.

김원봉과 임정의 갈등은 이후 1922년 3월 육군대장 다나카 기이치가 상해에 왔을 때도 빚어졌다. 의열단원 김익상·오성륜·이종암에게 처단 지시를 했지만 실패했는데 임정이 "우리는 개입하지 않았다"고 밝힐 뿐 아니라 "조선 독립은 과격주의로는 달성하기 어렵다"는 해명을 내놓았기 때문이다.

의열단의 거사는 1924년 1월 5일 김지섭이 도쿄 황궁 앞 이중교(니주바시)에서 세 발의 폭탄을 터뜨렸지만 모두 불발한 사건을 끝으로 소강상태에 빠진다. 김원봉은 1926년 황포군관학교를 찾아 장개석의 입교 허락을 받고 그해 3월 8일 제4기생으로 입교

한다.

김원봉은 1926년 10월 5일 졸업한 뒤 본교 교관으로 임명됐다. 계급은 국민혁명군 소위였다. 황포군관학교 출신들 덕을 김원봉은 톡톡히 본다. 조선인으로 황포군관학교를 나온 사람은 200명이나 된다. 김원봉은 황포군관학교를 다니면서 1926년 겨울 의열단을 혁명정당으로 전환하려 했다. 의열단의 거사가 충격효과에도 불구하고 실패했다는 반성 때문이었다. 김원봉은 대신 노동·농민단체의 반합법대중운동의 흥기를 보며 정당을 꿈꿨다.

이래서 만든 것이 '조선민족혁명당'인데 김원봉은 '최고지도자'로 추대되고 황포군관학교와 중산대학 출신 11명이 중앙위원으로 선임됐다. 이때부터 김원봉의 삶은 중국 대륙의 거대한 소용돌이 속으로 말려들어 간다. 즉 장개석의 북벌→국공합작→국공합작 결렬→국민당 vs. 공산당 내전, 공산당 vs. 일본군 전투라는 흐름에서 자유로울 수 없게 된 것이다.

김원봉의 마지막 전성기는 1938년 10월 10일 조선의용대 창설이었다. 장개석의 지원으로 설립된 이 군사조직은 의용군으로 출범하려 했지만 아무리 동맹이라도 자국에서 외국 군대가 창설되는 것을 꺼린 중국 때문에 의용대로 격하됐다. 그럼에도 중국에 있는 우리 독립운동 조직 가운데 가장 최강의 군사조직이 만들어지자 긴장한 임시정부도 광복군 창군을 서두르게 된다.

그런데 여기서 문제가 발생했다. 중국공산당이 조선의용대의

효창공원에 있는 이봉창 의사의 동상이다.

주력을 화북 지역으로 차출해 버린 것이다. 그들은 "만주(120만 명)-화북(20만명)에 거주하는 조선인을 보호하려면 조선의용대가 일본군과 싸워야 한다"는 논리를 내세웠다. 많은 조선의용대원도 국공내전보다 일본군과 싸우길 원했다.

중국공산당은 김원봉의 합류는 거부했다. 결국 병력 없는 지휘관이 된 김원봉은 고심 끝에 1942년 4월 20일 조선의용대의 광복군 합류를 결정했다. 임정은 그간 김원봉을 공산주의자로 배척했지만 군사력이 필요했고, 반면 김원봉은 임정 말고는 갈 곳이 없었던 것이다.

김원봉은 임정에서 군무부장과 광복군 부사령관이 됐지만 허울뿐인 것이었으며 실권은 없었다. 이후 광복이 돼 김원봉은 2진으로 1945년 12월 2일 귀국했다. 안타깝게도 광복 후 김원봉이 설 자리는 없었다. 김원봉은 여운형 등이 만든 조선인민공화국(인공)의 군사부장으로 추대되지만 미군은 이 조직을 부인한다.

김원봉은 이후 임시정부와 결별하고 민주주의 민족전선 의장이 돼 반탁에서 찬탁으로 입장을 바꾼다. 그 과정에서 전평이라는 노동조직이 일으킨 총파업을 배후에서 지도했다는 혐의로 1947년 3월 22일 경찰에 체포됐는데 참을 수 없는 수모를 당했다. 일제 때 악명 높았던 노덕술이라는 형사에게 사흘간 갖은 고문을 당하고 풀려난 것이다.

김원봉은 "내가 조국 해방을 위해 중국에서 일본놈과 싸울 때도 이런 수모를 당하지 않았는데 해방된 조국에서 악질 친일파 경찰 손에 수갑을 차다니 이럴 수가 있느냐"며 사흘을 내리 울었다고 한다. 김원봉은 결국 남한을 떠나 1948년 4월 9일 가족과 함께 월북했다. 그는 북행을 염려하는 이들에게 "북한이 그리 가고 싶지 않은 곳이지만 남한의 정세가 매우 나쁘고 나를 위협해 살 수가 없다"는 말을 남겼다.

백범기념관에 있는 임시정부 요인들의 얼굴이다. 가운데 줄 위에서 두 번째가 김원봉이다.

그는 1948년 9월 9일 북한 정권이 수립될 때 국가검열상이 됐다. 군사행정을 전문적으로 관할하는 직책이었다. 6·25 이후인 1952년 5월 국가검열상에서 해임됐다가 두 달 후인 7월에 노동상이 되고 1958년 9월 9일 조소앙 선생 장례식 조문자 명단에 오른 것을 끝으로 이름이 사라진다.

31장

1930년대의 불우한 두 천재 김유정과 이상

강원도 춘천시 신동면에 '실레길'이 있다. 이 마을을 둘러싸고 있는 곳이 금병산이다. 비단이 병풍처럼 마을을 휘감고 있다고 해서 붙은 이름으로, 해발 652m다. 천재 시인 이상과 함께 1930년대 한국 단편문학의 최고봉이라 할 수 있는 김유정(1908~1937)이 2월 12일 여기서 태어났다.

김유정의 삶은 1914년 그가 서울 종로구 운니동으로 이사하면서 꼬이기 시작했다. 대저택이었지만 1년 뒤인 1915년 어머니가 사망했고 다시 2년 뒤인 1917년 아버지(김춘식)가 아내를 따라 저세상으로 갔다. 잇따라 부모를 잃은 그는 정신적 충격 때문인지 말을 더듬게 됐다. 이 증세로 그는 여인들에게서 외면당했다.

1929년 휘문고보를 졸업한 김유정은 1930년 연희전문 문과에 입학했는데 당대의 명창 박녹주(1905~1979)를 열렬히 사랑했다. 본명이 명이인 박녹주는 경상북도 선산에서 태어나 12세 때 박기홍에게 소리를 배우기 시작했다. 당대의 명창 송만갑, 정정렬, 유성준, 김정문 등이 그를 가르친 스승들이었다.

김유정 생가 맞은편에 있는 김유정 문학마을에는 옛날식 전화기가 놓여 있다. 수화기를 들면 두 사람의 대화를 성우들이 현대식으로 재연해 놓은 것을 들을 수 있다. 연상의 박녹주가 학생 신분인 김유정을 매정하게 타이르는 내용이다. 한마디로 "자네는 아직 어리니 열심히 공부한 뒤 찾아오라"는 요지다.

김유정이 박녹주에게 반한 것은 1928년 봄, 조선극장에서 열린 8도 모창대회에 출연한 박녹주를 봤을 때였다고 한다. 김유정은 대회 후 박녹주의 대기실로 찾아갔다. 그 후 김유정은 하루가 멀다 하고 편지, 자신의 음성을 녹음한 레코드 등을 박녹주에게 보냈다. 결국 참다못한 박녹주가 김유정을 불러 일장훈시를 한 것이다.

박녹주가 조선극장 지배인과 애정문제로 자살소동을 벌였다는 소식이 1931년 5월 2일 자 〈대한매일신보〉에 보도되자 김유정은 병원으로 박녹주를 찾아가 나와 결혼해 달라며 고백한다. 그런데 박녹주는 "남자를 못 믿겠다"며 통곡하며 다시 거절했다. 다음날 박녹주의 집 앞에서 김유정도 엉엉 울었다고 한다.

이후에도 김유정은 박녹주를 따라다니다 '오늘 너의 운수가

좋았노라. 그 길목에서
너를 기다리기 3시간,
만일 나를 만났으면 너
는 죽었으리라'라는 내
용의 혈서를 보내기도
했다. 마침내 박녹주는
김유정에게 "단지 당신

김유정의 대표작 《동백꽃》과 《봄, 봄》이다.

에게 마음이 가지 않는 것도 제 잘못입니까?"라고 타일렀다. 이
말에 김유정은 박녹주를 단념하게 됐다.

박녹주 못지않게 김유정을 낙담케 한 또 다른 이는 시인 박용
철의 동생 박봉자(1909~1988)다. 잡지 〈여성〉에 '어떠한 남편 어떠
한 부인을 맞이할까'라는 공동 제목으로 박봉자와 김유정의 글
이 나란히 실렸다. 이후 김유정은 박봉자에게 절절한 연서 30여
통을 보냈으나 박봉자는 답장을 일절 하지 않았다.

박봉자는 김환태와 결혼한다. 평론가 김환태는 유치진과 조
용만이 구인회를 탈퇴했을 때 함께 구인회에 가입한 사이, 어쩔
수 없는 운명에 김유정은 절망했다. 기록은 없지만 김유정은 말
을 더듬는 자신의 처지를 비관했을 것이다. 대신 말로 하지 못
한 열정을 원고지에 쏟아부었지만 이때 늑막염과 치질에 걸리게
된다.

만신창이가 된 김유정은 낙향했다. 박녹주를 따라다니느라

학교에 결석해 제적된 것이다. 2년간 고향에서 금병의숙을 짓고 야학활동에 열심이던 김유정은 1930년대 일제 식민지 치하의 궁핍한 농촌 현실을 절절히 체험하게 된다. 1933년 다시 서울로 간 김유정은 농촌과 도시의 밑바닥 인생들의 이야기를 신명 나게 그려낸다.

1933년 잡지 〈제일선〉에 《산골나그네》와 잡지 〈신여성〉에 《총각과 맹꽁이》를 발표한 뒤 1935년 소설 《소낙비》가 〈조선일보〉 신춘문예 현상 공모에 1등으로 당선됐다. 같은 해 〈조선중앙일보〉 신춘문예에선 《노다지》가 가작입선했다. 한 해에 두 차례 신춘문예에 입상한 것은 그의 성공을 담보해 주는 것 같았다.

본격적으로 등단한 김유정은 '구인회'의 멤버가 돼 창작에 열정을 불사른다. 구인회의 멤버를 살펴본다. 김기림(1908~?)은 함경북도 학성 출생으로 시집 《기상도》《바다와 나비》 등을 남겼고 6·25 때 납북됐다. 정지용(1902~?)은 충북 옥천 태생으로 서정시의 대가다. 잡지 〈카톨릭청년〉의 편집고문일 때 이상이 등단했고 1939년에는 〈문장〉을 통해 조지훈·박목월·박두진의 청록파를 등단시켰다.

이효석(1907~1942)은 강원도 봉평 출신으로, 그가 쓴 《메밀꽃 필 무렵》은 소설을 시의 경지로 승화시켰다는 평을 받고 있다. 강원도 철원 출신인 이태준(1904~?)은 현대소설의 기법을 마련한 작가로 유명하며 그가 쓴 《문장강화》는 지금도 글쓰기의 대표적인

김유정은 짧은 생애를 불타는 사랑으로 보냈다.

고전으로 꼽힌다.

이무영(1908~1960)은 충북 음성에서 태어나 〈동아일보〉 기자로 일했으나 손기정 선수의 1936년 베를린 올림픽 일장기 말소 사건으로 퇴직해 《흙의 노예》《역류》 같은 소설을 써 농민문학의 효시로 꼽힌다. 조용만(1909~1995)은 당시 프롤레타리아 문학에 반기를 들고 순수문학을 지향하는 구인회의 산파역이었다.

구인회는 들어오고 탈퇴한 작가들이 많았지만 항상 아홉이라는 숫자를 유지했다. 김유정은 이런 구인회의 후기 멤버 가운데 한 명이었다. 김유정이 구인회에 가입한 것은 유치진과 조용만이 탈퇴했을 때였다. 훗날 김유정과 깊은 교분을 쌓는 이상은 이종명·김유영·이효석이 탈퇴했을 때 박태원·박팔양과 함께 구인회 멤버가 됐다.

이런 쟁쟁한 문학가들과 함께 구인회 멤버였던 김유정은 1936년 대표작이라 할 《동백꽃》을 발표했다. 동백꽃은 우리가 흔히 아는 붉은 꽃이 아니라 '생강나무꽃'으로 노랗고 멀리서 보면 산수유와 비슷하게 생겼다. 김유정 생가에는 소설 《동백꽃》에 나오는 장면을 재연해 놓은 동상과 닭 조형물이 있다.

사람들이 없으면 틈틈이 즈 집 수탉을 몰고와서 우리 수탉과 쌈을 붙여놓는다. 나는 약이 오를 대로 다 올라서 나뭇지게도 벗어놓을 새 없이 그대로 내동댕이치고는 지게막대기를 뻗치고 허둥지둥 달겨들었다.

– 소설 《동백꽃》 중에서

소설 속 '점순이'는 자기 사랑에 무관심한 나봉필에게 괜한 심술을 부리다 '나'를 꾀어 땅바닥에 자빠뜨리는데 이 우스꽝스러운 장면이 금병산 자락에 있다. 이름하여 '점순이가 나를 꼬시던 동백숲 길'인데 지금 그곳엔 전원주택들이 하나둘씩 들어서 있고 문제의 그 길은 얼마 전까지 카페였는데 지금은 영업을 하지 않고 있다.

김유정의 작품 《동백꽃》에 나오는 장면을 재현해 놓았다.

내친김에 김유정 생가 위쪽부터 금병산까지의 실레길에 있는 몇몇 '길'의 종류를 알아본다. '들병이들 넘어오던 눈웃음 길'은 실제로 스무 살도 안 된 들병이들이 먹고살기 위해 인제나 홍천에서 넘어오던 길이다. 소설 《산골나그네》《총각과 맹꽁이》《소낙비》 등에 나오는데 들병이란 병술을 받아 파는 떠돌이 술장수를 뜻한다.

'금병산 아기장수 전설 길'은 금병산 자락 장수골에 가난한 부부가 살고 있었는데 아내가 겨드랑이에 날개가 달린 아이를 낳았다는 전설이 서린 곳이다. 마을사람들이 이런 아이가 태어나면 좋지 않다며 아이의 날개를 잘라버리자 아이는 곧 시름시름 앓다 죽었다고 한다. 역시 김유정의 소설 《두포전》에 등장하는 길이다.

금병산에는 '산국농장 금병도원 길' '덕돌이가 장가가던 신바람 길' '복만이가 계약서 쓰고 아내 팔아먹던 고갯길' '춘호처가 맨발로 더덕 캐던 비탈 길' '도련님이 이쁜이와 만나던 수작골 길' '근식이가 자 집 솥 훔치던 한숨 길' '김유정이 코다리찌개 먹던 주막 길'처럼 해학적인 길들이 거미줄처럼 얽혀 있다.

김유정 문학마을에는 그의 소설에 대한 평이 있다.

"김유정이 남긴 30여 편의 단편소설은 탁월한 언어감각에 의한 독특한 체취로 오늘까지도 그 재미, 그 감동을 잃지 않고 있다. 이는 김유정이야말로 소설의 언어에서나 내용은 물론 진술 방식에서 우리 문학사에 다시 없는 진정한 이야기꾼으로서 우리 곁에 영원히 살아 있음을 뜻한다."

김유정은 순우리말에 대한 사랑이 깊었다. 그의 소설 속에 등장하는 말들은 지금은 거의 사어처럼 된 것이 많다. 덩저리, 쌩이질, 멈썰하다, 들퍼지다, 괴때기, 저저히, 재우치다, 비겨대다, 줄대, 엄장, 황밤주먹, 가을하다, 보강지, 짜장, 부라질, 단작맞다, 허구리, 낙자없다, 깨묵셍이, 항차 같은 말들이 그 대표적 예다.

그런가 하면 우리가 요즘 즐겨 쓰는 '뽀뽀'라는 말도 김유정이 처음 사용했다. 홍윤표 교수는 국립국어원 정기간행물 〈새국어소식〉 2005년 1월호에서 '뽀뽀'라는 단어가 1939년작 《애기》에 등장한다고 했다.

> 오, 우지마, 우리 아가야, 하고 그를 얼싸안으며 뺨도 문대고 뽀뽀도 하고 할 수 있는, 그런 큰 행복과 아울러 의무를 우리는 흠씬 즐길 수 있는 것입니다.

그런가 하면 그의 작품에는 유독 '아리랑'이 많이 등장했다. 그래서 그를 '강원도 아리랑'의 작가라고 하는 사람들도 있다.

> 아리랑 아리랑 아라리요
> 아리랑 띠어라 노다가게

강원도 금강산 일만이천봉

팔만구암자, 재제 봉봉에

아들딸 날라고 백일기도두 말게구

타관 객리 나선 손님을 괄세두 마라

논밭전토 쓸만한 것 기름방울이 두둥실

계집애 쓸만한건 적조간만 간다네

아주까리 동백아 흐내지 마라

산골 큰 애기 떼난봉난다

네가두 날만치나 생각을 한다면

거리거리 노중에 열녀비가 슨다

네팔자나 내팔자나 잘먹구 잘입구

소라반자 미닫이 각장장판 샛별 같은 놋요강

온앙금침 잣모벼개에 깔구덮고 잠자기는

웅틀붕틀 멍석자리에 깊은 정이나 드리세

– 수필 《강원도 여성》 중에서

그런가 하면 그의 고향 강원도에 대한 사랑도 남달랐다. '5월
의 산골짝이'라는 글의 일부분을 인용해 본다.

"나의 고향은 저 강원도 산골이다. 춘천읍에서 한 이십 리가
량 산을 끼고 꼬불꼬불 돌아들어가면 내닷는 조고마한 마을이
다. 앞뒤 좌우에 굵찍굵찍한 산들이 빽 둘러섰고 그 속에 묻친

안옥한 마을이다. 그 산에 묻친 모양이 마치 옴폭한 떡시루 같다하야 동명을 실레라 부른다. 집이라야 대개 씨러질듯한 헌 초가요, 그나마도 오십호밖에 못되는 말하자면 아주 빈약한 촌락이다.… 산골에는 초목이 내음새까지도 특수하다. 더욱이 새로튼 잎이 한창 퍼드러질 임시하야 바람에 풍기는 그 향취는 일필로 형용하기 어렵다…"

김유정의 소설은 해학적이면서 토속적이었고 때론 에로틱하기도 했다. 그에 대한 동료 선후배 작가들의 평을 한번 들어본다.

"죽음의 최종의 일분까지 창작의 붓을 들고 악전고투한 장한 유정! 유정은 문자 그대로 혜성처럼 문단에 나타났다가 꺼졌다." (이석훈)

"고 김유정 군은 조선의 사랑이다. 조선의 피도 아니고 넋도 아니고 오로지 사랑이었다."(김문집)

"유정은 아깝게 그리고 불쌍하게 굳겼다. 나 같은 명색없는 문단꾼이면 여남은 갖다주고 도로 물러오고 싶다."(채만식)

"이제 봄빛을 앞에 두고 그와 유명을 달리하는 오늘의 심정은 애도의 정을 넘어 우리 조선 문인의 비참한 생활을 뼈저리게 느끼는 바이다."(강로향)

"나는 그가 향토 기분이 누구보다도 우월한 작가가 될 것을 믿었습니다."(모윤숙)

"유정은 폐가 거의 결딴이 나다시피 못쓰게 되었다. 그가 웃통을 벗은 것을 보았는데 기구한 수신이 나와 비슷하다."(이상)

이상과 김유정의 우정은 남달랐다. 1935년 봄, 김유정의 신춘문예 당선 축하연에서 김유정과 이상이 처음으로 만났다. 두 천재 작가의 만남은 한국문학사의 일대 사건이었다. 이후 구인회에서 만나면서 둘은 친분을 쌓게 된다. 술을 좋아했던 이상은 종종 만취한 채 김유정을 찾았다. 이상이 쓴 글에 김유정이 등장한다.

초저녁에 술을 좀 먹고 곤해서 한창 자는데 별안간 대문을 두드리는 소리가 요란하다. 한시나 가까왔는데 하고 눈을 비비며 나가보니까 유정이 B군과 S군과 작반해와서 이 야단이 아닌가. 유정은 연해 성히 곤지곤지중이다. 나는 일견에 "이키! 이건 곤지곤지구나"하고, 내심 벌써 각오한 바가 있자니까 나가잔다.
"김형! 이 유정이가 오늘 술 좀 먹었습니다. 김형 우리 또 한잔 허십시다."
"아따, 그러십시다 그려."
이래서, 나도 내 벙거지를 쓰고 나섰다.

1931년 이상은 한 공사 현장에서 처음 각혈하며 쓰러졌다. 이후 폐결핵으로 고생하던 그는 1933년 3월 조선총독부 건축기수

김유정 문학관으로 가는 이정표다.

직을 사직하고 황해도 배천 온천으로 요양을 떠났다. 소설 《봉별기》에서 그는 이렇게 썼다.

> 스물세살이오—3월이오—각혈이다. 여섯 달 잘 기른 수염을 하루 면도칼로 다듬어 코 밑에 다만 나비만큼 남겨 가지고 약한 제 지어 들고 B라는 신개지 한적한 온천으로 갔다. 게서 나는 죽어도 좋았다.

김유정이 《소낙비》로 1935년도 〈조선일보〉 신춘문예에 당선했을 때 이상은 김유정에 대해 '운명 공동체'라는 연대감을 느꼈다고 했다. 김유정은 어린 시절 양친을 잃고 고아가 됐다. 이상은 생부모를 떠나 백부에게 입양된 '정신적 고아'였다. 그리고 두 사람 모두 폐결핵으로 생명의 불꽃이 꺼져가고 있었다.

1936년 7월 김유정은 과음과 밤을 새우는 집필로 폐결핵이 악화됐다. 서울 정릉 근처의 산에 있는 암자로 요양 간 김유정은 술과 담배를 끊으면서 병세가 호전됐다. 그렇지만 잠깐이었다. 그해 8월 하순 급격하게 병세가 악화돼 그는 병원에 가보기도 했지만 약해질 대로 약해진 건강은 회복이 불가능한 상태였다.

그해 가을 어느 날 김유정이 푸른 포장을 방 안에 치고 촛불을 켠 채 글을 쓰고 있는데, 이상이 찾아왔다. 이상이 물었다. "각혈이 여전하십니까?" 김유정이 답했다. "그저 그날이 그날 같습니다." 이상이 다시 물었다. "치질이 여전하십니까?" 김유정이 답했다. "그저 그날이 그날 같습니다."

이상은 김유정에게 이렇게 말했다. "유정! 유정만 싫다지 않다면…" '신성불가침의 찬란한 정사'를 제의한 것이었다. 이때 김유정이 "이것 좀 보십시오" 하고 앞가슴을 풀어헤쳤다. 앙상하게 드러난 뼈였다. 그러면서도 김유정은 말했다. "명일의 희망이 이글이글 끓습니다." 이상의 제안을 거부한 것이었다.

이상은 그 모습을 서글프게 바라보고 있었다. "김형! 나는 일

본으로 떠나오." 김유정
은 그 말에 엉엉 울었
다. 1937년 2월 김유정
은 거처를 경기도 광주
군 중부면 산상곡리의
매부 집으로 옮겼다. 문
단에서는 병고 작가 구

서울 서촌에 남아있는 작가 이상의 집이다.

조 운동이 일어났다. 3월 18일, 김유정은 세상을 뜨기 전 휘문고
보 동창 안회남에게 편지 한 통을 썼다.

"나는 날로 몸이 꺼진다. 이제는 자리에서 일어나기조차 자유
롭지가 못하다. 밤에는 불면증으로 괴로운 시간을 원망하고 누
워 있다. 맹열이다."

김유정은 안회남에게 탐정소설을 번역해 돈을 만들어 그 돈
으로 "닭 삼십 마리를 고아 먹고 땅꾼을 사서 살모사와 구렁이
를 십여 마리 달여 먹겠다"고 했다.

생명에 대한 불타는 의지였지만 김유정은 답장을 받기 전인 3
월 29일 세상을 떴다. 그리고 20일 뒤인 4월 17일, 이상 역시 일
본 동경제대 부속병원에서 폐결핵으로 숨을 거뒀다. 불우한 두
천재들은 이렇게 앞서거니 뒤서거니 운명을 달리했다.

32장

한국 최초의 서양화가 나혜석과
우리의 '신 여성시대'

그래서 2015년 4월 22일 부음란의 기사를 계기로 취재했던 나혜석(1896~1948)부터 시작해 본다. 당시의 부음기사 리드는 "17일 김건 전 한국은행 총재가 별세했습니다"라는 것이었다.

계속 부음기사를 인용해 본다. "향년 86세. 고인은 한국 최초의 여성 서양화가 고 나혜석(1896~1948)씨의 셋째 아들이다…" 이제 나는 독자들과 함께 역사의 시계추를 71년 전으로 되돌려 볼 작정이다. 1948년 12월 10일 밤 8시30분, 신원 미상의 여성이 서울의 한 병원에서 홀로 숨을 거두고 말았다.

그 병원이 지금의 이태원으로 옮긴 용산구청이 아닌 옛 용산구청 근처 자제원이다. 초라한 행려병자는 한국 최초의 서양화가이자 작가 나혜석이다. 나혜석은 김우영과 결혼해 맏딸 김나

열, 김선(12살 때 병사), 김진(서울법대 교수), 김건(한은 총재) 등 3남1녀를 낳았다.

나혜석에 대해 더 알고 싶으면 반드시 가 봐야 할 곳이 경기도 수원이다. 거기가 나혜석의 고향이다. 더 정확히 팔달구 수원 행궁 화령전 앞 신풍초등학교 후문 근처로, 집터에 기념비가 서 있다. 나혜석의 부친 나기정은 용인군수를 지냈다. 고관 출신답게 집터가 왕궁 바로 옆의 좋은 위치였다.

내가 갔을 때 공교롭게도 부근의 동네 도서관에서 마침 '나, 나혜석'이라는 전시를 하고 있었다. 수원에는 이 밖에도 나혜석과 관련된 장소가 여럿 있다. 대표적인 것이 '나혜석 거리'다. 길이가 약 400m쯤 되는 거리에는 나혜석 좌상과 입상이 있고 그의 연보를 새긴 돌 조각이 놓여 있다.

주변은 온통 먹자골목이어서 대체 왜 이곳을 '나혜석 거리'로 정했는지 의문이 들긴 하지만 어쨌든 나혜석 거리에 좌상과 함께 입상도 있는데 얼굴 생김이 사뭇 다르다. 어렸을 적부터 총명한 나혜석은 학창시절 1등을 놓치지 않았다. 진명여고보 졸업 후엔 조선인으론 처음 도쿄여자미술학교로 유학 갔다.

그가 서양화를 택한 건 오빠 나경석의 권유 때문이었다고 한다. 운명의 장난인지 이때부터 나혜석의 불같은 사랑이 시작되는데 첫 상대가 하필이면 오빠의 친구 최승구였다. 최승구는 1916년 폐결핵으로 고향 전남 고흥에서 요절했다. 나혜석이 문병

을 다녀간 다음 날이었
다고 한다. 둘의 사랑은
비극적이었다.

최승구는 어려서 부모
를 잃고 숙부 밑에서 자
랐으며 집안에서 맺어
준 본처가 있었다. 최승
구는 도쿄유학생 중에도
'천재'로 불리며 잡지《학
지광》편집에 간여했지
만 나경석은 그의 불우
한 환경을 꺼려 여동생
과의 교제를 반대했다고

수원 화성 근처에 있는 건물 외벽이 나혜석 모
자이크로 돼있다.

한다. 최승구가 숨을 거
둘 때 나혜석은 도쿄에
머물고 있었다.

최승구의 사망 소식을 뒤늦게 접한 나혜석은 한동안 신경쇠
약 증세를 앓기도 했다. 소설가 염상섭은 훗날 "나혜석이 겪은
비운이 다 최승구와의 슬픈 사랑 때문에 비롯됐다"고 말하기도
했다. 한 번 엇갈린 사랑은 두 번째에도 잘못되기가 십상인데 나
혜석 역시 그런 운명의 굴레에서 벗어나지 못했다.

두 번째 상대 김우영(1886~1958)은 부산 출신으로 교토제대 법학부를 졸업했다. 그 역시 1916년 첫 부인과 사별했다. 그가 나혜석을 만난 것은 1917년이다. 나중에 김우영은 일본 외무성 관리가 되는데 김우영이 조선 땅으로 돌아온 것은 1918년이었다.

처음에는 반일 변호사처럼 3·1운동으로 투옥된 독립운동가들의 변론을 맡았다. 3·1운동에 참가한 혐의로 붙잡혀 간 연인 나혜석을 변호하기 위해 달려올 정도였다고도 한다. 하지만 얼마 지나지 않아 그는 조선의 숱한 엘리트들이 빠져들어 몸을 망치고 만 자치론에 경도되고 만다.

자치론이란 일본의 식민지이되 자치권을 가지면 만족한다는 일종의 타협 노선이다. 그와 비슷한 논리를 편 이들이 설산 장덕수와 훗날 연적이 되는 최린이다. 김우영과 나혜석의 러브스토리를 본격적으로 말하기에 앞서 언급해야 할 이가 있다. 춘원 이광수(1892~1950)다.

춘원은 '105인 사건'에 연루돼 오산학교 교감에서 물러난 뒤 1915년 와세다대로 유학을 갔다. 고등예과에 편입한 것이다. 1905년에 이어 두 번째로 성사된 춘원의 일본 유학은 인촌 김성수 선생의 후원으로 이뤄졌다. 춘원은 그때 일본에서 만난 나혜석에게 한눈에 반해 결혼을 꿈꾼다.

그런 그에게도 이미 애인이 있었다. 의학전문학교에 다니던 허영숙이다. 요즘 말로 '양다리 걸치기'인데 춘원의 사랑을 좌절시

나혜석
(晶月 羅蕙錫)
1896-1948

최초의 여성서양화가
최초의 여성소설가
최초 신시의 개최
독립운동가
여성운동가

수원 나혜석 거리에 있는 그의 연표다.

킨 것은 이번에도 오빠 나경석이었다. 춘원이 고향에 백혜순이
라는 본처까지 둔 유부남인 걸 알았던 것이다. 남자들이 군침
흘리는 동생을 둔 나경석은 평생 골이 아팠을 것 같다.

문제는 춘원 못지않게 나혜석 역시 김우영과 춘원 사이를 오
갔다는 사실이다. 당시 신 지식인의 사랑은 요즘 시각으로 보아
도 대단했다. 본처와 두 애인 사이를 방황하던 춘원이 대담하게
"인간에게는 부모의 허락 없이도 자유롭게 연애하고 결혼할 권리
가 있다"는 '자유연애론'을 편 것이다.

춘원은 백혜순과 이혼한 뒤 1918년 10월 허영숙과 제물포항에
서 중국 베이징으로 애정의 도피행각을 벌이기도 했다. 그는 "교
사라는 사람이 조강지처를 버리고 타락, 음란, 부도덕한 짓을 했
다"는 세상의 비판을 받는다. 그리고 훗날에는 변절자로 낙인 찍
히고 그 굴레에서 아직도 벗어나지 못하니 딱한 팔자다.

다시 김우영·나혜석으로 방향을 돌려 본다. 1920년 두 사람은
결혼하는데 함흥 영생중학교를 거쳐 정신여학교 미술교사를 하
던 나혜석은 4가지 결혼 조건을 제시해 세상을 놀라게 한다. 여
자가 결혼에 조건을 단다는 것은 상상도 못하던 시절이었다.

그 조건이란, 첫째 평생 지금처럼 사랑할 것, 둘째 시어머니와
함께 살지 않을 것, 셋째 그림 그리는 것을 방해하지 않을 것, 넷
째 전 애인 최승구의 비석을 세워 줄 것이었다. 놀랍게도 김우영
은 신혼여행차 최승구의 묘를 찾아 비석을 세워 준다. 이런 두

사람의 결혼은 당시 화
제를 몰고 왔다.

4가지 조건 외에 결
혼청첩장을 신문광고로
대체한 것이다. 둘의 결
혼은 염상섭의 소설 〈해
바라기〉의 소재가 되

수원에 있는 나혜석 생가 터다.

기도 했다. 그렇다면 남편 김우영은 조건을 모두 충족시켜 줬을
까? 그렇지 않다는데 비극의 씨앗이 숨어 있다. 그것은 다름 아
닌 신접살림을 시어머니 집에서 차린 것이었다.

비석 세우는 것과 그림 그리는 것, 전처와의 사이에 낳은 딸
과 떨어져 지내게 했지만 신혼살림은 시어머니가 있는 서울 숭
인동 집에서 차린 것이다. 물론 그것 때문에 불행이 시작된 건
아니다. '평생 사랑한다'는 조건도 깨졌는데 이는 나혜석의 불륜
때문이었다. 나혜석은 왜 파격적인 여성이 된 것일까.

첫째, 나혜석은 너무도 똑똑했다. 그는 삼일여학교·진명여고보
에서 1등과 반장을 도맡았다. 진명여고보 졸업 때 《매일신보》에
최우등 수석 졸업생으로 얼굴 사진까지 실릴 정도였다.

둘째, 나혜석이 도쿄여자미술학교에 유학 간 것은 조선 여성
으로는 최초였으며 남자까지 포함해도 당시 서양화를 전공한 이
는 다섯 명이 넘지 않았다고 한다.

셋째, 어머니의 사랑 없는 결혼생활을 보고 깨달은 바가 많았다고 한다.

그 사고의 일단을 엿볼 수 있는 게 나혜석이 유학 시절 《세이토》라는 페미니스트 잡지와 입센의 《인형의 집》을 읽고 감화를 받은 후 국내외 잡지에 썼다는 글이다. 나혜석은 그 글에서 "현모양처는 여자를 노예로 만들려고 부덕을 장려한 것이다. 세상에 왜 양부현부는 없는가?"

김우영과 결혼한 직후 나혜석은 짧은 전성기를 맞았다. 결혼 이듬해 만삭의 몸으로 개최한 개인전에 이틀간 5000여 인파가 몰렸으며 70여 개의 작품 모두가 고가에 팔린 것이다. 이 개인전은 서울서 열린 첫 유화전이었다. 이후 나혜석은 매년 조선미술전람회 수상자 명단에 이름을 올린다.

그런 화려한 외양 속에서도 두 사람의 행복은 오래가지 못했다. 1927년 남편을 따라 나선 유럽 여행이 파탄을 가져온 것이다. 두 사람의 여행루트는 지금 봐도 대단하다. 서울에서 기차로 평양~신의주~중국 봉천~하얼빈까지 간 뒤 다시 시베리아 횡단열차 편으로 러시아 모스크바~프랑스 파리까지 간 것이다.

여행은 남편 김우영이 일본 외무성으로부터 특별포상을 받아 이뤄진 것이었다. 나혜석은 아이들을 시어머니에게 맡기고 남편과 함께 간 프랑스 파리의 매력에 푹 빠진다. 그런데 갑자기 남편이 독일로 법률공부를 하기 위해 떠나자 파리에 홀로 남아 야

수원에 있는 나혜석 거리의 조형물이다.

수파 화가 비시에르의 화실에서 그림공부에 열중하게 된다.

처음 부부는 여행기간을 서너 달로 예상했지만 그게 1년8개월이나 이어졌다. 그림만 그렸으면 좋았을 것을, 그녀 앞에 천도교 교령 최린(1878~1958)이 등장하면서 파탄의 막이 오른다. 최린은 3·1운동의 대표 33인으로, 2년 가까운 감옥생활을 마치고 출옥해 천도교에서 활동하고 있었다.

그런데 손병희 선생이 사망한 이후 최린은 점점 '민족개량주의'로 빠져들고 말았다. 김우영이나 훗날의 이광수가 빠져든 '자치론'과 비슷한 맥락이 바로 '민족개량주의'였다. 즉 일본의 '승인' 을 통한 '자치'가 독립의 전 단계라는 것인데 말은 그럴듯하지만 실상은 병합의 고착화가 자치론이다.

이후 그는 조선총독부와 결탁하더니 1934년 중추원 참의, 총 독부 기관지 《매일신보》 사장을 지내다가 해방 후 천도교 교단 에서 쫓겨나고 반민특위의 조사를 받는다. 여하간 일본 귀족으 로 호화로운 생활을 하던 최린이 1928년 파리에 나타나자 최린 과 나혜석은 '첫눈에 흠뻑 반해' 가서는 안 될 길을 가고 만다.

그해 11월 10일 오페라를 함께 관람한 날 밤 둘은 본격 불륜 에 나선다. 두 사람은 통역을 고용해 가며 식당·극장·뱃놀이에 나서기도 했다. 이게 사람들 눈에 안 뜨일 리 없고 말이 안 나올 수 없다. "나혜석이 최린의 '작은댁(첩 혹은 소실)'이 됐다"는 소문이 독일에 있던 김우영의 귀에까지 들어갔다.

황급히 파리로 돌아온 김우영은 나혜석의 뒤를 밟았고 마침 내 최린과의 불륜 장면을 목격한다. 김우영은 독일 베를린에서 파리로 돌아와 짐을 싸고 아내와 함께 귀국길에 오르지만 그것 은 두 사람의 결혼이 끝났음을 알리는 쓸쓸한 여정일 뿐이었다. 그렇다면 최린은 어떻게 됐을까?

최린은 나혜석이 김우영과 1930년 이혼한 뒤 나혜석에게 흥미 를 잃는다. 그래서 이별을 통보했는데 나혜석은 가만히 있지 않 고 최린을 '정조 유린죄'라는 죄목으로 고소하면서 위자료 1만

나혜석은 서른두살 때 예산 수덕사로 귀의하려 했으나 받아주지 않아 수덕여관에서 잠시
머물렀다.

2000원까지 청구했다. 이런 사실이 《동아일보》에 보도되자 최린은 2000원을 합의금으로 나혜석에게 줬다.

소위 입막음을 시도한 것인데 한 번 퍼진 소문은 되담을 수 없는 법, 총독부의 일본인들까지 그를 비웃었다. 남의 아내를 유혹해 가정을 파탄낸 파렴치한 인물이 된 것이다. 나혜석의 대담함은 그뿐이 아니었다. 나혜석은 최린과 불륜을 저지를 때 이렇게 말했다. "나는 당신을 사랑하지만 그 때문에 남편과 이혼하지는 않습니다." 최린은 바람둥이답게 "나는 그일에 만족한다"며 등을 두들겼다고 한다.

1928년 11월 파리를 떠난 김우영·나혜석은 1929년 3월 귀국했다. 그러나 둘은 예전 같은 관계가 아니었다. 김우영은 외무성을 그만두고 서울의 여관에 머물며 일을 찾고 있었다. 나혜석은 모처럼 시가인 부산 동래로 내려갔다. 나혜석에게 이 시기는 고통스러웠다.

"남편이 기생과 사귄다" "이혼을 모색한다더라"는 소문이 들리는가 하면 시어머니는 세계여행을 다녀오며 선물도 안 사 온 며느리를 구박한 것이다. 나혜석이 사태를 악화시킨 부분도 있다. 1929년 《별건곤》이라는 잡지와의 인터뷰에서 "(불륜상대 최린을) 나도 퍽 흠모했다"고 말한 것이다.

게다가 경제사정이 어려워지자 최린에게 도움을 청하며 다시 묘한 관계가 되자 김우영은 더 이상 참을 수가 없었다. 두 사람

수덕사 일주문 앞에 있는 수덕여관이다.

은 결국 1930년 11월 이혼했다. 나혜석이 이혼할 때 받은 것은 '2 년 뒤 재결합할 수 있다'는 서약서와 감정가 500원인 전답뿐이었 다고 한다. 김우영은 이혼 넉 달 후 다시 세 번째로 결혼했다.

　최린은 앞서 쓴 것처럼 나혜석과 결별을 선언한다. 이렇게 되 고 나니 나혜석에게는 세상의 냉소가 쏟아졌다. 1934년 쓴 〈이혼 고백서〉라는 장문의 글이 화제가 됐지만 그것이 홀로선 여인의 재정자립을 보장하는 것은 아니었다. 〈이혼고백서〉라는 글 가운 데 가장 유명한 부분을 인용해 본다.

〈조선 남성 심사는 이상하외다. 자기는 정조관념이 없으면서 처에게나 일반여성에겐 정조를 요구하고 또 남의 정조를 빼앗으려 합니다. 서양이나 동경사람쯤 되더라도 내가 정조관념이 없으면 남의 정조관념 없는 것도 이해하고 존경합니다. (…) 조선남성들 보시오. 조선의 남성이란 인간들은 참으로 이상하오. 잘나건 못나건 간에 그네들은 적실, 후실에 몇 집 살림을 하면서도 여성에게는 정조를 요구하고 있구려. 하지만 여자도 사람이외다. 한순간에 분출하는 감정에 흩뜨려지기도 하고 실수도 하는 그런 사람들이외다.〉

1935년을 전후로 나혜석은 몰락하고 만다. 작품전 실패, 맏아들의 죽음, 화재로 작품이 소실되는 등 불행이 겹쳤다. 나혜석이 이 즈음 불교에 심취해 수덕사에 머문 것은 32세의 나이로 불교에 귀의한 김일엽 때문이다. 이후 그는 여러 질병을 앓는다. 나혜석의 삶은 파란만장해 짧게 정리하기가 힘들다.

다만 말년의 그녀는 아이들을 그리워해 자주 찾아가지만 전남편 김우영과 시어머니는 접근을 허용하지 않았다. 일례로 그의 차남 김진 전 서울법대 교수는 이런 회고를 한 적이 있다.

"중2 때 2교시를 마치고 쉬는 시간에 복도 끝에 어머니가 나타났다. 내가 '아주머니는 누구세요?' 하고 묻자 '내가 네 어미다'라고 했다. 어머니는 화장기 없이 주름진 얼굴에 흘러내린 머리카락, 구겨진 회색빛 블라우스 차림이었다."

조카 나영균 전 이대 교수도 나혜석을 처음 본 순간을 "하굣 길에 동네 아이들이 떼지어 남루한 할머니를 따라가는 것이었 다"고 회고한 적이 있다. 방황하던 나혜석은 서울 청운양로원에 서 자취를 감춘 뒤 숨진 행려병자로 발견된다. 화가이자 작가로 한 시대를 풍미한 나혜석의 그림에 대해서는 평이 엇갈린다.

한국 인상주의의 개척자라는 평이 있는가 하면 '작품의 수준 이 명성에 못 미친다'는 비판도 있지만 이에 대해선 아마추어인 내가 논할 바가 아니다. 다만 그와 관련했던 남자—남편 김우영, 불륜남 최린, 이루지 못한 사랑 이광수—들은 전부 친일파의 굴 레에서 아직도 벗어나지 못하고 있다.

김우영은 《친일인명사전》에 올라 있고 최린과 이광수도 업적 이 친일파라는 굴레에 짓눌려 버렸다. 나혜석만은 창씨개명을 거부했으며 징용 독려를 위한 담화와 강연에 참여해 달라는 일 제의 요구에 "내가 참여해야 할 이유가 없다"며 모두 거절했다. 이런 걸 보면 사람의 삶이 길고 짧은 것은 대 봐야 안다는 말이 맞다.

33장

한조해와 한동현 2대의 '노블레스 오블리주'

천안–논산고속도로 정안IC를 나와 자동차로 4분 거리에 충청남도 공주 한일고등학교가 있다. 학부모들과 학생들 사이에서 꽤 유명한 학교다. 농어촌 일반계 고교지만 특수목적고나 자립형 사립고를 능가하는, 전국 최고의 명문고로 꼽힌다. 이 학교에는 내신 석차 최하위 9등급 학생이 서울대에 합격했다는 이야기가 전설처럼 전해지고 있다.

　학교의 위치는 척 봐도 예사롭지 않다. 학생들의 요람을 감싸는 산이 국수봉인데 야트막한 아홉 개 봉우리가 물결치듯 펼쳐지고 있다. 풍수지리가 사이에서 이 땅은 예부터 '금계포란형'의 명당으로 알려졌다. 금닭이 알을 품는 모양으로, 미래 지도자를 길러내는 학교 부지로는 최적이라는 것이다.

닭이 금계가 되려면 주변에 '금'자가 들어간 산이 있어야겠다. 그런데 바로 부근에 금동산이란 산이 있다. 예부터 명당은 진산 혹은 주산을 등에 지고 좌우로 좌청룡-우백호를 거느리며 앞으로는 책상 같은 안산이 있어야 하는데 여섯 봉우리가 파도처럼 넘실댄다. 공교롭게도 골짜기의 이름이 '구작골'이다.

나라 이끌어갈 정승 아홉이 태어난다는 뜻이다. 구작골에 얽힌 구전을 살펴본다. 옛날 신선이 국수봉을 지나다 커다란 박 아홉 개가 열린 형국에 감탄하며 넝쿨의 뿌리 되는 곳에 짚고 가던 지팡이를 꽂았다고 한다. 이런 지세가 한눈에 보이는 언덕에 무덤이 있다. 상석도, 비석도, 아무 단장 없이 봉분 두 개만 덩그러니 보인다.

유일한 치장이 무덤 좌우에 있는 영산홍 나무다. 그런데 거기에 뭔가가 주렁주렁 걸려 있다. 가까이 가보니 학생들이 교복에 다는 이름표다. 어느 날 공부에 지친 한 학생이 자기 이름표를 무덤 옆 영산홍에 걸며 소원을 빌었다고 한다. 신통하게도 학생의 목표가 성취됐고 그 얘기가 퍼지면서 나뭇가지에 걸린 이름표가 해마다 늘었다는 것이다.

이 전통은 한일고 선배에서 후배들에게 이어지고 있는데 무덤 주인공의 손자도 이 학교에 다니며 이름표를 걸었다는 것이다. 무덤 옆 영산홍이 크리스마스트리처럼 1년 내내 반짝거리는 게 신기하다. 앞에서 볼 때 왼쪽 무덤의 주인공은 한조해 선생

충남 정안의 한일고 뒤편에 있는 한조해 선생의 묘소다. 학생들이 대학 합격을 비는 이름표를 달아놓았다.

이다. 1913년 함경남도 정평군 봉양면에서 태어나 1997년 세상을 뜬 그는 한일고의 설립자다.

　그 옆 오른쪽 무덤에는 2001년 남편의 뒤를 따른 홍종숙 여사가 사이좋게 영면하고 있다. 한 선생과 홍 여사는 저승에서도 자신들이 만든 터전에서 무럭무럭 자라나는 아이들을 보며 흐뭇한 미소를 지을 것 같다. 그렇다면 지금 전국 최강의 학교가 된 한일고의 유래는 어디서 시작된 것일까? 장소를 서울로 옮겨 본다.

서울 남대문경찰서 뒤편 CJ본사 부근 남산 쪽 후암동은 비탈길이다. CJ본사 맞은편에 허름한 4층 건물이 있는데 '한일한의원'이라는 간판이 걸려 있다. 1953년부터 진료를 시작해 올해로 벌써 65년을 맞은 노포다. 이 건물은 1984년 개축했다. 그런데 벌써 30년이 넘었으니 요즘 건물과 달리 추억의 냄새가 짙게 배어 있다.

이곳이 한조해 선생이 평생 환자를 돌봐 번 돈을 알뜰히 모아 한일고 만드는 데 바친 터전이다. '현제'라는 호를 쓰는 한 선생은 부친 한남, 모친 윤남의 2남 1녀 중 장남이다. 소작농의 장남은 자취가 별로 남아 있지 않다. 돌아가실 때 남긴 게 안경과 잉크병 등을 합해 작은 보따리 하나 정도였는데 그냥 버렸다고 한다.

기록에 따르면 한 선생은 젖꼭지를 다섯 개 달고 태어났다고 한다. 믿기 어렵지만, 가슴에 두 개, 등에 세 개가 있었다는 것이다. 이를 이상하게 여긴 한 선생의 부모가 근방에 사는 유명한 역술가를 찾아가 물었다. 해석은 이랬다. "여러 사람 거둬 먹이라고 젖꼭지가 다섯 개 달렸으니 걱정하지 마라." 믿기 힘들지만 이런 말은 실제로 전해지고 있다.

한 선생의 가정은 땅 한 마지기 없어 여러 사람을 거둬 먹이는커녕 자기 입에 풀칠하기도 어려웠다. 이 가족의 유일한 희망은 천도교였다. 천도교의 뿌리는 동학이다. 수운 최제우 선생이

한조해 선생의 뒤를 이어 한일고 이사장을 맡고 있는 한일한의원 한의사 한동현씨다.

창시해 손병희 선생 대에서 천도교로 이름을 바꿨는데 이 종교의 기본은 차별 없는 세상, 사람이 으뜸이 되는 세상을 만드는 것이다.

가난한 이들에게 종교는 놀라운 효력을 발휘한다. 한 선생은 '사인여천'이란 말을 들으며 자랐다. 그것은 지금 어렵지만 미래에 잘될 수 있다는 꿈을 주기에 족했다. 한 선생은 보통학교 졸업 후 함흥으로 가 영생중학교에 진학했지만 어려운 가정형편 때문에 학업을 잇지 못하고 돈 버는 일을 시작했다.

16세 어린 소년은 객지에서 안 해본 일이 없었는데 가장 힘든 것은 부두의 하역이었다. 몸에 상처 나는 것은 예사였고 바다에 빠진 적도 숱하게 많았다. 한때 일본인을 상대로 생선 장사도 했는데, 그때의 경험 때문인지 한 선생은 훗날 한일고 학생들에게 "오뎅(어묵의 일본어)은 절대 먹지 말라"고 여러 번 당부했다고 한다.

한 선생은 학생들에게 "수박, 참외를 먹지 말고 복숭아를 먹어라"고 했다는데 이것은 한의사로서의 경험에서 우러나온 말이었다. "위장을 믿지 마라"는 말도 여러 번 했다. 젊을 때 몸은 금강불괴 같지만 함부로 쓰면 망가진다. 한 선생은 꼭꼭 씹어 음식 섭취하는 법이며 손가락 셋으로 엎드려뻗쳐 하는 법도 교사와 학생들에게 선보였다.

20대에 들어 결혼하면서 사실상의 가장이 된 그에게는 불행이 쉴 없이 찾아왔다. 맨 먼저 하나밖에 없는 남동생이 어이없이

사망한 것이다. 동생이
몰던 트럭이 고장이 났
는데 하필 건널목에 멈
춰 섰다. 마침 기차가
다가오고 있었다. 힘이
장사였던 동생은 있는
힘을 다해 겨우 트럭을
빼냈지만 늑막염에 걸
리고 말았다.

약 한 첩 써보지 못
하고 동생을 잃자 한 선
생의 인생관은 달라졌

한조해 선생이 쓰던 약 서랍을 한동현 이사장이 쓰고 있다.

다. 돈 없어 동생이 죽었다는 한이 맺혀 한의학을 독학으로 공
부하겠다고 마음먹은 것이다. 부친 한남 옹도 한의학에 관심이
있어 집에 굴러다니던 책을 손에 잡게 됐다. 주경야독, 한 선생
은 밤에 한의학을 공부하고 낮엔 신의주~부산을 오가는 철도
정비 일을 했다.

6·25가 터졌다. 공산주의에 넌더리가 난 한 선생은 국군이 북
진해 오자 군인들에게 밥 지어주는 군무원으로 취직했다. 그것
은 인민을 위한다면서 사람들을 곤충만도 못하게 취급하는 공
산주의의 본모습을 목격했기 때문일 것이다. 1·4후퇴 때 국군을

따라 남쪽으로 내려왔는데 그게 부모와 아내, 두 아이와의 영원한 이별이 되고 말았다.

한 선생의 아들로 한일고 이사장을 맡은 한동현 이사장은 그들의 생사를 알아봤다고 한다.

"지금으로부터 10년도 훨씬 전의 일입니다. 중국 단둥 쪽으로 아버님의 자제분들 생사를 알아봤는데 모두 생존해 계시다더군요. 당시 나이가 칠십이 넘었는데 이후 소식은 듣지 못했습니다."

전쟁이 끝난 직후 한 선생은 평소 소망처럼 한의사가 되겠다는 꿈을 실천하기 위해 한의원에 취직했다. 낮에는 잡일하고 밤에는 한의학 서적을 탐독하느라 한 선생은 하루 4시간 이상을 자본 적이 없다고 한다. 1954년 한조해 선생은 후암동에 한일한의원을 차렸다. 정식 자격증보다 당시는 누구라도 병을 잘 고치기만 하면 한의원을 낼 수 있었다.

그때부터 쓰던, 60년이 넘은 환자 차트와 약 서랍을 지금 아들 한동현 이사장이 쓰고 있다. 한조해 선생은 생전 50만명 가까운 환자들을 돌봤다. 훗날 보물이 될 이 차트와 서랍을 간직하고 있는 한 이사장은 "아버님이 특히 부인과 질환과 암환자 치료에 능하셨다"고 회고했다.

한의원을 운영하는 한편 한의사 시험 준비를 하면서도 한 선생은 늘 외로움을 느꼈다고 한다. 북에 두고 온 부모와 처자식 때문이었다. 어느 날 친지가 서울시경 경찰국장으로 전쟁 때 순

직한 남편과의 사이에 두 아이를 둔 홍종숙씨를 그에게 소개했다. 나이 차가 아홉 살인 둘은 서로를 위로하다 한의원이 있는 판잣집에서 살림을 시작했다.

한조해 선생은 1년에 두 번씩 열린 한의사 시험에 일곱 차례, 즉 14번 만에 합격했다. 이 수험표 14장이 아직 보관돼 있는데 그는 학생들과 대화를 할 때면 '13전 14기'의 정신을 강조했다. 이후 선생의 한의원은 문전성시를 이뤘다. 어렸을 적부터 아버지를 도운 한 이사장에 따르면 환자 수가 하루 500명이 넘었는데 한조해 선생은 피곤한 기색을 보이지 않고 새벽 4시에 일어나 국선도를 수련한 뒤 한의학 서적, 특히 《동의보감》을 보며 환자 맞을 채비를 했다고 한다.

한 선생은 신의 혹은 화타나 편작에 비유될 만큼 신통한 의술을 보여줬는데 그 몇 가지 사례를 살펴본다. 10년 넘게 체증으로 고생한 환자에게 선생이 약 세 첩을 지어줬는데 한 첩을 먹고 나았다. 놀라운 일이 벌어지자 그 환자는 "혹시 첩약에 마약을 넣은 것 아니냐"고 의심하다 끝내 용산경찰서에 민원을 제기했다. 분석 결과 아무 이상이 없자 그 환자는 고개 숙여 사과했다.

한 번은 나이 마흔다섯 된 여성이 찾아왔다. 별의별 보약에 체외수정·시험관 아기 시술까지 받고도 뜻을 이루지 못한 그녀가 약을 복용한 지 한 달 만에 아이를 가져 건강하게 낳았다.

암과 관련해선 믿지 못할 이야기가 전해진다. 한 선생은 간암 치료에 능했는데 약제 외에 황토를 담가 가라앉힌 '황토수'로 복수를 빼거나 황달을 치료했다.

여기서 중요한 것은 한 선생이 절대 과다한 처방을 하거나 비싼 보약을 강요하지 않았다는 사실이다. 이런 아버지를 바로 곁에서 보고 자란 한동현 이사장은 "인생은 활화산처럼, 의술은 신선이나 도인처럼 부리신 분이 1980년대 오전, 오후 각각 7명으로 환자를 제한했다"며 "그동안 누적 환자 수가 40만~50만명은 족히 넘을 것"이라고 말했다.

그는 그 증거로 "아버님이 건강하실 때 진료를 기다리는 환자를 1개 면에 160명씩 썼는데 매일 그런 종이가 서너 페이지가 됐으니 하루 500~600명을 치료하신 셈이 된다"며 "안타깝게도 1960년대 이전 자료를 분실해 찾을 수 없다"고 말했다. 한 선생은 한 이사장에게 이런 '환자론'을 남겼다고 한다.

"환자는 내 몸처럼 돌봐야 한다. 그게 의사의 출발점이다. 그들을 불쌍히 여기다 보면 몸 아픈 서러움, 돈을 못 버는 서러움, 치료를 위해 돈을 써야 하는 서러움을 알게 될 것이다." 간호사나 직원 혹은 아들이 이런 지시를 조금이라도 어길 경우 한 선생은 어김없이 불호령을 내렸다.

이렇게 행복을 누리는가 싶었지만 한 선생은 홍 여사와 사이에서 낳은 1남 1녀 중 장녀(한동엽)를 잃고 말았다. 리라초교 4학

한일고 교정 한켠에 있는 설립자 한조해 선생의 흉상이다.

년 때 교통사고를 당해 세상을 떴는데 한 이사장은 "누나가 공부뿐 아니라 음악·미술 등 못하는 게 없었다"고 말했다. 어릴 적 돈 없어 공부를 못했고 돈 없어 변변한 치료 한 번 받게 하지 못하고 동생을 떠나보냈으며 부모와 처자식을 북한에 남겨놓은 한 선생은 뒤늦게 본 귀염둥이 딸마저 잃자 전 재산을 돈 없어 공부 못하는 학생들을 위해 내놓기로 결심했다.

사실 한 선생은 한일고를 설립하기 전 남모르게 야학이나 새마을학교를 도왔다. 80년대 초반 경기도 양평중학교가 양평종고에서 분리될 때 학교 부지가 없어 고민하자 자신의 양평 땅을 학교에 헌납했다. 원래 한 선생은 성남시에 학교 부지를 마련해 두었는데 교육부로부터 더는 중·고교를 설립할 수 없다는 통보를 받고 눈을 충청도로 돌렸다.

하지만 지금의 땅을 매입하는 데도 어려움이 한둘이 아니었다. 땅 주인들이 한복 바지저고리에 검정 고무신을 신고 다니는 그를 보고 "과연 땅 살 돈이 있겠느냐"고 의심했던 것이다. 정안면 농협조합장은 한 선생에게 "내일까지 1억원을 입금하면 믿겠다"는 말까지 했다고 한다. 한 선생이 다음날 아침 일찍 돈을 입금하자 조합장은 그제야 주민들 설득에 적극적으로 나섰다.

그런가 하면 처음에 한 선생을 땅투기꾼쯤으로 의심했던 몇몇 농부는 그곳에 학생들을 위한 학교를 짓는다는 말에 감복해 무상으로 땅을 내주기도 했다. 우여곡절 끝에 땅을 사고 난 뒤에도 한 선생은 학교가 들어설 부지 뒷산을 셀 수 없이 찾아가 기도드렸다고 여러 사람이 증언하고 있다. "천신이여, 지신이여, 학교신이시여. 잘 보살펴 주십시오"라고 말했다는 것이다.

한 선생의 기도는 공사가 진행될 때뿐 아니라 학교가 지어지고 나서도 끊이지 않았다. 그때마다 그는 학교 측에 아무런 기별도 넣지 않고 도포 자락 휘날리며 어디선가 바람처럼 휙 나타났다가 바람처럼 휙 사라졌다. 교사들이 말한 바로는 고무신을 신은 웬 영감님이 학교 앞 샘에서 정화수를 떠 언덕 위로 올라가는 모습을 자주 목격했는데 그 허름한 옷차림의 촌로村老가 300억원의 재산을 쾌척한 학교 설립자 한조해 이사장이라고는 꿈에도 생각지 못했다고 한다.

한 선생은 평생을 이부자리를 펴고 자본 적이 없다고 한다. 항상 돗자리를 깔고 불편한 잠을 잤으며 특히 한겨울 냉골이 될 때도 절대 이부자리를 펴지 않은 것은 어려웠을 적의 기억을 절대 잊지 않으려는 자기 다짐이었을 것이다. 이렇게 발품을 판 끝에 1985년 7월 한조해 선생은 학교법인 한일학원을 설립하고 초대 이사장에 취임했다.

그는 '전교생 기숙사 생활의 영재학교'라는 목표를 세우고 법인 설립 1년 6개월 만인 1987년 2월에 한일고등학교를 완공시켰다. 한 선생은 건물 준공식 때도 남들 앞에 나서지 않고 몰래 다녀갔으며 3월 3일 첫 입학식 때도 교장 등을 제외하면 이사장

얼굴을 아는 이가 없었다고 한다.

그런가 하면 어쩌다 교사나 학생을 만나면 "수고 많습니다" 하며 90도로 인사를 했다. 그래서 지금 한일고에서는 교사·학생 모두 90도로 인사하는 게 관행처럼 굳어졌다. 한일고에는 이 밖에도 재미있는 전통이 많은데 예를 들자면 8인이 한방을 쓴다는 것이다. 교육적으론 2인 혹은 3인 1실이 좋다는데 왜 그런 것일까?

팔도에서 모인 학생들에게 팔도를 상징하는 8인 1실을 쓰게 함으로써 공부만 잘하는 외톨이가 아니라 동창으로서의 끈끈한 유대도 다지게 하려는 심모였는데 그래서인지 한일고에선 호실 선배·침대 선배의 통솔력이 제일 강하다. 한일고 학생들은 반드시 한 번쯤은 전적지 순례를 하며 나라를 위해 목숨을 바친 호국영령들의 고마움을 알고 자신들도 나라의 동량이 되겠다 다짐한다.

이렇게 자신에겐 한 푼도 들이지 않고 평생 번 돈을 학교에 쏟아부으며 생의 마지막을 학교에 바치던 중 한 선생은 알츠하이머병에 걸려 말년을 힘들게 보냈다. 병세가 심해져 몇몇 교사가 찾아왔을 때 그는 이런 메모를 남겼다. '사인여천'. 어릴 적 자신의 아버지로부터 들었던 그 말을 마치 유언을 남기듯 교사들에게 전한 한 선생은 1997년 5월 7일, 83년의 세상 구경을 마치고 하늘로 떠났다.

아버지가 남긴 모든 것은 한동현 이사장이 떠맡아야 했다. 한 이사장은 농장을 경영하고 싶어했다. 아버지가 강원도 횡성에 마련해 놓고 남에게 경영을 맡긴 '한일목장을 직접 운영하겠다는 꿈에 부풀어 1981년 건국대 축산과

한일고는 지을 때부터 벽돌 한 장 한 장에 정성을 기울였다.

에 합격했다. 하나뿐인 아들이 가업을 잇지 않겠다니 섭섭할 만도 했지만, 아버지는 말이 없었다.

몇 달 후 한 이사장은 축산이 생각처럼 낭만적인 업종이 아니라는 것을 깨닫고 1학기 만에 건국대를 그만두고 한의대 입시 공부에 몰두했다. 다음해 경희대 한의학과에 합격한 아들에게 아버지는 밑창이 튼튼한 랜드로버 구두를 선물했다고 한다. 늘

고무신만 신고 다니는 자신과 비교하면 아들을 위해 큰 선심을 쓴 셈이다.

아들은 한의대를 졸업하고 잠시 아버지로부터 독립했다. 아버지의 후광後光에 기대는 것이 자신의 발전을 위해 아무 도움도 되지 않는다는 것을 깨달은 것은 아버지와 함께 후암동 한일한 의원에서의 경험 때문이었다. 제1진료실은 아버지가, 제2진료실은 자기가 맡았는데 자기 진료실만 빈 것이다.

한동현 이사장은 상도동에 '한일한의원'이라는 간판을 걸고 직접 환자를 치료하는 법, 그들의 마음을 사는 법을 익혔다. 명의로 주변에 이름이 나 환자들이 몰리자 비로소 한 이사장은 아버지의 서울역 맞은편 후암동 한일한의원으로 되돌아왔다. 아버지 사후, 뒤를 이어 한일고 이사장에 오른 뒤 한동현 이사장 또한 100억원이 넘는 사재를 학교에 지원했다.

"처음 학교를 개교했을 때 학생들이 오지 않아 유인책을 쓰느라 돈을 많이 썼어요. 선생님들에겐 한때 1년에 1200%의 보너스를 드리기도 했고요. 영국의 이튼스쿨 같은 학교 만드는 게 소원이지만 밑 빠진 독에 물 붓기 같습니다."

또 재미있는 사연이 있다. 한 이사장의 아내가 한조해 선생의 환자 딸이란 사실이다. 한마디로 시아버지가 며느리를 고른 것이다. 한 이사장의 부인 고정미씨는 어렸을 적부터 자기 아버지를 치료하기 위해 왕진을 온 한의사가 미래의 시아버지가 될 줄 꿈에도 몰랐을 것이다.

그런데 어느 날 자기 아버지와 그 한의사가 둘의 만남을 주선해 결혼까지 하니 운명은 묘하다. 이것은 한조해 선생이 며느릿감을 '점지'한 것으로도 볼 수 있다. 한동현 이사장의 좌우명은 뭘까. 그는 선친이 남긴 '재색식명수를 조심하라'는 말을 평생 안고 살고 있다.

재산에 탐욕을 부리지 말고 여색에 혹하지 말 것이며 맛난 것 탐하지 말고 제 이름을 알리려 하지 말라는 것이다. 그렇다면 '수'는? 잠을 너무 오래 자면 게을러지는 것을 경계한 말이다. 가까이할 것은 호현낙선 네 글자로 요약된다. 현명한 이를 가까이하고 어진 인재를 중용하란 말은 사상의학의 창시자 이제마 선생의 말이다.

한국의 조림왕 임종국과 전남 장성 축령산

포털사이트에서 '축령산'이라는 단어를 입력하면 두 군데가 나온다. 수도권인 경기도 남양수 죽령산(해발 886m)과 전라남도 장성 축령산(해발 620m)이 있다. 특이하게도 두 산은 한자가 같고 자연휴양림이 조성된 것도 비슷하다.

　장성물류IC를 빠져나와 처음 만난 주민에게 묻자 "(조용헌씨의) 그 집은 편백나무숲이라는 간판을 따라가면 나온다"고 했다. 과연 축령산 휴양림은 마을별로 달라 잘못하다가는 헤매기 십상이다. 추암마을 편백나무숲에 도착해서 다시 주민에게 물었다. 눈빛이 예사롭지 않은 한 여성이 주위를 둘러보며 "내가 어제 거길 다녀왔는데 찾기가 어렵다"며 스마트폰에서 사진 한장을 보여주는 것이었다.

나는 그에게 "그래서 명당이라고 느끼셨느냐"고 물었다. 그녀는 "나는 이상하게 기가 막히는 것 같다"고 했다. '고수와 하수의 차이가 있겠지…', 속으로 이렇게 되뇌며 산길을 올라갔다. 그런데 이상하게도 산세가 평범하기 그지없었다. 고즈넉한 분위기는 커녕 펜션이 즐비했다. 산세를 이곳저곳 살피다 내려오는데 진한 편백의 향기가 풍겨 오는 것이었다.

일본인들이 '히노끼'라고 부르는 이 나무는 최고급 내장재인데 특히 목욕탕 욕조로 많이 쓰인다. 일본과 한국 남부지방에 분포하는 이 노송나무라고 불리는 식물은 다 자랐을 때 높이가 40m, 지름이 2m나 된다. 가지는 수평으로 퍼지며 껍질은 적갈색을 띤다. 그런데 왜 축령산에 편백나무가 그득하게 됐는지를 알게 되면서 나는 놀라고 말았다.

이 웅장한 편백나무 숲이 임종국(1915~1987)이라는 개인에 의해 조성된 것이며 그가 2001년 4월 '20세기 대한민국 국토 녹화에 기여한 공로가 가장 큰 4인' 가운데 한 명으로 선정됐다는 사실을 그제서야 알게 된 것이다. 한국의 국토 녹화 4인 가운데 첫째는 고 박정희 대통령이다. 임종국 선생을 제외한 두 분은 김이만(1901~1985) 선생과 현신규(1911~1986) 박사다. 이분들은 어떤 공적이 있는 걸까.

김이만 선생은 '나무 할아버지'로 불리며 1922년부터 64년 동안을 백두산에서 한라산까지 구석구석 누비면서 우리나라에서

전남 장성에 있는 축령산 입구다.

자라는 나무 종자를 수집하고 품질 기준을 정하는 데 공헌을
한 분이다. 현신규 박사는 세계가 인정하는 육종학자였다. 그는
1953년부터 작고하기 전까지 임학교육과 소나무·포플러 육종에
정열을 쏟았다. 박 대통령 등 네 분은 경기도 포천군 소흘면 직
동리 국립수목원 내 '숲의 명예전당'에 모셔졌는데 동판 초상화
와 공적사항, 사진·기념물 등이 전시되어 있다고 한다.

  임종국 선생의 삶을 살펴보기에 앞서 나는 그분의 함자를 보
고 깜짝 놀랐다. 성은 수풀 임, 종은 흔히 이름에 사용하는 쇠북

종이 아니라 종자라는 뜻의 종, 나라 국자를 쓰니 역시 성함에서 나무로 나라를 빛낼 인물임이 되지 않았겠는가?

임종국 선생은 1913년 1월 19일 전북 내장산 아래 순창군 복흥면 동산리에서 태어났다. 아버지는 임영규, 어머니는 김안나씨였다. 그가 태어났을 때 우리나라는 일제에 나라를 빼앗긴 직후였다. 그의 부친은 아들 교육에 힘썼다. 어려서부터 서당書堂에 데려가 한문교육을 했고 일곱 살이 되던 1920년 보습학교, 즉 지금의 유치원 같은 곳에 보냈으며 여덟살 때 복흥공립보통학교에 입학시켰다.

1927년 그는 순창농업중학교에 입학해 3학년이 됐을 때 학업을 중단했다. 어린 세 동생에 대한 걱정과 함께 농사만으로는 일제 치하에서 살기 어렵다는 판단 때문이었다. 그가 "더는 공부만 할 수 없습니다. 동생들을 봐서라도 집안에 보탬 되는 일을 하겠습니다"라고 말했을 때 부친은 망설이다 자퇴를 허락했다고 한다.

임종국은 학업을 중단한 뒤 군산으로 갔다. 지금은 약간 쇠락했지만 일본 강점기 군산은 전국에서 실려 온 쌀이 일본으로 건너가는 항구로 대단히 번성했다. 거기서 임종국은 군산 제일의 미곡상으로 갔다. 그러곤 외쳤다. "혹시 여기 사람 구하지 않습니까?"

밀짚모자 쓴 사람이 나와 "왜 그러느냐"고 물었다. 임종국은

한 인간의 집념이 이런 거대한 숲을 일궜다.

"일자리를 구하고 있습니다. 뭐든 열심히 하겠습니다"라고 말한 뒤 그 사람의 대꾸도 기다리지 않고 미곡상 안으로 들어가 빗자루를 들고 나왔다. 그러곤 상점 앞을 깨끗하게 비질했다. 밀짚모자 쓴 이는 미곡상 주인 스기다였다. 그가 놀란 것은 말끔해진 상점 앞이 아니라 임종국의 손바닥이었다. 임종국은 상점 앞에 떨어져 있던 작은 쌀알들을 한 주먹이나 주워 모은 것이었다. 주인인 스기다마저 신경 쓰지 못한 것을 소년이 한 것이다.

그날부터 임종국은 모르는 것은 메모하고 외우는 등 밤을 새워 가며 일을 배웠다. 그렇게 성실하게 여섯 달을 일하자 스기다는 소년에게 서기 일을 맡겼다. 얼마나 신임했는지 한 달 뒤엔 은행에 돈을 입금하는 일까지 담당하게 됐다. 그는 장부를 속이자는 유혹이나 협박을 많이 받았지만, 결코 굴하지 않았다. "아무리 먹고살기 어려운 세상이라지만 자기 자신을 속이며 살아선 안 된다"고 믿은 것이다. 그것이 나라를 빼앗은 일본인의 것이라고 해도 그는 정도를 지켰다.

1934년 어느덧 스기다 미곡상에서 없어선 안 될 인물이 된 임종국은 스기다에게 소금을 사들일 것을 권했다. 값이 오를 것을 예측한 것이다. 그의 예상은 적중했고 스기다는 막대한 돈을 벌었다. 스기다는 그를 진남포 출장소장으로 발령냈다. 이때 군산에서 진남포까지 가며 그는 처음으로 헐벗은 우리 산하의 속살을 보게 됐다. 일본의 보리, 만주의 기장과 조가 들어오며 쌀과

장성 축령산 밑에 있는 장성호다.

콩을 일본에 내다 주는 우리 처지를 보면서 "몇 년 지나면 조선에는 소나무 몇 그루만 남겠지"라며 한숨을 쉬었다.

이런 자각이 있은 지 얼마 후 그는 모은 돈을 가지고 정미소를 차렸다. 그는 현미를 세 번 찧는 다른 정미소와 달리 두 번만 찧었다. 그렇게 하면 기계 밑에 떨어진 등겨가 늘 석 되쯤 됐는데 그는 그것을 가난한 이웃에게 나눠 줬다. 당시 다른 정미소들이 등겨를 돈을 받고 팔 때였다. 먹을 만한 것이 없던 그 시절, 우리 민족은 등겨에 삶은 쑥과 우거지를 넣고 콩비지국을 끓이듯 겨죽을 끓여 먹고 연명했다. 그즈음 임종국은 평생의 배필이 될 장성 출신 아내 김영금과 결혼했다.

중일전쟁이 일어나면서 임종국은 정미소 문을 닫았다. 미곡통제령으로 곡식 거래하는 일마저 힘들어졌기 때문이다. 그는 모든 것을 처분하고 고향 순창으로 내려와 잠업을 시작했다. 그 이후 그는 장성으로 옮기는데 사연이 있다. 잠업을 할 만한 마땅한 장소를 찾지 못하던 차에 아내의 고향인 장성에서 한 일본인이 농원을 내놨다는 소리를 듣게 된 것이다.

그는 빚을 내어 이 농원을 사들인 뒤 1년 만에 흑자를 내기 시작했다. 타고난 근면함 때문에 가능한 일이었다. 그는 누에 키우는 방 둘레에 생석회를 바르고 숯으로 소독했으며 창호지까지 발랐다. 사람 사는 것보다 더 깨끗하게 소독을 한 것이다. 그 후론 아예 누에와 함께 살았다. 누에농사에 성공하자 그는 고구

마 재배를 시작해 이것
도 성공시켰다.

해방 1년 전인 1944
년 7월, 전남 장성에는
홍수가 났다. 비가 많이
온 탓도 있지만 워낙 산
림이 헐벗었기 때문이
었다. 급기야 논밭이 다
망가지고 장성역까지
물에 잠겨 기차가 들어
오지 못하게 됐다. 그때
그는 소림을 떠올렸나.
그날 이후로 임 선생은
하루도 쉬지 않고 나무

임종국 선생의 생전 모습이다.

를 심고 돌봤다. 일꾼들에게 늘 하는 말이 "그저 내 집 일이라
고 생각하라"는 것이었다. 6·25가 터지자 사람들은 서둘러 피란
갔지만, 그는 농부의 생명인 땅을 놔두고 갈 수는 없다고 결심
했다.

전쟁이 시작되면서 "농지를 몰수한다" "부녀자를 욕보인다"
"장정들은 모두 시베리아로 끌고 간다"는 흉흉한 소문이 돌았지
만, 그는 흔들리지 않았다. 그러던 어느 날 인민위원회 소속이라

는 사람이 그를 찾아와 다짜고짜 끌고 가더니 유치장에 가뒀다. 하루 동안 먹을 것도 주지 않더니 그들은 "가지고 있는 현금을 모두 내놓아라"고 협박했다. 땅과 집과 농장은 모두 몰수한다고 선언했다.

얼마나 지났을까, 공산당은 그를 방면했다. 아무리 뒷조사를 해 봐도 '먼지' 한 톨 나오지 않았던 것이다. 그러면서 그들은 덧붙이는 것이었다. "동무, 이렇게 멋진 묘포지를 본 적이 없소."

묘포지란 어린나무를 키우는 밭을 말한다. 지성이면 감천이라는 말은 이럴 때도 쓰이는 것이다. 서슬 퍼런 공산당도 땅과 산에 정성을 다하는 농부를 어찌할 순 없었다.

1955년 그는 모든 재산을 정리하고 숲을 가꾸기로 했다. 주변 사람들이 모두 '미쳤다'고 수군댔지만 축령산에 숲을 가꾸기 시작했다. 처음에는 5000평의 땅에 삼나무 6000그루를 심었는데 그의 식재에는 특징이 있었다고 한다. 나무를 빽빽하게 심지 않고 어린나무들 사이의 거리를 넓게 잡았으며 묘포지 둘레에는 도랑을 만들어 배수가 잘 되도록 한 것이다. 어린나무를 심은 뒤에는 1주일에 한 번씩 겉흙을 긁어내고 새 흙을 생석회와 섞어 뿌렸다. 병에 시달린 나무는 30cm 정도 흙을 파낸 뒤 짚과 재를 섞어 묵힌 흙을 옮겨 뿌렸다. 이렇게 하자 임종국의 숲은 병충해에 아주 강한 숲이 됐다.

1959년은 우리 국민들에겐 잊을 수 없는 해다. '사라'라는 사

임종국 선생 부부가 잠들어있는 나무다.

상 초유의 태풍이 몰아쳐 전국에서 수십만 명의 이재민이 난 것
이다. 그는 비바람을 뚫고 일꾼들과 함께 미친 듯이 숲을 누볐
다. 제아무리 강한 태풍도 인간의 이기려는 의지를 꺾을 순 없었
다. 그렇다면 그는 왜 편백나무와 삼나무를 선택한 것일까? 빨
리 자라고 훗날 값어치가 나간다는 계산도 있었지만, 여기엔 젊
었을 적에 본 인촌 김성수 선생의 장성군 덕진리 야산에서 받은
감동이 계기가 됐다고 한다. 당시 인촌의 야산에 쭉쭉 뻗어 가
는 편백나무와 삼나무를 본 그는 '아! 우리 강산에도 이런 나무

가 성장할 수 있구나' 하는 확신을 가졌다고 한다.

오늘날 그는 한국 조림의 시조로 불린다. 그가 가꾼 편백나무 숲은 1헥타르당 700~2500그루가 분포해 있으며 나무의 평균 높이는 18m나 된다. 수령은 대부분 30년을 넘는다. 축령산은 천연림과 인공림의 비율이 75대 25인데 입목축적은 천연림이 101㎡, 인공림이 250㎡이다. 인공림이 그만큼 잘 보존돼 있다는 뜻이다.

그의 손길이 거쳐 간 곳은 앞서 말한 대로 장성군 북일면 문암리, 서삼면 모암리, 북하면 월성리 등이다. 아직도 이 지역에선 가뭄 때면 물지게를 지고 산에 올라가던 임 선생을 기억하는 이들이 많다. 그가 물지게를 지니 마을 주민이 하나둘씩, 나중엔 거의 모두가 물지게를 지고 산에 오르는 진풍경이 연출됐다고 한다. 그의 장남 임지택씨가 한 언론을 통해 남긴 아버지의 증언이 있다.

"초기엔 투자비용이 많아 여기저기서 돈을 빌려다 썼습니다. 60년대 들어서면서 박정희 대통령의 후원으로 조림·조경산업이 날로 번창했습니다. 정부에 납품되던 물량이 때때로 줄거나 없어지면 자금순환이 되지 않아 어려움을 겪었는데 이를 전해 들은 박정희 대통령이 재벌 몇 명을 불러 산림보전을 위해 조림지 일부를 매입하라고 권유했습니다.

재벌 몇 명이 장성 축령산 일대를 직접 현지답사한 것은 그런 지시 때문이었습니다. 모든 결정이 끝나고 청와대에 가서 보고하

동양학자 조용헌씨의 축령산 휴휴 산방이다.

고 계약서만 받아오는 작업을 남겨뒀을 때 박정희 대통령이 서거하며 재벌들의 조림지 매입 계획은 없던 일이 돼 버렸습니다.

박정희 대통령이 1979년 떠나시고 1년 후인 1980년 아버지도 뇌졸중으로 쓰러지셨습니다. 7년간 투병하다 돌아가셨는데 병원비가 상당했을 뿐 아니라 채권자들의 빚 독촉도 심했습니다. 작업장의 십장들 중에도 병원과 집에 나타나 돈을 달라고 소란을 피우기까지 했습니다. 아버지는 '나무를 더 심어야 한다. 나무를 심는 게 나라 사랑하는 길이다'라는 유언을 남기고 가셨습니다."

35장

생과 사를 초월한 두 사나이의 우정 이야기

일본 도쿄에서 자동차로 50분 거리에 하치오지라는 도시가 있다. 학교법인 금정학원 이사장이자 고쿠시칸 대학교수인 신경호박사가 나를 이끌고 간 곳은 도립 공동묘지였다. 하치오지 시에 있는 이 거대한 공동묘지는 예상했던 것과 사뭇 달랐다.

반 평이 채 안 될 것 같은 묘지가 나란히 등을 대고 있었다. 무덤들의 가로세로 줄이 자로 잰 것처럼 반듯했다. 조경도 공원처럼 잘 돼 있어 일부러 소풍 올 것까지야 없겠지만 한국처럼 혐오시설로 시민들이 기피하지는 않을 것 같았다. 신 이사장은 비석에 '김가'라고 새겨진 무덤 앞에 섰다.

"이사장님 저 왔습니다. 목마르시지요."

신 이사장은 입구 쪽에서 받아온 물통에서 주걱으로 냉수를

떠 무덤가에 뿌리며 손으로 비석을 이리저리 쓰다듬었다. 그러
곤 휴대용 제기를 꺼내 펴더니 '김 선생'이 평소 좋아했다는 카
스텔라를 제수로 올린 뒤 한국 소주를 잔에 따랐다.

자주 다니는 꽃집에서 손수 고른 화환을 바치더니 돗자리를
펴고 두 번 절했다. 그는 내게도 "이사장님께 한잔 바치시지요"라
고 권했다. 뜻하지 않게 연고도 없는 이역 하치오지 시의 공동묘
지에서 낯모르는 인물에게 한잔을 바치고 음복까지 하게 됐다.

신 이사장과 이 '김 선생'은 혈연관계가 아니다. 그런데 올해에
만 네 번째로 여기에 성묘 왔다고 했다. 내가 가기 바로 일주일
전 춘분에도 와서 꽂아놓은 화환이 시들지 않고 여전히 싱싱했
다. '김 선생'은 2012년 세상을 뜬 전 중앙대학교 이사장 동교 김
희수 선생을 말한다.

대체 신경호와 김희수는 어떤 관계인가. 신 이사장은 김희수
를 1983년 만났다. 일본에 왔을 때 전라남도 고흥 출신 청년의
나이가 갓 스물이었다. 격동의 80년대 가난했지만 배우려는 의욕
에 넘쳤던 신경호는 당시 욱일승천하던 두 명의 재일교포 재계
거인을 만났다고 말했다.

한 명은 롯데그룹 신격호 회장이었다. 신 회장은 청년의 이름
을 듣더니 자신의 먼 친척인가 착각했다고 한다. 신 회장은 신경
호를 비롯해 한국에서 일본으로 유학 온 가난한 유학생들에게
가끔 용돈을 줬다고 한다. 또 한 사람이 김희수였다. 김희수 역시

일본 도쿄 하치오지 근처의 공동묘지에 잠들어 있는 김희수 선생을 신경호 이사장이 찾았다.

신격호 회장처럼 청년들을 도왔다. 신경호가 일본뿐 아니라 국내에서도 5대 그룹 안에 드는 롯데 신격호가 아닌 김희수를 그가 사망할 때까지 29년간 모시고 사후 다시 5년간 인연을 이어간 이유는 굳이 캐묻지 않았다. 아마도 운명적 만남이었을 것이다.

"김 이사장님은 제가 긴자의 사무실로 가면 항상 물으셨어요. 뭘 타고 왔냐고요. 전철도 종류에 따라 가격이 약간 다릅니다. 전 항상 제일 싼 것을 타고 다녔습니다. 몇 번이고 그것을 물으셨는데 훗날 생각해 보니 제가 어떤 인간인지 평가해 보려고 한 것 같아요."

2015년 1월 발간된 《민족사랑 큰 빛 인간 김희수》라는 추모 문집에서 신경호 이사장은 김희수와의 인연을 이렇게 회고하고 있다.

"1983년 가을 청운의 꿈을 안고 현해탄을 건넜습니다. 그 무렵 도쿄 한국인 유학생은 130명 정도가 전부여서 모두가 잘 알고 친구와 선후배로 서로 의지하며 공부하고 있었습니다. (…) 당시 기업가로서 활동하고 계시는 동교 김희수 선생님의 사무실을 찾아간 일을 지금도 선명히 기억하고 있습니다. 그날 선생님은 '여러분은 한국 미래의 기둥이다' '민족의 자긍심을 잃지 말라'라고 하시며 여러모로 지원을 약속해 주셨습니다. 선생님께서는 특히 저를 가까이 두며 많이 신뢰해 주시고 결혼식 주례도 서주셨습니다."

그 이후부터 신경호는 김희수를 그림자처럼 수행했다. 집사라고 해도 무방하고 '머슴'이라고 해도 나쁜 표현은 아닐 것이다. 그리고 그 김 이사장이 세상을 뜬 지 5년이 지났는데도 신경호는 여전히 모두가 잊은 김 이사장을 세상 속으로 복권시키기 위해 정성을 다하고 있었다.

사실 신경호는 김희수의 일화를 며칠 동안 되풀이해 말했을 뿐 자신에 대해서는 조금도 자랑을 하지 않았다. 지인에게 들은 바에 따르면 1963년생인 그는 전라남도 고흥에서 태어나 여수에서 초등학교와 중학교를 졸업하고 광주에서 고등학교에 진학해 학생회장을 지냈다고 한다.

워낙 언변이 좋고 열정적이며 정치가형이어서 80년대 말 한반도를 휩쓸던 민주화 열기에 동생이 뛰어들 것을 우려한 큰형이 일본 유학을 종용했다. 신경호는 도쿄 니혼대로 유학 왔다. 유학 생활을 할 때, 학위를 취득하고 보따리 강사 생활을 할 때 그를 도운 이는 지금의 아내였다.

아내는 돈을 벌기 위해 주먹밥을 만드는 분식점을 냈다. 신경호는 낮에는 여기저기 학교를 다니며 강의를 하고 저녁에는 고려대 정치외교학과를 나온 뒤 해병대에서 복무하고 지금은 취직한 장남과 함께 앞치마를 두른 채 아내가 만든 주먹밥을 나르기도 했다고 한다.

하치오시에 사기 신 신경호는 도쿄에서 가상 번화하고 땅값이 비싸다는 긴자의 골목으로 나를 안내했다. 제국호텔 뒤편에 5층짜리 허름한 건물이 있었다. 주인은 바뀌었지만 아직도 '가나이 제1빌딩'이라는 동판이 붙어 있었다. 신경호는 그 건물의 좁다른 계단을 성큼성큼 올라갔다.

"이곳이 김 이사장님이 평소 집무하시던 곳입니다. 정말 좁지요. 사람이 셋만 들어가도 꽉 찰 정도입니다. 마지막까지 이곳에서 일하셨어요."

신경호는 문만 보이면 열었는데 하필 화장실이었다. 1960년대 자주 볼 수 있었던, 쪼그리고 앉아 용변을 보는 재래식 화장실이 꽤나 정갈했다.

"이런 곳에서 이사장님이…. 이 계단 손잡이의 반질반질거리는 게 다 그분의 손때가 묻은 것입니다."

이후로도 신경호는 나를 이 골목 저 골목 데리고 갔는데 그때 마다 김희수의 소유였다는 건물이 불쑥 등장하는 것이었다. 대부분 '가나이 제○빌딩'이라는 동판을 달고 있었다.

전성시절 김희수는 동경에만 스물세 개의 빌딩을 소유하고 있었다고 한다. 그 외에 한국에도 상당한 회사와 부동산을 갖고 있었다. 그런 자금을 바탕으로 그는 1987년 중앙대를 인수해 자신이 고생하며 평생 번 돈을 조국의 젊은이를 위한 육영育英사업에 바치려 했다.

그랬던 그가 2008년 중앙대를 두산그룹에 넘기고 홀연히 사라졌다. 그로부터 4년 뒤에는 세상을 떠나 지금은 그를 기억하는 이들조차 몇 안 된다. 과연 김희수는 어떤 인물이고 그런 김희수를 재조명하려는 신경호는 또 어떤 인물인지 시간을 거슬러 올라가며 살펴보기로 한다.

김희수의 고향은 경상남도 창원군 진동면 교동리다. 마산과 진해에 인접해 있는 작은 마을에서 그는 1924년 6월 19일 아버지 김호근과 어머니 심교련의 둘째 아들이자 칠 남매의 넷째로 태어났다. 그의 집안이 진동에 터를 잡은 것은 1800년대 후반이라고 한다.

신경호 이사장의 메모를 보면 그의 꼼꼼한 성격이 잘 드러난다.

할아버지가 조봉대부, 동몽교관 같은 벼슬을 지낸 덕에 그의 집안은 끼니를 걱정할 정도의 형편은 아니었다. 그랬던 가세가 일제의 한일강제병합으로 기울기 시작했다. 일제는 토지조사사업을 벌여 조선인들의 땅을 빼앗았는데 그중에는 김희수의 집안도 있었다.

고향에 남아 일제의 눈치를 보며 소작농으로 목숨을 연명할 것인가, 새로운 도전을 할 것인가 하는 기로에서 할아버지는 김희수의 작은 아버지를 먼저 일본에 보내더니 김희수의 아버지마저 일본으로 보냈다. 원수의 나라를 이기려면 원수의 나라가 어떤 곳인지, 실력이 어떤지 알아야 했던 것이다.

김희수가 진동공립보통학교 4학년 때 어머니도 아버지를 따라 일본으로 갔다. 부모 없이 자라던 김희수는 보통학교를 졸업하던 1938년 부산으로 가 현해탄을 건너 시모노세키로 향하는 배에 올랐고 거기서 홀로 기차를 타고 부모가 기다리는 도쿄까지 갔다. 만 열세 살 때의 모험이었다.

김희수는 학문보다는 기술을 배우고 싶었다. 그래서 1939년 동경전기학교 고등공업과에 입학했다. 한창 전쟁 중이었지만 언젠가 전쟁이 끝나면 대대적인 건설 붐이 불 것이고 그렇다면 전기의 중요성이 커지리라는 것을 소년은 알고 있었다.

1943년 학교를 졸업한 김희수는 용케 전공을 살릴 수 있는 전기회사에 취직했는데 하필 본사가 지금 북한의 평양이었다. 그는 광복이 될 때까지 2년간 평양과 진남포를 오가며 압록강 수력 전기 등 여러 변전소에서 일했다. 교과서에서 배웠던 지식과 기술이 체득되는 기간이었다.

2년간의 평양 근무를 마치고 일본으로 돌아오니 징집명령서가 기다리고 있었다. 입대일이 1945년 8월 10일이었다. 징집은 곧 죽음을 뜻했다. 그런데 그때 히로시마에 원자폭탄이 떨어졌다. 당시 히로시마는 일본 육군의 근거지였고 우지나 항은 일본 해군의 본영이었다.

일본 도쿄 수림일본어학교 정문에 있는 김희수 선생의 흉상이다.

당시 히로시마의 인구는 34만명이었다. 원자폭탄 한방으로 7
만~8만명이 당일에 사망했고 도시의 70퍼센트가 파괴됐다. 운
명의 8월 10일이 됐지만 원폭의 충격 때문인지 아무도 김희수를
찾지 않았다. 그리고 닷새 뒤 재일한국인들은 해방의 날을 감격
스럽게 맞았다.

패전한 일본은 아비규환이었다. 물가가 끊임없이 폭등했다. 거
리에는 실업자가 넘쳤다. 일본인들이 그 지경이니 재일교포들의
사정은 더했다. 돌아가는 길이 쉬웠던 것도 아니었다. 한국 사정

도 일본과 다름없었다. 돌아가 봤자 할 일도 없었다. 김희수 가족은 일본에 남기로 했다.

무엇을 해야 하나 하며 동경 시내를 배회하던 김희수의 머릿속에 섬광처럼 무언가가 번뜩였다. "그래 바로 이거라꼬!" 김희수는 거리에서 무릎을 치며 소리를 질렀다고 훗날 회상했다. 먹고 살기 위해 혈안이 돼 있었지만 거리의 사람 가운데 옷과 신발과 장갑을 안 낀 이는 아무도 없었다는 데 착안했다.

1947년 김희수는 유라쿠초에 작은 양품점을 열었다. 김희수는 양품점 이름을 '금정양품점'이라고 지었다. 금정은 일본인들이 부르던 김희수의 일본식 이름 '가나이'의 한자어였는데 뜻도 좋았다. '돈이 샘솟듯 나오는 우물'이니 가게 이름치고는 최고라고 할 수 있을 것이다.

처음에는 고전했지만 양품점은 갈수록 잘됐다. 물건이 달려 못 팔 지경이 됐다. 양품점이 성공하면서 생활비 걱정이 없어지자 김희수는 1949년 동경전기공업전문학교에 입학했다. 그때부터 양품점과 학교와 집을 오가는 생활이 시작됐다. 잠을 네 시간도 채 못 잤지만 행복했던 순간이었다.

주경야독의 재미를 느낄 때 조국에서 전쟁이 시작됐다. 6·25였다. 이 전쟁이 사경을 헤매던 일본 경제를 살렸다. 1949년 말까지 2억 달러였던 일본의 외화보유액이 1951년 말에는 10억 달러로 다섯 배나 증가했다. 전쟁 특수는 일본도, 김희수 집안도 살렸다.

김희수의 형은 원래 공부를 잘했다. 동경대학 조선학과를 졸업했을 정도다. 형이 김희수에게 제안을 했다. 자기가 개발한 신형 어군탐지기 판매 사업을 시작하자는 것이었다. 형이 만든 어군탐지기는 성능이 뛰어났다. 주문도 밀려들었다. 그런데 이상하게도 회사는 갈수록 어려워졌다.

외상으로 물건을 줬는데 수금이 안 됐던 것이다. 그때 김희수는 발명보다 힘든 게 수금이라는 사실을 깨달았다고 한다. 금정양품점을 동생에게 물려준 김희수는 어군탐지기 사업이 궤도에 오르자 제강회사를 짧게 운영하다 매각해 버렸다. 그러곤 거기서 모은 돈 5000만 엔으로 부동산 임대업에 뛰어들었다. 부동산임대업의 요체는 입지다. 어디에 있는 건물이냐에 따라 성공 여부가 판가름나는 것이다. 수없이 거리를 배회하던 김희수는 첫번째 빌딩을 세울 장소로 우리 서울의 명동 격인 긴자를 택했다.

1961년 4월 김희수는 빌딩임대업을 담당할 금정기업주식회사를 설립하고 대표이사에 취임했다. 마침내 긴자 한복판에 금정 1빌딩이 세워졌다. 그는 새로 건물을 지을 때마다 금정 제2빌딩, 금정 제3빌딩 하는 식으로 이름을 붙였다. 처음부터 임대업이 잘된 것은 아니었다.

지하 2층, 지상 6층의 금정 제1빌딩은 그다지 크지 않지만 당시로선 근사했다. 그런데 가끔 문의만 들어올 뿐 임대가 제대로 되지 않았다. 뾰족한 방법은 없었다. 입주자들을 통해 그 건물이

쾌적하고 관리가 잘되며 편리하다는 입소문이 날 때를 기다리는 수밖에 없었다.

김희수가 평생 지켜온 경영철학은 절약, 내실, 합리, 신용 네 가지였다. 그 철학을 그는 건물에 적용했다.

"빌딩은 기계와 같습니다. 항상 보고 보살피지 않으면 반드시 고장이 나게 되어 있습니다. 그래서 우리는 매일같이 빌딩 구석구석을 점검해야만 합니다."

진심은 통하는 법이다. 어려운 시기가 지나자 금정빌딩에 대한 호평이 쏟아지기 시작했다. 여기저기서 입주하고 싶다는 문의가 쏟아졌다. 입주자가 몰리면서 마련한 자금으로 김희수는 곳곳에 건물을 짓기 시작했다. 김희수의 집무실은 금정 제1빌딩 맨 꼭대기 층 일곱 평 남짓한 사무실이다.

늘 계단을 오르내리며 김희수는 틈나는 대로 이곳저곳을 둘러봤다. 그러면서 만나는 입주자들에게 불편한 점은 없는지를 물었다. 입주한 사람들이라고 다 일이 잘되는 것은 아니었다. 알코올중독자 같은 말썽꾸러기도 있고 월세나 관리비를 못 내는 사람들도 있었다.

그럴 때마다 김희수는 직원들에게 말했다.

"우리가 조금 힘들어도 입주자들은 다 한 가족처럼 대해주세요. 우리가 그분들을 믿어야 그분들도 우리를 믿습니다. 그분들이 행복해야 우리도 행복합니다. 이것을 꼭 잊지 말고 실천해 주

신경호 이사장이 운영하는 도쿄의 수림일본어학교 전경이다.

십시오."

김희수가 부동산 임대업을 시작했을 무렵, 일본인들은 아직 부동산에 큰 관심이 없었다. 김희수는 일본 경제가 고도성장을 지속하면서 국민소득이 꾸준히 늘어나면 머지않아 반드시 부동산 가격이 상승하리라고 판단하고 돈이 모이는 대로 땅을 사고 빌딩을 지었다.

1964년 일본이 OECD에 가입하고 그해 10월 제18회 올림픽을 유치하면서 부동산 임대업은 호황을 맞게 됐다. 김희수는 큰 자본이 없었지만 임대보증금으로 다른 건물을 건축하기 시작했고 그 건물을 은행에 담보로 잡히고 융자를 받는 방식으로 땅을 사들였다.

1970년대 두 차례 경제위기가 왔지만 애초부터 무리한 투자를 하지 않았던 김희수는 영향을 받지 않았다. 그의 사업체는 부동산 임대업 외에도 건축물 수리와 인테리어를 담당하는 국제건축영선주식회사, 광고기획과 화재보험을 대행하는 금성산업주식회사로 늘었다.

1981년 11월 10일 도쿄 제국호텔에서 금정기업주식회사 창립 20주년 기념식을 거행했을 때 그의 계열사는 모두 5개로 늘어 있었다. 그에게는 '금정 재벌' '재일교포 재벌 사업가'라는 호칭이 따라다녔다. 전성시절 그가 가진 재산의 총규모는 어느 정도였을까.

맨처음 그가 5000만 엔을 갖고 시작한 금정 제1빌딩의 가치가 한때 50억 엔(한화 약 500억원)을 호가했으니 전체 빌딩을 다 합치면 조 단위에 육박했을 것이라는 게 신경호 이사장의 말이다. 사람들은 그것이 기적이라고 말했으나 김희수는 항상 이렇게 대답했다.

"땀과 눈물, 헌신의 결과였습니다. 내 이익보다 고객의 이익을 먼저 생각한 것이 성공의 비결입니다. 우리 빌딩에 한 번 와 보십시오. 일본에서 우리 빌딩보다 더 좋은 빌딩은 어디에도 없습니다."

이러던 김희수의 삶에서 잘 알려지지 않은 부분이 있다.

김희수는 이동할 때마다 꼭 대중교통을 이용했다. 사무실에는 오래된 책상과 낡은 의자 하나, 서너 명이 앉으면 꽉 차는 응접세트가 고작이었다. 먹는 것도 그랬다. 그는 몸에 좋은 음식을 싸게 잘 먹으면 그만이지 음식에 사치를 부릴 필요는 없다고 굳게 믿었다.

일본에서는 작은 우동가게를 즐겨 다녔고 한국에 오면 5000원짜리 된장찌개나 칼국수를 먹었다. 그래서인지 1987년 중앙대학교를 인수해 이사장이 됐을 때 한 신문에는 이런 기사가 나기도 했다. '중앙대 신임 재단이사장은 칼국수로 점심을 때우는 1조5000억의 부동산 재벌.'

신경호 이사장에 따르면 김희수는 평생 세 개의 한恨을 가슴에 품고 살아왔다. 첫째, 배우지 못한 한, 둘째 가난하게 살아온 한, 셋째가 나라를 잃은 한이었다. 그것을 풀기 위해 김희수는 아무리 한민족이 우수해도 역량을 발휘할 토대가 없어선 안 된다고 믿었다.

"진정한 애국이란 입으로만 떠들어대는 것이 아니라 우리 민족이 가진 우수한 역량을 길러낼 수 있는 확고한 토대를 마련하는 것이었습니다. 김희수 이사장님께서 1985년 일본에 수림외어전문학교를 세우기로 한 것이 바로 그런 이유에서였습니다."

그렇다고 김희수가 부동산 임대업에만 몰두한 것은 아니다. 일본인조차도 무관심했던 조림사업의 미래를 보고 1963년부터 일본 북해도에 180여만 평에 이르는 광대한 임야에 조림사업을 실시한 것이다. 신경호 이사장은 그것이 "100년 앞 인류의 미래를 걱정한 활동"이라고 했다.

1985년 무렵 한국에서 인수할 만한 교육기관이 없으면 직접 대학을 설립하려던 김희수는 당시 5공 정부가 대학 신설을 억제하는 정책을 펴자 뜻을 접었다. 그 사이 경영상태가 좋지 않거나 학내 분규에 휘말려 있던 몇몇 학교에서는 그에게 재단 인수를 타진해 왔다.

이런 일들이 진척이 없자 김희수는 그해 수림외어전문학교를 설립하기 시작했다. 수림은 김희수의 '수'자와 그의 아내 이재림 여사의 '림'을 따서 만든 이름이다. 1988년 마침내 수림외어전문학교는 2년제 대학으로 인가받아 한국어, 일본어, 영어, 중국어를 가르치는 4개 학과를 개설하고 첫 입학생 320명을 뽑아 개교했다.

그즈음 김희수에게 가장 적극적으로 매달린 게 중앙대였다. 당시 중앙대 재단은 사학비리에 연루돼 비자금설, 부정입학설이 파다했다. 또한 이사장이 발행한 어음이 부도 처리되면서 713억 원에 달하는 빚의 규모가 고스란히 드러났다. 이때 김희수는 필생의 결단을 내렸다. 부도 위기에 빠진 중앙대 재단을 인수키로 한 것이었다.

김희수가 중앙대 재단을 인수해 처음 한 일은 빚을 갚는 것이었다. 일본에 있는 땅과 빌딩을 담보로 대출을 받아 돈을 들여온 뒤 전임 이사장이 발행한 어음을 회수해 현금으로 변제했다. 나중에 알고 보니 그중엔 가짜 어음이 많았다고 한다.

당시 김희수는 80년대 한국의 사회적 풍토나 분위기, 대학 사회의 현실 등에 대해 잘 알지 못했다. 그저 일본에서 했던 것처럼 정직과 신용으로 대처하면 모든 일이 잘 풀릴 것이라고 믿었다. 더구나 진리를 탐구하는 이 시대 최고 지성인들의 요람인 대학에서 거짓과 술수가 난무하리라고는 상상도 못했다. 그게 김희수가 노년에 겪은 불행의 단초였다.

신경호 이사장에 따르면 그때 김희수가 미처 생각지 못한 부분이 있었다고 한다.

"한국과 일본은 너무 다른 나라라는 사실이었습니다. 사람들의 정서나 풍토, 기업과 조직 운영 방식, 공무원들의 생각과 자세, 대학의 분위기, 공사를 구분하는 태도가 다 달랐습니다."

신 이사장은 말했다. "김희수 이사장님은 기업을 하듯 사업을 벌이듯 학교 일을 하고 싶지 않아 하셨습니다. 자기가 조국을 위해 모든 것을 내놓고 헌신하면 학생들이나 교수들, 직원들과 학부모들, 나아가 정부까지도 이런 자신을 이해하고 협조해 주며 믿어줄 것으로 확신하셨지요."

하지만 언론은 그를 '돈 나와라 뚝딱' 하는 식의 도깨비 방망이를 가진 인물로 묘사하고 있었다. 교수들은 그간 참았던 목소리를 내기 시작했으며 학생들조차 학교가 하루아침에 천지개벽

하듯 바뀌리라는 장밋빛 환상을 가지고 있었다. 그 틈을 타 교직원들과 보직교수들은 80년대 말 민주화 열기에 편승해 아무런 책임도 질 수 없는 인기 발언을 일삼기 시작했다. 얼마 전까지 부도날 뻔했던 학교가 갑자기 '동양 최대의 병원'을 짓겠다는 발표를 김희수에게 사전 허락도 받지 않은 채 하기도 했다.

심지어 일부 보직교수들과 학교 책임자들은 사석에서 공공연하게 "돈에 대해서는 걱정하지 마라. 이사장님이 다 알아서 해주기로 하셨다" "머지않아 중앙대학교가 동양의 하버드 대학이 될 거다. 두고 봐라"라는 식의 말을 하고 다녔다. 이런 무책임한 발언의 책임은 진위에 관계없이 고스란히 김희수에게 돌아왔다. 학생들은 "약속을 지키라"며 김희수를 몰아붙였다. 김희수가 온갖 비리에 연루돼 있었지만 한 사람도 징계하지 않고 감싸 안았던 비리 교직원과 교수 가운데 일부의 태도가 완연히 바뀌기 시작했다.

바야흐로 중앙대에는 괴상한 이름의 단체들이 만들어져 김희수와 재단을 비방하는 대자보를 붙이고 유인물을 배포했으며 총장실과 이사장실을 점거한 채 농성을 벌이기도 했다. 그중에는 집무실의 집기를 본관 앞 연못에 빠뜨리는 일까지 태연하게 일어났다. 김희수는 큰 충격을 받았다.

그러다 1997년부터 김희수에게 동시에 악운惡運이 찾아왔다. 한국에 나라를 거덜 낼 뻔했던 IMF외환위기가 닥친 것이다. 국내에 있던 김희수의 사업체들은 그 태풍의 직격탄을 맞고 무너져 내렸다. 일본에 있던 사업체들은 저 유명한 버블경제의 붕괴로 영향을 받았다. 한국과 일본 양국에서 김희수가 평생 일궈왔던 기업들이 휘청대는 순간 김희수는 공수래공수거, 즉 태어날 때 빈손으로 왔다가 죽을 때도 빈손으로 간다는 말의 뜻을 절감했다고 한다.

생전의 김희수 선생 부부의 뒷모습이다.

그는 2008년 중앙대 재단을 두산그룹으로 넘겼다. 1987년 9월 재단 이사장으로 취임한 지 22년 만의 퇴장이었다. 그리고 두산에서 받은 1200억원으로 수림재단과 수림문화재단을 한국에 설립했다. 김희수는 2010년 5월 두산그룹이 중앙대를 동양의 MIT로 만들겠다는 계획을 발표했을 때 이렇게 말했다고 한다.

"기업과 대학은 다르지요."

그 말을 한 지 한 달 후인 2010년 6월 1일 김희수는 심근경색과 뇌경색으로 쓰러져 의식을 잃은 채 투병생활을 시작했다. 1년 8개월 뒤인 2012년 1월 19일 그는 88년의 삶을 마감했다. 그가 병실에 누워 있을 때 그를 찾아온 중앙대 관계자는 아무도 없었다고 한다.

이렇게 거인은 역사 속으로 퇴장했다. 그의 가족들 가운데 교육사업에 뜻을 둔 이는 아무도 없다. 유일하게 1983년 김희수와 만난 이후 그림자처럼 그를 수행했던 신경호 이사장만이 남았을 뿐이다. 그는 김희수가 중앙대를 맡으면서 방치한 학교 두 곳을 인수했다.

"수림외어전문학교와 수림일본어학교입니다. 이 학교들은 빚더미에 올라앉아 있었어요. 중앙대에서도 폐교하라고 했고 김희수 이사장님도 골칫거리로 생각하셨고요. 제가 인수해 일본의 공적자금을 끌어왔지요. 지금은 빚을 다 갚았습니다. 건물이 낡았는데 손볼 수 있는 곳은 다 수리했습니다."

수림외어전문학교와 2001년 수림일본어학교가 처음 세워졌을 때 당시 학교 설립준비 단계부터 일을 도맡아하고 학교 카운슬러, 강사, 부교장으로 올라온 그에게 김희수는 "신군, 학교 일은 자네에게 모두 맡길 테니 자네 힘으로 학교를 재건하도록 해보게나"라고 말했다고 한다.

그는 당시 알려지지 않은 수림외어전문학교와 수림일본어학

신경호 이사장을 만난 날 눈이 펑펑 내렸다.

교를 살리기 위해 중국부터 베트남까지 학생 유치를 위해 뛰어다녔다고 한다. 말이 학생 유치지 앵벌이나 다름없었다. 그랬던 두 학교는 현재 일본 내에서 최상위권의 전통 있는 학교로 발돋움했으며 수백 명의 졸업생과 동시 통역사를 배출하기도 했다.

취재하는 동안 신경호 이사장이 화장실에 꽤 신경을 쓴다는 것을 알게 됐다. 긴자의 금정1빌딩에서도 그러더니 수림외어전문학교와 수림일본어학교에서도 항상 화장실부터 보여주려 했다. 그는 "제일 더럽다고 여기는 화장실이 깨끗해야 학생들이 공부를 열심히 한다"고 믿고 있었다.

그런가 하면 도쿄 스미다구 료고쿠에 있는 수림일본어학교에는 김희수 이사장의 얼굴이 새겨진 동판이 있었다. 김희수 이사장의 5주기를 맞아 올 1월 만든 것이라고 했다. 일본 내에 지금 남은 김희수의 흔적은 '금정빌딩'이라는 동판과 무덤과 이 동판밖에 없다. 한국에는 수림재단과 수림문화재단뿐.

수림일본어학교의 각 층에는 김희수의 어록이 벽에 적혀 있었다. 층마다 돌면 작은 김희수 박물관 혹은 김희수 기념관 같다는 생각이 들었다. 그가 이렇게 김희수를 되살리는 데 진력하는 이유는 무엇일까? 거액의 유산이라도 받은 것일까?

"제가 젊었을 때 이사장님을 돕다가 박사 학위를 취득하느라 정신이 없었어요. 만일 중앙대 이사로 함께했다면 마지막에 그렇게 허무하게 나오게 하지는 않았을 겁니다. 저라도 나서지 않으면 누가 김희수 선생의 그 열정적인 삶을 기억하겠습니까."

그가 박사 학위를 취득하려 노력할 때, 보수적이기로 유명한 고쿠시칸 대학 교수가 됐을 때 김희수는 말렸다고 한다. 그때마다 신경호는 말했다.

"제가 3년을 못 버티면 돌아오겠습니다. 그런데 저는 이겨낼 겁니다."

그는 젊을 적 김희수에게서 딱 한 번 3천만 엔을 받은 적이 있다고 했다. 당시 세 자녀를 키우며 좁은 집에 살던 그가 침대를 수리하다 다쳐 머리에 상처가 났을 때였다.

그 모습을 본 김희수는 "어쩌다 그렇게 다쳤느냐"고 물었다. 사정을 이야기하자 김희수는 쌈짓돈을 내놓으며 "이것으로 더 넓은 집을 얻으라"고 했다. 그러면서 갚지 않아도 좋지만 차용증이나 하나 쓰라고 한 게 김희수 사후 문제가 됐다고 한다.

이 차용증을 나중에 김희수의 책상 서랍에서 발견한 이가 반환을 요구한 것이다. 그것도 거액의 고리를 붙여 요구했다. 이때 일본에서 송사에 휘말리기도 했지만 신경호는 집을 팔아 깨끗이 그 돈을 갚았다고 했다. 또한 한국에서도 방해 세력에 의해 고발되어 대검찰청까지 가는 송사에 휘말렸다. 그러나 모두 말도 안 되는 내용이었지만 내가 손해 보는 게 김희수를 욕보이지 않는 것이라고 믿었다.

36장

하서 김인후와 가인 김병로, 김종인

전라남도 담양에서 전북 순창을 거쳐 정읍으로 가는 길에 큰 산이 버티고 있다. 추월산이다. 해발 731m의 이 산은 영산강의 발원지이며 약초가 많아 혹자는 전라남도의 5대 명산으로 꼽기도 한다. 추월산이 바라보이는 순창군 복흥면을 지나는데 작은 안내판이 눈길을 끌었다. '가인 김병로 생가터'다.

가인 김병로(1887~ 1964) 선생은 초대 대법원장을 지낸 분이다. 세상은 가인과 '검찰의 양심'이라 불리는 화강 최대교(1901~1992) 전 서울고검장, '사도법관'이라 불린 김홍섭(1915~1965) 전 대법원판사를 '법조 3성'이라 부른다. 공교롭게도 세 사람 모두 호남 출신이다.

우리가 아는 가인의 업적은 광복 직후인 1946년 미 군정청 사법부 법전기초위원회 위원으로 참여해 미 군정청 사법부장을 지냈으며 1947년 6인 헌법기초위원회 위원으로 대한민국 사법제도의 기초를 닦은 뒤 1957년 12월 대법원장으로 정년 퇴임했다는 정도에 그치고 있지만 사실 가인은 위대한 독립운동가이기도 했다.

본관이 울산 김씨로, 순창에서 태어난 가인은 여섯 살 때 전남 창평으로 이사했다. 창평은 조선시대부터 과거시험에 많은 합격자를 배출한 창평향교가 있는 곳으로, 지금으로 치면 특목고 같은 인재양성소였다. 가인은 18세 때 담양 일신학교에서 서양인 선교사에게 산수와 서양사를 배웠다.

그는 1905년 을사보호조약이 체결되자 추월산 용추사에서 의병장 최익현의 열변을 듣고 동지들을 모아 순창읍 일인보좌청을 습격했다. 같은 해에는 창흥학교를 세워 후학들에게 신학문을 가르쳤으며 1910년 일본으로 건너가 1913년 메이지대학을 졸업했다.

일본 유학 중 《학지광》의 편집장을 지낸 그는 귀국해 경성법전 조교수와 보성전문 강사로 활동하다 1919년에 변호사를 개업한 뒤 광주학생운동, 6·10만세운동, 원산파업사건, 단천노조사건 관련자들을 위해 무료변론을 했다. 1927년에는 신간회의 중앙집행위원장이 되기도 했다.

가인이 살던 생가는 원래 600평이 넘었으나 지금은 100평 남

전북 순창에 있는 김병로 선생 생가 앞의 기념 조형물이다.

짓한 땅에 순창군이 초가집 한 동과 창고, 화장실 등을 세워 놓았다. 그 앞에는 가인의 석조 상징물이 있다. 원래 이 집에 살던 주민은 "순창군이 가인의 생가를 모두 복원한다고 하지만 땅값만 올려놓은 꼴이 됐다"며 "언제 복원이 다 이뤄질지는 모르겠다"고 했다.

가인의 영향 때문인지 인근에는 대법원 가인연수관도 있다. 가인 생가터로 들어가는 길목에는 담장마다 누군가 그려 놓은 가인 상징물과 함께 그가 생전에 남긴 말들이 적혀 있다. 그 말 한마디 한마디가 요즘 세상에서 지탄받고 있는 법조인들뿐 아니라 정치인들이 새겨들어야 할 명언들로 몇 가지 소개해 본다.

"법관으로서 청렴한 본분을 지킬 수 없다고 생각될 때는 사법부의 위신을 떠나야 한다."

"세상 사람들은 다 부정의에 빠져 간다 할지라도 우리 법관만큼은 정의를 최후까지 사수하여야 할 것이다."

"모든 사법 종사자에게 굶어 죽는 것은 영광이라고 그랬다. 그것은 부정을 범하는 것보다 명예롭기 때문이다."

용장 밑에 약졸 없다는 말이 있다. 가인은 동국18현으로 추앙받는 하서 김인후(1510~1560) 선생의 15대 손이다. 참고로, 동국18현, 혹은 동방 18현은 최치원·설총(이상 신라), 안유·정몽주(고려), 정여창·김굉필·이언적·조광조·이황·성혼·이이·조헌·김장생·송시열·김집·박세채·송준길 선생이다.

김병로 선생의 생가를 복원해 놓았다.

전남 장성에서 태어난 하서는 1531년 사마시에 합격한 뒤 성균관에 입학해 퇴계 이황과 교유하며 함께 학문을 닦았다. 1540년 별시문과에 병과로 급제해 권지승문원부정자·홍문관저작·홍문관박사 겸 세자시강원설서·홍문관부수찬 같은 요직을 두루지내며 세자를 가르치기도 했다.

1545년 인종이 죽고 을사사화가 일어나자 병을 이유로 고향인 장성에 낙향해 학문에만 정진했다. 여기서 짚고 넘어갈 부분이 있다. 호남에서 유림의 고장을 꼽을 때 '광라장창'이라 했다. '광'

은 지금의 광주광역시이며 '나'는 나주다. 전라도라는 명칭이 전주·나주에서 유래한 것은 잘 알려진 터다.

'창'은 지금의 창평으로, 창평향교는 앞서 말했듯 조선시대 때 과거 급제자를 많이 낸 것으로 유명하다. 그렇다면 '장'은 어디일까. 바로 광주 북쪽에 있는 장성이다. 장성에는 선비들의 기개를 표현한 말이 있다. "장성 사람은 고춧가루 서 말을 먹고도 재채기를 안한다"는 것으로, 체통을 중시하는 장성의 선비정신을 상징하고 있다.

어려서부터 신동 소리를 들었던 하서는 사화가 일어난 직후 한사코 벼슬을 거부했는데 거기엔 이유가 있다. 그가 평생을 중시한 것이 '성'과 '경'이었기에 세속, 즉 벼슬에 욕심을 내지 않은 것이다. 실제로 하서의 고집은 인종의 뒤를 이어 즉위한 명종 대에 들어 더 뚜렷하게 나타나고 있다.

명종은 1554년까지 하서에게 성균관전적·공조정랑·홍문관교리·성균관직강 등의 벼슬을 내렸지만 관직에 나가지 않았다. 그의 성리학 이론은 월봉 기대승과 같은 입장에 섰다. 즉 이기는 혼합돼 있으며 태극과 음양은 일물이라고 할 수 없다는 것이었다. 그는 천문·지리·의약·산수·율력 등에도 능했다.

그의 제자로는 송강 정철이 있다. 정철이 호남 명유들에게 영재교육을 받은 이야기는 유명하다. 전남 담양에서 환벽당을 짓고 은거하던 사촌 김윤제(1501~1572)가 어느날 정자에서 낮잠을 자

가인 김병로 선생의 생가로 가는 길 닭벼락의 벽화다.

다 기이한 꿈을 꿨다. 환벽당 밑 개울에서 용이 물장구를 치며
놀고 있는 것이었다.

　놀라 잠에서 깬 사촌이 밖으로 나가 보니 어린 정철이 있었다.
사촌은 정철을 불러 교육을 시켰고 자신과 절친한 하서에게도
특별한 교육을 부탁했다. 하서는 순창에 세운 훈몽재에서 정철
을 비롯해 조희문·양자징·변성온 등을 가르쳤다. 정철은 이 훈몽
재에서 13세 때까지 대학을 읽으며 문재를 키워 나갔다.

　이런 분위기에 젖어서인지 나이 들어 정철은 식영정·송강정

등에 머물며 사미인곡·속미인곡·성산별곡 등의 명작을 남겼는데 이는 하서에게 영향을 받은 바가 크다. 하서의 시는 도학자로서 절제와 조화의 미를 갖췄지만 현실 정치에 대한 좌절과 불만도 담겨 있다. 여기서 하서 김인후 선생이 지은 시 한 수를 살펴보기로 한다.

〈청산도 절로절로 녹수도 절로절로/산 절로 수 절로 하니 산수간에 나도 절로/그중에 절로 난 몸이니 늙기조차 절로 하리.〉

하서가 사망한 후 그를 흠모했던 후학들은 1590년 장성 기산리에 서원을 세웠으나 이 서원은 1597년의 정유재란 때 왜군이 불을 질러 타 버리고 만다. 후학들은 이에 그가 태어난 황룡면 증산동에 새 건물을 짓고 나라에 사액서원으로 지정해 줄 것을 요청했다. 조정은 선비들의 뜻을 수용해 '필암'이라는 액호를 하사했다.

1672년 다시 지금의 위치로 옮겨 지은 필암서원은 1868년 흥선대원군이 서원을 철폐할 때도 건재했다. 하서는 정조 20년인 1796년 문묘에 배향돼 장성 필암서원과 옥과의 영귀서원에 제향됐으며 시호는 문정이다. 대광보국숭록대부 영의정 겸 영경연·홍문관·예문관·춘추관·관상감사에 추증됐다.

하서의 후손들은 인촌 김성수 선생의 가계와도 연결이 돼 있다. 하서의 5대손 때부터 김성수·김연수 가문과 갈라지기에, 가인 김병로 선생에게 인촌은 먼 할아버지뻘이 된다고 한다. 여

김병로 선생의 선조가 바로 하서 김인후 선생이다. 전남 담양에 있는 환벽당이다.

기서 다시 이야기를 가인 쪽으로 돌린다. 가인은 아들 셋과 딸 하나를 뒀다. 차례대로 김재중·김재열·김재옥이며 장녀 김순남 이다.

가인의 차남인 김재열은 변호사였으며 김재열의 아들, 즉 가 인의 손자가 김종인 전 더불어민주당 비상대책위원장이다. 김종 인 비대위원장은 가인과 떼려야 뗄 수 없는 관계다. 그의 트레이 드마크인 '경제민주화'는 조부인 가인과의 인연 때문에 생긴 것 이라고 한다.

37장

인화와 인내의 기업을 일군
LG그룹 구인회 4대

경상남도 진주시 지수면 승산리라는 곳이 있다. 물을 알고 사을 이긴다는 뜻이니 이름에서부터 명당 티가 나는데 눈으로 봐도 예사로운 땅이 아님을 알 수 있다. 북쪽으로 방어산, 동산, 사브랑덤, 보양재가 병풍처럼 둘러싼 마을은 온통 허씨 천지인데 그 복판에 능성 구씨 집이 콕 박혀 있다.

승산리는 원래 승내리였다가 이름을 바꾼 것인데 여기 자리한 허씨 집안은 근검과 절약으로 마을을 조선 땅에서 손꼽히는 부촌으로 일구고 말았다. 이른바 만석꾼이 두 집, 천석꾼이 열두 집을 헤아렸으니 지금의 GS그룹이 바로 여기서 연원한 것이요, 삼성그룹-LG그룹-효성그룹이 이 허씨 집안의 도움을 받았다.

허씨 문중의 만석꾼이 얼마나 돈을 아꼈는지를 보여주는 일화가 있다. 그들은 사람들이 보는 데서는 짚신을 신었지만 남이 안 보는 데서는 신발이 닳을까 아까워 맨발로 다녔고 담뱃대에 담배를 재우기는 하지만 입에서 연기처럼 내뿜는 것은 입김일 뿐 실제로 담배에 불을 붙이지 않았고 부채는 혹시 상할까 봐 펴고 있지만 부치지는 않았다는 것이다.

앞서 말한 능성 구씨 집안은 원래 구교리 댁으로 유명했다. 만회 구연호 공은 어렸을 적부터 예닐곱 문장을 척 봐서 암기할 정도의 천재였다고 소문이 자자했다. 대과에 급제하고 임금 앞에서 경전을 강하는 홍문관 시독까지 승진했을 때 그의 이름은 서부 경남에 자자했고 유림들이 우러러보는 바가 되었다.

순종 원년에 홍문관이 폐지되자 만회 공은 고려 유신들이 두문동에 들어간 것처럼 낙향해 불사이군의 뜻을 보였다. 벼슬길은 막히고 나라는 망할 지경인 상황에서 만회 공의 유일한 낙은 독자 재서가 낳은 장남 정득이 커가는 모습을 보는 것이었는데, 정득이 바로 LG그룹의 창업자 연암 구인회(1907~1969) 선생이다.

연암이 진주에 포목점인 구인회 상점을 낸 것이 1931년, 그로부터 87년이 흐르는 동안 LG그룹은 고 구자경-고 구본무 시대를 거쳐 4대 회장 구광모 시대를 맞게 됐다. 인화와 인내로 요약할 수 있는 LG그룹의 정신과 행동은 모두 구인회 창업주 시대 때 형성된 것이다. 구씨 4대를 20가지 에피소드로 살펴본다.

경남 진주시 지수면에 있는 허만정 선생의 생가다.

#1. 부당하게 주지도 부당하게 갖지도 않겠다

일 전짜리 한 닢을 두고 두 소년이 다투고 있었다. "먼저 집은 사람이 임자다, 퍼뜩 이거 놔라." "무신 소리 하고 있노, 네나 내나 똑같은 임자 아이가?"…. 한참 싸우던 중 키 큰 소년이 지친 듯 동전을 포기했다. 동전을 차지한 소년은 그를 데리고 동네 앞에 일본인이 운영하던 잡화점으로 가 성냥 두 갑을 샀다. 그러곤 한 갑씩 나눠 가졌다. 부당하게 주지도 않고 부당하게 갖지도 않겠다는 LG그룹의 정신이 여기서 태동한 것이다.

#2. 허씨 가문의 사위가 되다

14세 때 구인회는 바로 담 너머에 사는 천석꾼 허만식의 장녀 을수 양과 혼례를 올렸다. 신랑보다 두 살 위였다. 만회 공의 3녀가 허만식의 차남 인구에게 시집갔다가 얼마 안 돼 사망했으니 양가는 기껏 맺었던 인연이 아까워 다시 인연을 맺어보세 하고 둘을 연결시킨 것이다. 신랑은 나이 많은 신부에게 말을 놓을 수 없었다. 기껏 '임자' '이녁' 또는 '보소'라고 했는데 평생 단 한 번도 '자네' '하게'라는 말을 쓰지 않았다고 한다. 결혼 후 비로소 구인회 창업주는 정득이라는 이름을 버리고 인회라는 이름을 사용했다.

#3. 지수보통학교 입학

신식 바람이 지수면까지 불어닥쳤다. 구인회는 쓰고 다니던 초립을 벗어 던지고 머리를 깎았다. 그러곤 지수초등학교 2학년에 편입해 신학문을 배우기 시작했다. 지수초등학교는 삼성그룹 창업주 이병철, 구인회의 장남 자경이 다닌 학교인데, 교정에 머리를 맞댄 소나무를 두고 사람들은 구씨·허씨의 관계, 구인회와

지수면에 있는 구인회 선생의 집이 보존돼 있다.

이병철을 상징한다고 말한다.

#4. 일본인 교장의 차별에 맞선 동맹휴학

일본인 교장 아들과 정진화라는 학생이 싸움을 벌였다. 선생
들은 정진화만 교무실에 불러 꿇어앉히는 벌을 줬다. 다음날 정
진화의 아버지 정 진사가 몽둥이를 들고 찾아와 교장이 사는
사택의 유리창을 박살 냈다. 몸을 피한 일본인 교장은 다음날

정진화에게 퇴학 처분을 내렸다.

구인회를 비롯한 학생 대표 10명은 동맹휴학을 선언하고 도지사, 군수, 장학사 등에게 진정서를 보냈다. 한 달이 지나자 결국 도에서는 손을 들고 일본인 교장을 산청으로 전근 보냈다. 동맹휴학을 주도한 죄로 구인회 등 10명은 나중에 나쁜 성적을 받게 된다. 구인회는 서울의 중앙고보를 다녔고 2학년을 마친 후 학업을 중단했다.

#5. 협동조합 결성

생활고로 중앙고보를 중퇴했으나 소득이 전혀 없는 것은 아니었다. 돈을 벌어야겠다는 의지를 가지게 된 것이다. 당시 지수면의 상권은 눈깔사탕 등을 팔며 사세를 넓힌 일본인이 독점하다시피 했다. 그것을 본 구인회는 학교에서 배운 협동조합의 필요성을 절감, 마을 사람들과 함께 조합을 세우고, 전무를 거쳐 이사장까지 오른다.

구인회는 마산, 진주 등에서 석유와 일용품을 사다 놓고 팔기 시작했다. 일본인 문방구상이 쌓아놓은 기반이 싸고 실속 있는 허인회 협동조합 앞에서 무너지기 시작했다. 그때 처음 구인회는 주판을 놓기 시작했다. 지출을 분명히 하고 단 한 푼도 틀리지 않게 정리를 하는 버릇이 그때부터 생겼다.

지수면은 허씨 집성촌이다. 그 가운데 구인회 선생 집이 끼어 있다.

#6. 진주에서 포목점을 연 후, 첫 좌절

당시 진주는 유명한 소비도시였다. 가을이 되면 농사를 마친 일꾼들이 자식들을 혼인시켜 포목의 수요가 늘어났다. 이에 착안, 구인회는 진주에 포목점을 차렸다. 그런데 1936년 저 유명한 병자년 대홍수가 진주를 덮쳤다. 남강이 범람해 구인회 상점의 포목을 모두 젖게 만들었다. 아버지에게 빌리고 땅을 담보 잡아 사들인 포목이 모두 못 쓸 지경이 돼버린 것이다. 결국 구인회는 돈을 빌려야 했다.

원창약국을 운영하던 원준옥이라는 사람은 돈을 빌려달라는 구인회의 말에 두말없이 큰돈을 내놓았다. 어렵사리 잡은 기회, 구인회는 재기했고 홍수 때 입은 손실을 복구하고도 큰돈을 모았다. 그러나 시대는 변하고 있었다. 바야흐로 일본은 중국을 상대로 전쟁을 벌이려 했다. 포목점에 안주할 수 없는 상황이 만들어지고 있었다.

#7. 20일 단식

구인회는 위장이 좋지 않았다. 이런저런 약을 다 써보았으나 차도가 없었다. 누군가로부터 위장을 고치는 데는 단식하는 것보다 더 좋은 방법이 없다는 말을 들었다. 단식이 위장을 깨끗이 청소하고 새 출발하는 길이라는 확신이 들자 그는 단식을 시작했다. 나흘째까지 괴롭기 그지 없었으나 닷새째가 되자 정신이 맑아지고 생기가 돌기 시작했다.

단식은 20일째에 들어 끝이 났다. 주변 사람들은 모두 그가 새사람이 됐다고 얘기했다. 하지만 구인회가 얻은 소득은 따로 있었다. 자신의 의지를 확인하고 이제는 무서울 것이 없어진 것이 위장을 고친 것보다 더 소중한 것이었다. 이후 구인회는 진주 청과류조합의 최고 책임자가 됐다. 생선 도매를 시작한 것이다.

#8. 독립운동 자금을 대다

가게로 낯선 손님이 찾아왔다. 의령군 부림면, 지금은 입산리로 이름을 바꿨으며 흔히 설뫼라 불리는 동네에 사는 백산 안희제는 당대의 걸물이었다. 일본인들이 백야 김좌진, 백범 김구와 함께 가장 두려워한다는 삼백의 1인이요, 부산에서 백산상회를 열어 부를 일군 뒤 상해 임시정부의 자금을 조달하는 독립운동가가 된 그다.

백산이 구인회에게 말했다. "자네 참으로 오래간만이네. 길게 얘기할 시간도 없고 자네의 안전을 위해 오래 이 자리에 머무를 시간도 없네. 일제의 패망은 이제 시간문제일세. 그만큼 우리 임시정부의 독립운동에는 마지막으로 막대한 자금이 필요하네. 그러니 자네도 1만원 정도는 기부해 주어야 하겠네."

구인회는 결연히 답했다. "선생의 말씀 잘 알겠습니다. 고초를 다 겪으시는 선생과 행동은 같이 못 할망정 제힘이 미치는 한 재력으로나마 힘껏 도와드려야지요." 그 길로 구인회는 은행으로 가 1만원을 찾아 백산에게 건넸다. 백산의 예언은 3년8개월 후 조국의 광복으로 현실이 됐다. 당시 백산이 국내에서 모은 돈은 20여만원이나 됐다.

백산은 1943년 8월 3일 만주 목단강에서 일제의 혹독한 고문을 받고 숨을 거뒀다. 해방 후 귀국한 백범은 제일 먼저 의령의 백산이 살던 집으로 가 유가족을 위로했다고 한다. 구인회와 백산의 해후는 조국에 바친 최상의 영예로 노블레스 오블리주의 실천이었다.

#9. 부산 진출과 조선흥업사, 럭키의 탄생

해방 후 부산으로 거처를 옮긴 구인회는 조선흥업사라는 무역업체를 차렸다. 조선흥업사는 목탄을 사들여 팔거나 농기구를 수입하는 일을 했다. 그때 고향의 만석꾼 허만정이 셋째 아들 허준구를 데리고 와 "사돈은 사업 역량이 있으니 이 아이를 사람으로 만들어 주시오. 사돈에게 출자도 좀 하겠소"라며 돈을 내놓았다.

허준구는 구인회의 동생 구철회의 사위였다. 구씨와 허씨 가문의 동업이 이때 비로소 시작된 것이다. 그때 조선흥업사는 사업에서 별다른 재미를 보지 못하고 있었다. 그런데 구인회의 아우 구정회가 당구장에서 홍아화학공업사라는 화장품 공장 기술자인 김준환을 만나면서 구인회는 화장품업에 진출하는 계기를 만들게 된다. 처음에 화장품을 도매로 사와서 서울에서 팔던 구인회는 김준환이 홍아화학공업사를 그만두자 피마자기름, 스테아린산, 글리세린 등의 화장품 제조 원료를 대량으로 사들인 뒤 직접 제조하기 시작한 것이다. 그때 화장품에 붙인 상표가 행운

을 뜻하는 '럭키', 그 아이디어를 낸 것은 구정회였다. 한문으로
는 락희를 사용하기로 했다.

#10. 플라스틱 시대를 열다

화장품 장사로 재미를 보았지만 구인회의 열정은 더 뜨겁게
타올랐다. 남들이 안 하는 것을 남들보다 먼저, 그것이 그의 기
업신조였다. 플라스틱에 관심을 갖게 된 것은 화장품 뚜껑이 자
주 깨지는 사고가 났기 때문이다. 안 깨지는 화장품 뚜껑을 만
들려고 백방으로 뛰다 보니 미군 피엑스에서 흘러나온 플라스틱
이라는 것을 알게 된 것이다.

구인회는 즉각 미국에서 플라스틱을 만드는 기계와 원료를 도
입하기로 했다. 기계는 들여오자마자 형형색색의 빗과 화장품
뚜껑, 비눗갑과 칫솔을 쏟아내기 시작했다. 튼튼하고 예쁜 제품
을 먼저 구하려고 상인들이 경쟁을 벌이기 시작했다. 돈이 물밀
듯이 밀려들어 오기 시작했다. 범일동 아파트 공장이 좁아 부전
동으로 공장을 옮겨 증설했다.

#11. 국내 최초로 치약을 만들고 다시 비누로

6·25전쟁 중 구인회의 집안은 화를 입지 않았다. 공장도 임시

수도 부산에 있던 터라 오히려 부富는 늘어만 갔다. 당시 사람들은 가루치약을 사용했고 돈깨나 있는 집안에선 미제 콜게이트 치약을 썼다. 구인회는 치약 생산하는 임무를 동생 구평회에게 맡겼다. 구평회는 멕시코에서 열린 국제청년상공회의에 참석하는 길에 미국에 들렀다.

그에게 형이 내린 명령은 세 가지였다. 첫째, 콜게이트 치약의 제조법을 알아와라. 둘째, 원료를 중간상인 거치지 않고 직접 구입하는 길을 알아봐라. 셋째, 미국에서 최근의 조류가 어떤지 알아보라는 것이었다. 미국 뉴욕에서 구평회는 정보요원처럼 콜게이트 치약의 원료와 배합비율을 알아냈다. 말이 정보원이지 실제론 맨땅에 헤딩하는 식이었다. 이렇게 럭키치약을 만들어낸 구인회는 다시 비누 생산으로 관심을 돌렸다.

#12. 전자공업에 눈을 뜨다

구인회가 전자공업에 관심을 갖게 된 것은 그가 스카우트한 부하 박승찬이 LP레코드를 듣는 전축 마니아였기 때문이다. 단순한 소리를 내는 재래의 전축과 달리 하이파이 전축을 틀면 소리가 웅장하고 마치 눈앞에서 오케스트라가 공연하는 것 같은 기분이 들 정도였다. 구인회는 "그게 전자공업인가" 하고 묻더니 "우리나라에선 아무도 손을 안 댔나" 하고 묻는 것이었다.

어느 가을날 지수면 허씨 집성촌의 한가한 오후다.

플라스틱 산업에서 선두가 된 구인회는 내부 기기만 만들면 라디오를 만들 수 있다고 생각하고 라디오를 생산하기로 결정했다. 이렇게 해서 만들어진 게 LG전자의 전신인 금성사金星社다. 금성사는 라디오를 필두로, 전화기, 선풍기, 세탁기, 텔레비전을 쏟아냈고 그에 따라 전선과 세제도 만들기 시작했다.

때맞춰 혁명정부가 들어서 농어촌 라디오 보내기 운동을 시작했다. 그때까지 농촌에는 전기가 들어가지 않았다. 라디오를 들으려면 전지가 필요했다. 필요는 생산을 낳는 법이다. 한때 라디오가 팔리지 않아 문을 닫을 위기까지 맞았던 금성사는 농어촌 라디오 보내기 운동으로 기사회생의 전기를 잡았다.

#13. 승합차를 타고 다니는 사장, 같은 보신탕집 3일 내리 찾은 사장

당시 구인회의 숙소는 창신동에 있는 동생 구태회의 집이었다. 당시 신설동에 살던 김계홍 상무가 승합차로 출근하는데 동대문에서 구 사장이 차에 오르는 것이었다.

"아니 사장님, 택시를 이용하시든지 하시지 왜 이걸 타십니까?"

"나는 왜 이걸 탈 자격이 없는가요? 세상 사람들이 나를 보고 노랑이라 할 것이오. 그렇지만 생각해 보소. 내 자식 있고, 아우 있고…. 그것도 한두 명이오? 내가 앞장설 수밖에 더 있겠소? 내가 이러면 무언의 교도가 안 되겠소."

구 사장은 보신탕을 좋아했다. 그것도 허름한 집만 골라 다녔다. 김 상무는 3일 내리 점심시간 직전에 사장의 전화를 받았다. "개장 먹으러 안 갈라요? 어제 그 집 맛있지요?" 그러나 맛있는 것도 계속 먹으면 질리는 법, 3일째 되던 날 김 상무가 사장에게 한마디 했다. "사장님 좋아하셔서 그런 데 가시는 줄은 알지만 그런 데는 저희가 가서 먹는 데지 사장님이 가실 데는 못 됩니다." 이때 구 사장이 내놓은 답이 있다. "왜요? 무엇이 어때서? 몇 천원짜리 한정식보다도 스테이크보다도 싸고 맛있는데 그것을 안 먹고 뭘 먹어요? 쓸데없는 걱정 마소."

#14. 거스름돈 5환을 기다리는 재벌

구인회는 고향 어른들을 자주 챙겼다. 그렇지만 결코 돈을 풍성풍성 뿌리고 다니지는 않았다. 한번은 고향 어른들과 다방에 들렀을 때였다. 계산을 하자 여종업원이 "5환을 거슬러드려야 하는데 잔돈이 없어서 아래 가서 바꿔가지고 와야겠십니더"라고 했다. 구 사장은 묵묵히 5환이 올 때까지 기다렸고, 그 모습에 고향 어른들은 놀랐다.

"백만장자가 5환 가지고 너무하지 않느냐. 5백환 팁을 놓고 가도 시원치 않을 판인데"라고 말하는 이가 있는가 하면 "그래서 부자가 안 됐나? 우리한테 교훈을 준 기라. 푼돈을 아끼라고"라고 말하는 이도 있었다. 그는 기생집을 가서도 남보다 적지도 않지만 그렇다고 많지도 않은 팁을 줬다고 한다. "이거면 됐제?"라는 말과 함께.

#15. 신의를 위해 손해를 감수한다

구인회 사장은 평생 세 번 삼성그룹에 속았다. 처음에는 이병철 삼성 창업주가 원당 수입을 동업으로 하자고 할 때 거절했던 것이다. 훗날 원당은 큰 문제를 일으켜 구 사장도 곤욕을 치를 뻔했다. 두 번째는 삼성과 라디오서울, 동양TV를 합작할 때였다. 성격이 다른 두 기업은 번번이 부딪쳤다. 처음에는 삼성이 라디오서울, 럭키가 동양TV를 운영하기로 합의했는데 삼성이 출자금 인수를 거절한 것이다.

이때 구인회는 동경에서 이병철과 담판을 지었다. 다음은 그들이 나눈 대화다.

"호암 이래서는 안 되겠네. 결손이 큰 TV국만 이쪽에 넘겨주려면 라디오서울의 청산차액을 빨리 인수해 주게. 양가의 불화설이 장안에 퍼지고 있으니 창피하고 모처럼 손을 댄 방송사업이 저 모양이니 또한 창피하네. TV국까지 할 생각에서라면 마저 인수하게. 양가에서 태어난 우리 손자의 장래를 생각해서일세."

묵묵부답이던 이병철은 이렇게 나왔다. "그대로 같이 해보지?"

구인회가 답했다. "자네가 같이하자는 제안은 내가 거절하겠네. 자네가 다하게. 자네 생각대로 말일세."

말이 없던 이병철은 현관까지 구인회를 배웅하면서 본심을 드러냈다. "그렇게 결정해 주어 고맙네." 이후 삼성은 금성사에 이어 삼성전자를 만들었다. 금성사의 핵심 기술자들을 **빼내기** 시작했는데 이때도 구인회는 인내했다. 인화를 위한 인내였다.

#16. 정유업에 도전하다

1967년 2월 20일 전라남도 여수에서 여수공장 기공식이 있었다. 다음은 박정희 대통령과 구인회가 나눈 대화다.

"영남분(구인회)이 오셔서 호남을 개발하게 되셨군요."

"이렇게 됐으니 아예 호남 사람이 돼버리겠습니다. 앞으로 경전선이 개통되면 영남이고 호남이고가 있겠습니까, 어데."

"맞습니다. 우리나라 이 좁은 땅에서 지역 가려서 뭘 합니까. 일일생활권으로 들어갈 수 있게 만들어놔야죠."

"각하께서 그래 안 하고 계십니까."

고 박정희 대통령은 구인회 사장을 꼭 '선배님'이라고 불렀다고 한다.

#17. 나는 경영자 자격이 없지 않나

1968년 구인회 총수가 산하 회사의 사장과 중역을 모아놓고 고려대 경영학과 조익순 교수를 불러 세미나를 열었다. 조 교수는 "독창력이 없으면 기업가로서 자격이 없는 것"이라고 했다. 그러자 구 총수가 질문을 던졌다. "내가 지금 럭키그룹의 회장 자리에 앉아 있기는 하지만 따지고 보면 하나도 내 아이디어 가지고 해본 적이 없는데요? 크림통을 플라스틱으로 만들자고 한 것은 내 동생 태회의 생각이고 금성사를 세워서 전자공업을 해야 됩니다, 한 것은 저기 앉아 있는 윤욱현 상무의 아이디어고, 석유시대가 올 것이니 호남정유를 세우자고 한 것도 내 동생 평회가 끌어온 이야기니 나는 아무것도 독창한 것이 없으니까 기업가 될 자격이 없는 셈 아닙니까?"

이에 조 교수가 말했다. "그 말씀은 그럴싸합니다만 참모들의 아이디어를 정확하게 받아들여서 즉각 실천에 옮겼다는 것도 사실인즉 창작이며 독창이나 다름없는 것이니 구 회장께서는 과히 실망 마시고 계속 분투해 주시기 바랍니다."

#18. 거인의 퇴장과 장자 승계의 확립

구인회 총수는 1969년 12월 30일 뇌관종양으로 사망했다. 그룹 총수 자리가 비자 세간에서는 승계를 둘러싸고 잡음이 나올 것이라고 생각했는데 구 총수가 사망하기 직전, 회생할 가능성이 없다는 의료진의 판정이 나오자 첫째 동생 철회가 일선에서 은퇴하겠다고 선언했다. 그러곤 형의 큰아들 자경을 회장으로 추대했다.

#19. 공장을 집으로 삼다

2대 회장 구자경은 원래 교사를 하다 가업에 뛰어들게 된다. 부산 범일동의 아파트 공장 시절, 공장을 밤낮으로 지킨 두 사람이 있다. 구자경 회장과 허준구의 형인 허학구였다. 두 사람은 공장에서 자고 공장에서 일하며 자나 깨나 공장 생활이 전부였다. 그들은 한국 최초의 플라스틱 인젝션에 누구보다 전문적인 지식을 익히고 기술을 몸에 배게 한 최초의 사람들이었다.

추운 겨울에도 다다미방에서 미군 군용 슬리핑 백에서 지내며 하루걸러 숙직을 했다. 아침 7시 반이면 어김없이 아버지 구인회에게서 전화가 왔다. "누구누구 왔나" "배당대로 줬나" "누구는 어떻더냐"는 질문이 이어졌다. 그리고 누군가 까다롭다는 사람이 나오면 구인회는 말했다. "그 꽤 까다롭다는 사람, 푸대접 말아라. 머지않아 우리 상품을 많이 소화할 사람이다."

#20. 구자경 회장과 구본무 회장의 업적

한국경제사학회는 2대 회장 구자경의 업적을 다음과 같이 요약하고 있다.

첫째, 안정적인 성장을 이끌었다. 둘째, 기업을 공개하고 사업 영역을 확대했다. 셋째, 석유화학공업의 토대를 구축했다. 1925년 생인 구 회장은 지금도 생존해 있다.

그 뒤를 이은 3대 구본무 회장이 최근 아까운 나이로 별세했다. 그와 관련된 보도는 많았지만 인간 구본무를 보여주는 일화 몇 가지를 소개한다. 고 구본무 회장은 어린 시절 진주의 조부모 집을 오가며 자랐다. 어느 날 지나가던 스님이 물 동냥 왔다가 소년 구본무와 마주쳤다. 스님은 소년의 얼굴을 물끄러미 쳐다보더니 이렇게 말했다고 한다.

"어허, 저기 돈 보따리가 굴러다니네." 부자들로 넘쳐나는 재계에서도 그의 얼굴상은 으뜸으로 쳐줬다. 허영만의 만화 《꼴》에서도 돈이 따라붙는 만석꾼 관상으로 등장한다. 스님의 관상풀이대로 구 회장은 평생을 돈 보따리를 끌어안고 살았지만 겸손의 화신 같은 사람이었다. 무조건 20분 전엔 약속 장소에 나가는 습관이 유명했다.

음식점 종업원에겐 만원짜리 지폐를 꼬깃꼬깃 접어 손에 쥐여주곤 했다. 골프장에 가면 직접 깃대를 잡고 공을 찾아다니며

옛 지수초등학교에 남아있는 구인회 선생 불망탑이다.

캐디를 도와주었다. 아랫사람에게도 반말하는 법이 없었다. 옳은 일을 한 의인이 나타나면 개인 재산을 털어 도와주었다. LG 의인상은 젊은이들에게 큰 영향을 미쳤다.

　그는 선대 회장들처럼 유교적 가풍을 이어받았다. 10년 전 금융위기 때 그가 내린 지시가 화제였다. "어렵다고 사람을 내보내면 안 된다." 그는 눈앞의 이익보다 사람의 가치를 소중히 여겼다. 휴대폰 사업이 거액 적자를 냈을 때도 LG전자는 감원 없이 버텼다. 덕분에 그의 회장 취임 후엔 노사분규가 거의 사라졌다.

38장

세계 최고의 화장품 기업을 일군
아모레퍼시픽 서성환–서경배 2대

거기 기요 들어온 가요 경상남도 하동이다 하두 써써사 입구에 '차 시배지라는 표지가 있다. 가수 조영남의 노래로 알려진 화개장터에서 쌍계사 가는 길이 온통 차밭이다. 지리산 산비탈에 융단처럼 깔린 차밭을 한 줄기 산상 도로에서 바라보는 광경이 장관이다. 프랑스 보르드의 '와인로드' 못지않은 '티(Tea) 로드'가 여기 숨어 있다.

전라남도에도 초대형 차밭이 두 군데 있다. 보성과 다산 정약용 선생의 유배지 강진 가는 월출산 아래다. 강진 근처 영암에 가면 근육질의 울퉁불퉁한 월출산이 떡 버티고 있다. 월출산 오르는 길은 천황사 코스가 유명하며 일본에 논어를 전했다는 백제 왕인 박사의 고향인 도갑사 코스가 있으며 경포대 코스라는

전남 영암 월출산 자락에 있는 차 밭이다. 여기서 설록차를 생산한다.

곳도 있다.

경포대는 강원도 강릉의 경포대와 발음이 같지만 한자는 다르다. 월출산에서 흐르는 물줄기의 모습이 무명 베를 길게 늘어뜨려 놓은 것처럼 보인다고 해서 붙인 이름인데 여름철에는 천혜의 피서지다. 이 경포대 쪽 매표소 왼편을 바라보노라면 '와!' 하는 탄성이 절로 나올 것이다. 주변이 온통 차밭이고 초대형 선풍기가 윙윙 소리를 내며 돌아가고 있다.

이 월출산 경포대 차밭은 한국 현대사에 위대한 족적을 남긴 거인이 직접 그린 거대한 스케치다. 고 서성환(1924~2003) 아모레퍼시픽 창업주다. 그는 1924년 황해도 평산에서 태어나 개성에서 성장했다. 초창기 한국 기업사에 굵은 족적을 남긴 인물 가운데 한 사람인데 하필이면 개성에서 성장해 한국 기업사에 유명한 '개성상인'의 대표라 하겠다.

그의 호가 '장원'이다. '장'은 꾸민다는 뜻이다. '원'은 근본이라는 뜻이다. 호의 뜻만 봐도 그가 이제는 세계 최고의 반열에 오른 화장품 재벌 아모레퍼시픽의 창업자임을 알 수 있겠다. 서성환 창업주는 1924년 7월 황해도 평산군 적암면에서 부친 서대근(1890~1973)씨와 모친 윤독정(1891~1959)씨의 3남3녀 가운데 차남으로 태어났다.

서 창업주의 가족은 1930년에 개성으로 이사갔다. 서성환이 소학교에 다니던 시절이다. 그가 살던 곳은 개성시 동현동으로 서울 가는 길목이었다. 여기서 가족의 생계를 책임진 것은 어머니 윤독정씨였다. 윤씨는 잡화를 취급하다 화장품을 만들기 시작했다. 개성은 인삼의 고장이었다. 당연히 주민들의 소득이 높았으니 여성들이 몸단장에 남달리 신경을 썼다.

비상한 머리와 남다른 사업감각을 갖춰 '여중군자'라 불렸던 윤씨는 직접 동백기름을 짜서 만든 머릿기름을 팔아 재미를 보자 1932년부터 민간에서 내려오던 미안수를 손수 만들었다. 이에 그치지 않고 구리무(크림), 가루분(백분) 등으로 화장품 제조의 종류와 품목을 넓혔는데 여기 소년 서성환은 '심부름꾼'으로 가세했다.

윤씨는 아예 창성상점이라는 회사를 만들었다. 사업이 본격화되자 서성환도 바빠졌다. 그는 아침에 도시락 세 개를 자전거에 싣고 일을 시작했다. 해 뜨기 전에 개성에서 출발해 화장품 제조에 필요한 물건을 사 오는 일을 한 것이다. 중경보통학교를 졸업한 1939년부터는 예성강 20리를 따라 형성된 상로를 따라 자전거로 화장품을 팔았다.

판매를 하며 그는 유통에 눈을 떴다. 10대 소년 서성환은 개성에서 자전거로 서울 남대문시장까지 와 글리세린과 향료, 빈병을 사서 다시 개성으로 가져갔다. 창성상점의 제품은 1941년 개성 최초의 백화점인 3층 양옥의 '김재현 백화점'에 입점했다. 백화점에 코너를 개설해 자기 화장품뿐 아니라 다른 회사 제품까지 위탁판매했다.

심부름부터 시작해 판매, 유통까지 익힌 서성환은 마침내 화장품 제조법까지 어머니로부터 배웠다. 물과 기름의 혼합비율, 가열 정도, 가성 소다의 비율에 따른 미묘한 차이까지 익힌 것이다. 그러던 그에게 위기가 닥쳤다. 스물한 살이던 1944년 강제 징용된 것이다. 천운이 있었는지, 일제가 망하면서 서성환은 1년 반 만에 기적적으로 생환했다.

개성으로 돌아온 서성환은 '창성상점'을 '태평양상회'로 바꿨다. 태평양만큼 큰 기업으로 만들겠다는 웅지가 그 이름 속에 숨어 있다. 서성환은 1947년 서울 회현동으로 이사왔다. 모조품과 위조품이 판치던 시절이었으나 서성환은 "남보다 월등한 제품을 만들어야 제값에 팔 수 있다"며 품질을 강조했다. 이때 내놓은 메로디크림이 태평양 1호 제품이다.

성장의 발판을 마련하는 듯하던 차에 6·25가 터졌다. 그는 피란하면서 원료를 싣고 부산으로 갔다. 화장품업계는 '원료확보=고급제품'이란 등식이 성립할 때여서 원료만 있으면 무서울 것이 없었다. 전쟁은 누구에겐 기회가 된다는 말이 있다. 광복 직후와 달리 미군이 들어오면서 질 좋은 원료를 손쉽게 확보할 수 있었던 것이다.

다음 관건은 판매조직이었는데 서성환은 생산과 판매를 분리했다. 이러면 생산파트는 연구개발에만 몰두할 수 있게 되는데 마침 '대박제품'이 탄생했다. 'ABC포마드'다. ABC포마드는, 돼지기름이 원료여서 바르면 뻣뻣하고 광택도 안 날 뿐 아니라 머리를 감아도 끈적거리는 다른 제품과 달리 식물성 피마자기름을 써 광택도 뛰어나고 세척도 편했다.

서 창업주는 여기에 일본제 고급 향료까지 배합해 경쟁제품을 압도했다. 서성환은 1954년 환도 때 후암동으로 왔다가 1956년 한강로로 회사를 옮겼다. 우리 기업사에서 이병철 삼성 창업주가 '전자왕', 정주영 현대 창업주가 '건설왕'이라면 서 창업주는 '농업왕' '미학의 제왕'으로 불러도 손색이 없을 것이다.

이 용산 구사옥에서 서 창업주는 일본 시세이도에서 근무한 경력이 있는 구용섭을 초대 연구실장으로 기용했다. 그는 정부 파견 연구원으로 독일 유학을 한 뒤 프랑스 코티(Coty)사와 기술제휴를 해 그 유명한 '코티분'을 생산하는 것으로 회사에 보답한다. 코티사와 기술제휴를 할 때 서성환은 향수로 유명한 프로방스 남부 도시 그라스를 방문했다.

이것은 그의 일생을 바꾼 여행이 됐다. 향수의 원료가 되는 식물을 재배하는 모습에 서성환은 감명받아 죽을 때까지 식물에 관심을 갖게 된다. 그것이 훗날 강진과 제주도에 초대형 차밭을 만든 계기가 됐다. 화장품 산업의 기반을 다진 서성환이 차에 대한 관심을 가진 것은 제주도 농장에서 남국에서나 자란다는 바나나 재배에 성공한 무렵이라고 한다.

외국을 방문할 때마다 그 나라 고유의 전통과 문화가 담긴 차 대접을 받으면서 서성환의 머릿속에서는 "왜 우리에게는 그런 문화가 없을까" 하는 의문을 가졌다. 중국에서 우리나라에 차가 전래한 것은 선덕왕 때인데 《삼국사기》 흥덕왕 3년, 즉 서기 828년에 이런 기록이 등장한다.

〈이해 12월에 사신을 당에 보내 조공케 했더니 당의 문종은 일행을 인덕전으로 불러 잔치를 베풀었다. 사신으로 갔던 대렴이 돌아오면서 차 씨를 가져오니 임금은 지리산에 심게 하였다. 차는 선덕왕 때 있었으나 이때 이르러 성행하게 됐다.〉

차 문화는 고려 시대 들어 더 융성해졌다. 안타깝게도 상류층이 즐겼던 고려의 차 문화는 농민들을 괴롭히는 몹쓸 식물이었다. 조선 건국 후 차 문화는 탄압받았다. 차나무가 송두리째 뽑혀 나갔고 불교와 관련 있던 차 문화가 공식 석상에서 사라졌다. 근대 이후 우리나라에서 녹차가 재배된 것은 오자키라는 일본인이 광주 무등산 자락에 만든 무등다원이 최초다.

1940년 ㈜간사이페인트가 보성에 다원을 조성했는데 이것이 1957년 대한다업으로 바뀐다. 서성환이 차 재배를 시작한 것은 1977년 무렵이다. 그는 한국제다 서양원 대표를 만나 "차를 해 보고 싶은데 중역들이 싫어해서…"라며 "개인재산으로 해 보고 싶으니 아이디어를 달라"고 부탁했다. 훗날 서양원 대표는 "서성환 회장은 차 농가의 은인이고 희망이었다"고 회고했다.

우리의 차밭을 이으면 프랑스의 와인로드 못지않은 명품 길이 될 것이다.

서성환은 월출산 부근과 제주도 도순·서광지역을 사업 부지로 정했다. 1980년 제주도 서귀포 도순의 2만5000평 대지에서 개간이 시작됐다. 도순은 땅이 돌투성이로 소문난 악지였지만 눈물겨운 노력 끝에 차밭을 일구는 데 성공한다. 서성환이 월출산을 택한 것은 다산과 초의선사의 숨결이 남아 있는 강진·해남이 차 문화의 본향임을 알았기 때문이다.

게다가 월출산 밑 월남리 백운동은 한국 최초로 제품명을 갖고 생산한 녹차 '백운 옥판차'와 '금릉 원산차'가 제조된 곳이다. 당시 일부 월출산 인근 주민들은 서성환의 차밭 개간을 땅 투기로 오해했지만 설득 끝에 이해를 받아 냈고 지금의 차밭이 만들어진 것이다. 서성환의 일생에서 빼 놓을 수 없는 것이 18만평에 달하는 제주도 한남다원 개간사다.

한남다원은 1995년 1차로 4만평, 1997년 2차로 9만평 등 단계적으로 개간됐는데 경영진이 오너에게 제동을 걸었다. "투자는 엄청난데 수익은 초라하다"는 논리를 앞세운 경영진은 "외국에서 원료를 들여오는 게 더 효과적"이라고 창업주를 압박했다. 서성환이 "외국보다 우위에 있는 다원이 필요하다"고 했지만 아무리 오너라고해도 부하들의 의견을 무시할 순 없었다.

결국 2년간 개간이 중단됐는데 서성환은 훗날 "경영진의 반대 때문에 사업을 중단한 게 천추의 한이 된다"고 한탄했다. 이런 우여곡절을 거쳐 서성환 전 회장이 만든 설록차는 한국을 대

표하는 브랜드가 됐고
세계 명차대회에서 이
름을 날렸다. 서성환 전
회장은 2003년 1월 9일
타계했다. 그는 고향 개
성에서 지척인 경기도
벽제에 잠들어 있다.

서성환 회장이 직원들과 막걸리를 마시고 있다.

　고 서성환 창업주는

2남4녀를 남겼다. 네 딸은 경영에 참여하지 않았으며 장남 서영
배, 차남 서경배가 경영권을 이어받았다. 서영배는 태평양개발
회장이며 서경배가 아모레퍼시픽 회장이다. 서경배 회장이 아모
레퍼시픽을 물려받은 것은 IMF 직전 과감한 구조조정을 해 태
평양그룹이 외환위기를 무탈하게 빠져나온 공을 인정받았기 때
문이라고 한다.

　언론에는 서경배 회장이 이건희 회장을 능가하는 부자라는
등의 기사가 여러 차례 보도됐는데 의외로 언론과 본격 인터뷰
를 한 적이 없다. 그의 인생과 경영철학을 엿볼 수 있는 책이 최
근 출간되긴 했는데 채 1시간도 안 돼 독파했다. 다음은 서경배
회장의 삶을 14가지 에피소드로 정리해 본 것이다.

#1. 서경배가 가장 좋아하는 말

"가장 높이 나는 새가 가장 멀리 본다."

이 말은 미국 소설가 리처드 바크가 쓴《갈매기의 꿈》, 국내에서는《갈매기 조나단》이라는 이름으로도 번역된 바 있는 작은 소설책에 나온다.

順天休命(순리를 따라서 자신의 삶을 즐긴다.)

美化人生(누군가 묻는다면 내가 받은 하늘의 명은 사람들의 인생을 아름답게 하는 것이다.)

#2. 레오나르도 다 빈치型 인간

서울 용산에 새로 지은 아모레퍼시픽 신사옥. 그는 매우 다재다능하며 다방면에 관심이 많은 인물이다.

첫째, 그의 취미는 프라모델 만들기다. 둘째, 대단한 독서가이며 주변에 책 선물을 잘하기로 유명하다. 셋째, 음악과 미술과 건축에 대한 관심이 높다. 중학교 시절부터 LP판을 수집했으며 그래서인지 클래식 음악에 대한 안목이 높다. 뒷골목 헌책방 순례를 자주 했고 한때는 "경영인이 안 됐으면 미술평론가가 됐을 것"이라고 스스로 말한 바 있다. 용산 아모레퍼시픽 신사옥은 그런 그의 다방면에 걸친 관심의 소산이다.

#3. 서경배의 소탈한 생활습관

그의 삶을 다룬 책에는 중국 출장을 갔을 때 호텔 음식에 질린 일행을 보고 그가 거리의 싸구려 음식점에서 아침식사를 한 장면이나 집에서 손수 라면을 끓여 가족과 함께 담소하는 장면이 나온다. 아마 그의 소박한 단면을 보여주려는 에피소드였던 것 같다.

#4. 서경배의 배움에 대한 집념

서경배 회장은 출장갈 때마다 현지에 대한 역사를 철저하게 공부한다. 책에는 이런 대목이 나온다.

(중국 출장가기 전) 점심식사 때 동양사학과 교수는 가방에서 논문집을 꺼내 모두에게 나눠줬다. 일반 책 두께 정도의 분량이었다. 제목은 '병자호란과 천연두'. 이들은 청나라를 공부하기 위해 칭다오로 여행을 가기로 계획되어 있었고 이 자리는 여행 전 예비 모임을 갖는 자리였다. "다 읽기 어려우시겠지만 저희가 이번에 가는 곳을 좀 더 이해하는 데 도움이 될 겁니다." 몇몇은 혀를 내둘렀고 서경배와 몇몇은 반겼다.

#5. 서경배가 보는 와인과 녹차

우리나라의 차밭은 가꾸기에 따라 프랑스의 와인로드 못지 않은 관광상품이 될 수 있다.

"아버지(서성환 창업주)께서 녹차 사업 때문에 고민이 많으시길 래 와인을 공부하기 시작했어요. 녹차를 공부해 보니까 와인산 업하고 비슷하더라고요. 그래서 공부하고 공부하고 공부하다 보니 (와인에 대한 지식이) 여기까지 오게 됐네요."

"차 문화는 아버지께서 반드시 복원하고 싶어하신 격조 있는 문화였어요. 일본의 차 문화가 사실 우리나라에서 건너간 건데 그들은 다듬고 가꿔서 문화로 만들었잖아요. 아버지께서는 우 리나라 차 문화를 잘 가꿔서 보급하고 전파해야겠다고 생각하 셨어요. 우리나라 차 문화와 부흥이 그분의 숙제였죠."

"녹차사업을 시작한 지 스무 해쯤 지난 1997년에야 사업이 흑 자로 전환되었어요. 4년 뒤에는 오설록 티 뮤지엄을 오픈했고 제주 서광다원에 차 전시관이 완공되었을 때는 아버지도 저도 뭉클했어요. 대중들에게 자연스럽게 차 문화를 접하게 하는 방 법에 대해 고민이 많았는데 그곳이 바로 그 역할을 해 줄 수 있 을 거라고 믿었어요. 프랑스 보르도처럼 그렇게 차 산업도 자연 스럽게 확장되면 좋겠다고 생각했죠. 프랑스 보르도가 와인을 제조하고 와이너리 관광을 통해 서비스 산업도 육성해 시너지를 내고 있어요. 우리도 마찬가지라고 할 수 있죠."

#6. 서경배의 공간과 예술에 대한 어록

미국 샌디에이고 솔크연구소.

"공간이 생각을 지배한다는 생각 아래 연구원들이 조금 더 창의적으로 연구할 수 있는 공간을 짓고 싶었습니다. 이 공간에서 뜻밖의 발견을 할 수 있었으면 좋겠습니다."(경기도 용인시 기흥 아모레퍼시픽 제2연구동 '미지움' 완공식에서)

"(미국에 안식년 휴가를 떠나는 지인 교수에게 샌디에이고 솔크연구소를 꼭 방문하라고 권하며) 네 맞아요, 그 솔크바사 연구소요. 어구서라고 해서 놀라셨죠? 하하. 수도원처럼 사색하기 좋은 곳이에요. 거기 가면 물길이 하나 있을 거예요. 해질 무렵에 그 물길이 시작하는 곳에 앉아 보세요. 앉으면 바로 바다가 보일 거예요. 노을이 드리워지는 바다야 어디서든 볼 수 있지만 그곳에서 바라보는 바다의 모습은 말로 표현할 수 없을 만큼 벅찬 감동 그 자체예요. 저는 여러 생각들로 머리가 복잡할 때 그곳에 갔었어요. 처음에는 그 풍광에 감동했는데 이내 마음의 고요가 생기더라고요. 그 순간에 그 모습을 보려고 반나절 내내 그곳에 있었는데 참 잘했다 싶었지요. 공간이 사람에게 얼마나 깊은 감동과 평온을 주던지. 아직도 가끔 생각이 납니다."

"단순히 작품을 모아서 보여주는 것이 아니라 새로운 아름다움을 만드는 공간이 되어야 해. 조금 더 살아 있는 공간, 작가들이 각자의 방식으로 창조한 동양의 아름다움과 새로운 아름다움을 함께 보여주는 그런 미술관이면 어떨까? 일반 미술관처럼 매번 전시 주제를 바꾸자. 그럼 사람들이 한 번 들러 관람하고서 다시 안 가는 곳이 아니라 매번 기대하는 곳이 될 거야. 그러려면 언제나 쉽게 왔다 갔다 할 수 있으면 좋겠지. 마치 광장처럼! 예술이라는 게 살아온 시간을 목격하는 일이잖아. 사람들이 건조한 일상에 감성적 카타르시스를 느끼고 갈 수 있다면 얼마나 좋을까."(아모레퍼시픽 신사옥 지하1층 미술관을 건립하면서)

"우리는 사람이 주인이 되는 건물, 공간 안에 머무르는 사람이 중심이 되는 그런 건물을 만들어야 한다고 생각해요."(용산 신사옥 건설 때 임원회의에서. 서 회장은 법적으로 30층까지 지을 수 있었지만 설계 응모작 가운데 가장 낮은 21층 사옥안을 택했다. 많은 임원들은 이에 실망감을 감추지 못했다. 고층 빌딩을 지어 임대 등으로 돈을 벌 기회를 내던졌다고 판단했던 것이다.)

#7. 서경배의 현장 철학

'태평양종합산업', 지금의 '퍼시픽글라스'의 장항공장 건설 프로젝트가 서성환 창업주가 서경배에게 처음으로 맡긴 프로젝트였다. 그는 공장이 준공되기까지 1년 8개월 동안 하루도 쉬지 못했다. 현장이 곧 숙소였다. 인부들과 함께 주말 밤에도 불을 켜 놓고 이 공장을 지었다. 공장이 준공된 후에는 까만 머리가 새치로 빼곡해졌을 만큼 그는 프로젝트 내내 긴장했고 그 누구보다 열심히 일했다. 서성환 회장도 무리하는 아들을 보며 너무 힘든 일을 맡겼나 생각했을 정도였다.

회사가 힘들던 시기에 입사한 서경배의 시작은 다른 2세 경영자처럼 로맨틱하지 않았다. 서경배는 장항공장에서 시작해 경영관리실, 기획조정실, 재경본부 등 회사의 곳곳에서 업무를 하면서 자칫하면 망하겠다는 얘기가 오가던 시기였기 때문에 온갖 궂은 일, 힘든 일을 몸소 겪었다. 그 덕에 다양한 분야의 지식을 쌓고 또 그림을 보는 눈을 키운 수 있었다.

#8. 서경배의 꿈

"전 세계 사람들 핸드백 속에 우리 립스틱이 하나씩 있다면 진짜 좋을 것 같지 않아요?"(경기도 용인 신갈연구소 방문 자리에서 임원들과 환담하며)

#9. 서경배의 화장품에 대한 정의

"화장품은 문화제품이라고 할 수 있어요. 화장품은 경제적 여유가 있을 때 가장 쉽게 누릴 수 있는 '스몰 럭셔리'입니다. 우리는 먼저 그 나라의 경제력이 어떤 단계에 있는지 봐야 합니다. 직접 부딪치면 어디로 가야 할지 길이 보일 거예요. 세계를 향해 마음을 열어 봅시다. 우리가 마음을 열면 길도 활짝 열립니다."

#10. 서경배의 '이니스프리'와 제주도

이니스프리(Innisfree)는 아모레퍼시픽에서 출시된 화장품 브랜드다. 상호명은 윌리엄 버틀러 예이츠의 '이니스프리의 호수 섬'이라는 시에서 따왔다고 한다. 이 브랜드 리뉴얼 작업을 할 때 직원들은 그리스 산토리니섬을 염두에 뒀다. '휴식의 섬'이라는 이미지와 잘 어울린다고 생각했던 것인데 서경배 회장이 이런 말을 했다.

"신비롭고 동경할 만한 곳, 이니스프리처럼 깨끗한 이미지를 담은 곳으로는 그리스 산토리니가 가장 잘 어울리는 것 같긴 합니다. 그렇지만 오히려 그렇게 상상 속의 섬, 휴식의 섬일수록 가까이 있는 우리나라의 섬으로 이야기를 풀어 보면 어떨까요? 상상 속의 섬이 지상으로 떨어진 게 제주도가 되는 거죠. 이니스프리도 브랜드가 되고 제주도도 브랜드가 되는 겁니다. 제주도에서 나오는, 아직 알려지지 않은 수많은 자연 원료들이 신비로운 섬에서 나오는 신비로운 원료가 되는 거고요. 제주도의 좋은 이야기를 하면 이니스프리가 좋아지고 이니스프리가 국내뿐만 아니라 외국에도 잘 알려지면 제주도도 전 세계에 더 많이 알려지는 거죠. 모두에게 특별한 섬이 되는 거예요."

#11. 서경배와 무궁화

"무궁화를 연구해 봅시다. 힘이 있는 꽃이니 분명 뭔가 있을 거예요."

"사람들한테 어떤 꽃을 좋아하느냐고 물어보면 대부분 장미나 프리지어, 튤립을 말하죠. 벚꽃은 말할 것도 없고요. 무궁화가 우리나라 국화인데 제대로 대접을 너무 못 받는 섬 같아 안타까웠어요. 사람들은 무궁화에 벌레가 많이 있다고 싫어하는데 무궁화를 잘 몰라서 그런 거예요. 한여름에도 100일 동안 5000송이는 거뜬히 피워 낸대요. 역시 그런 강인한 생명력이 있어서인지 화장품으로도 제격이더라고요."

#12. 서경배와 장떡

아모레퍼시픽 구내식당에서는 매년 1월 장떡을 내놓는다고 한다. 서성환 창업주가 기업을 일굴 때의 초심을 이 장떡을 먹으며 직원들이 되새긴다.

#13. 서경배의 해외수출전략

1994년 서성환 창업주가 서경배를 불러 이야기했다.

"프랑스 사업이 계속 적자다. 네가 한번 맡아서 해결해 봐라."

엉겁결에 사업을 넘겨받은 그는 바로 프랑스로 갔다. 가장 먼저 현황을 파악하기 위해 판매처를 방문했다. 그리고 약국 귀퉁이 선반에 내팽개치듯 쌓여 있는 태평양화학의 제품 'SOON'을 보았다.

"아니 왜?"

서경배는 도무지 알 수 없었다. 수입상의 말에 따라 피부가 민감한 프랑스인에게 맞게 저자극성 화장품을 수출했고 그들이 발음하기 쉽게 제품명도 순정에서 'SOON'으로 바꾸었다. 하지만 제품 위에 뽀얗게 쌓인 먼지가 모든 걸 말해 주고 있었다. 그는 'SOON'의 프랑스 사업을 전면 철수했다. 모든 제품을 회수하고 반품처리까지 깨끗하게 마쳤다. 총 50억원의 손해를 봤다. 하지만 그는 분명한 사실 하나를 깨달았다.

"다른 나라 사람의 마음을 얻는다는 건 쉬운 일이 아니야. 진짜 제대로 된 조사가 필요해. 그들의 삶과 마음부터 제대로 이해해야 돼."

프랑스 사업에서 잃은 50억원은 더 큰 값어치로 돌아왔다. 그날의 일은 뿌리 깊은 교훈이 되었고 10년 뒤 중국이라는 거대한 대륙에 '라네즈'라는 브랜드를 성공적으로 정착하게 하였다. '더 철저히, 더 열심히 시장조사를 해야 해. 문화, 제도, 경제수준 등 모든 것을 다각도로 보고 직접 현장에 나가서 몸소 느껴야 돼.'

#14. 서경배의 '사람론'

"거북선을 만드는 데 큰 역할을 한 분이 나대용 장군이에요. 그분이 태종 때 만들었던 거북선을 다시 만들자고 제안했고 이순신은 그를 조선 최고의 선박기술자로 크게 아껴서 거북선을 만드는 데 물심양면으로 지원을 해 줬다고 합니다. '사람'이 해낸 기술, 회사도 마찬가지인 것 같아요. 결국 회사의 성쇠까지도 사람에게 있더라고요."

"(서성환) 선대 회장님 때 코티분 개발한 이야기를 아세요? 당시 굉장히 혁신적인 제품이었잖아요. 제품 개발이 가능했던 것이 화장품을 제분하는 에어스푼을 도입했기 때문이거든요. 당시에 화장품 선진국인 유럽의 생산시설이나 원료 정보 등을 파악할 수 있었던 것도 아버지께서 연구실장님을 독일로 유학 보냈기 때문에 가능했던 일인 거죠. 좋은 인재를 뽑는 것도 중요하지만 끊임없이 배움의 기회를 주어야 해요. 그래야 함께 성장하는 거죠."

39장

나라를 지키고 부자 만들어낸 바위

남도 기행에 나선 것은 2015년 9월 22일 자 신문 기사 때문이었다. 사회면에 이병철(1910~1987) 삼성 창업주, 구인회(1907~1969) LG 창업주, 조홍제(1906~1984) 효성 창업주의 생가를 연말까지 관광코스로 만든다는 내용이다. 눈길을 끈 것은 경남 남강의 '부자 바위'로 알려진 솥바위, 즉 정암에 얽힌 전설이었다. 구한말 이곳을 지나던 도인이 "솥바위의 다리가 뻗은 세 방향으로 20리 내에 큰 부자가 셋 나올 것이다"라는 예언을 남겼다고 해 유명해졌다.

　현장으로 달려간 나는 남강을 마주했다. 남강은 186.3㎞로 함양군 서상면에서 발원한다. 서상면은 해발 1503m 덕유산과 닿아 있다. 이곳을 흐르는 남계천이 진양호로 흘러들면서 남강이 된

의령관문 앞을 가로지르는 남강 한복판에 솥바위가 있다.

다. 임진왜란 때의 명장 김시민 목사와 논개의 넋이 어린, 한국의 3대 누각 촉석루가 있는 진주가 포함된 곳의 옛 지명이 진양군이다. 함양~진주를 거친 남강은 함안–의령군의 농토를 풍부히 적셔준 뒤 창녕군 남지읍에서 낙동강에 합류한다.

과연 의령 관문을 정면에서 봤을 때 오른쪽 남강에 예사롭지 않은 바위가 서 있다. 전설처럼 물밑에 세 다리가 있는지는 확인할 수 없지만 기돗발이 센 곳인지 주변에 누군가 촛불과 막걸리 등을 놓고 기도를 드린 흔적이 역력했다.

의령 관문 옆 다리 위에서 내려다본 솥바위는 육지와 무척 가깝지만 임진왜란 때 격전이 일어난 곳이기도 하다. 그런데 현장을 확인해보니 의령군 솥바위는 세 부자뿐 아니라 다른 역사와도 깊은 관계가 있었다. 홍의 장군으로 알려진 의병장 망우당 곽재우(1552~1617)장군이 임진왜란 때 왜군을 물리친 곳이 이 정암 나루터 근처다.

솥바위가 내려다보이는 언덕 위에 정암루가 서있다. 이곳은 임진왜란 때 격전지였다. 지금 의령군으로 진입하는 의령관문 옆에는 곽재우 장군의 동상과 정암이 일렬로 나란히 서 있다. 그러고 보면 솥바위는 부자를 만들어낼 뿐 아니라 나라를 지킨 바위라고 봐도 무방하겠다. 여기서 세 방향으로 나서본다. 첫 번째는 의령군 정곡면이다.

정곡면은 산세가 빼어나지도, 주변 풍광이 인상에 남을 만큼

이병철 선생 생가 뒤에 있는 바위가 마치 쌀가마니 같은 형상이다.

아름답지도 않다. 잘 가꿔지지 않은 자연스러운 시골 마을 그대로다. 그런데 이병철 삼성 창업주의 집만은 예외다. 호암재단에서 관리한다는데 정갈한 한옥이 잘 보존돼 있다. 이 집은 풍수에 문외한인 내가 봐도 예사롭지 않다. 재미있는 것은 집과 연결된 마두산 자락이 이 집 주변에선 노적가리가 쌓여 있는 노적봉 형상이라는 것이다. 현장의 문화해설가에 따르면 이 집에는 다음과 같은 기운이 있다고 한다.

"원래 집과 이어진 산의 이름이 말 머리를 닮았다고 해서 마두산이었는데 호암(이병철 창업주의 호)이 유명해지면서 호암산으로 바뀌었지요. 한문은 틀리지만요. 산의 기운이 흐르다 혈이 맺힌 곳이 이 집으로 알려졌습니다."

지금 생가는 호암의 할아버지가 1861년 대지 1907m^2, 즉 600평이 넘는 땅에 남서향으로 지었다. 대문을 들어서면 사랑채와 안채에 우물 2개, 광이 있는데 이병철 창업주의 성격처럼 군더더기 없는 깔끔한 모습으로 보존돼 있다.

집 뒤편에 바위들 모습을 한참 지켜보고 있자니 문화해설사가 다가와 "저쪽은 자라 모양, 이쪽은 두꺼비 모양"이라고 가르쳐줬다. 과연 그렇게 보였다. 재미있어하니 "저기는 떡을 쌓아놓은 모습, 혹은 쌀가마니를 쌓은 모습"이라고 했다. 더 나아가 밭전자 모양의 바위도 있으니 하나같이 돈과 연결되거나 상서로운 동물 모양이다. 거기다 8.9km 밖의 남강이 역수, 즉 이 집을 향해 거꾸로 흐른다. 풍수에서 역수는 재물이 모인다는 뜻이라고 풀이하고있다.

서울에서는 이태원동, 동부이촌동 쪽에서 본 한강이 역수 형태여서 부자들이 많이 살고 있다. 호암은 여기서 부친 이찬우, 모친 권재림 사이에서 2남1녀의 막내로 태어났는데 이미 아버지는 이곳에서 1000석 농사를 짓는 부농이었다고 한다. 우리는 '삼성'하면 철저하다는 이미지를 가지고 있는데 어렸을 적의 이병철 창업주는 그렇지않았다고 한다. 먼저 그는 정식 졸업장을 가

지수면의 어느 집 돌담길

진 게 없다. 어려서 서당을 다니다 진주의 지수초등학교로 가 3
년을 다녔고 다시 서울 중동학교로 갔다.

여기서도 졸업장을 못 받고 속성졸업해 일본 와세다대 정치경
제학과를 다녔지만 건강이 악화해 1년 만에 중퇴하고 돌아왔다.
그의 병을 고친 것은 고향 집 우물이라는데 지금도 이 우물은
6m 깊이로 맑지만 사고를 우려해 닫아놓았다. 여기서 흥미로운
게 어떻게 어린 이 창업주가 9㎞나 지수초등학교에 다닐 수 있었
느냐는 것이다. 알고 보니 이 창업주의 누님이 허씨 가문에 출가

해, 지수초등학교 바로 옆에 살고 있었기에 가능했다. 이 창업주가 그 집에 머문 것이다.

옛날 이 창업주가 다니던 지수초등학교는 지금 다른 곳으로 옮겼지만 지수면사무소 인근에 그 터가 남아있다. 학교 한복판에 우람한 소나무 두 그루가 얽힌 듯 서 있는데 이 창업주와 구인회 창업주가 자신들의 추억이 얽힌 학교에 기증했다는 것이다. 이 창업주는 자신의 자서전인 '호암자전'에서 "여러 장사를 하다 망해봤으며 노름에 빠져 달 그림자를 밟으며 집으로 돌아온 날이 많았다"고 회고하고 있다. 우리가 연상하는 평소의 이병철 창업주와는 많이 다른, 어찌 보면 인간적인 모습이었다.

당시 이 회장은 이미 결혼을 했는데 부인인 박두을 여사는 조선시대 사육신의 한명인 박팽년 선생의 후손이다. 그들이 분가해 살던 집이 생가 맞은 편인데 앞에는 아무 표시도 없으며 일반인의 출입도 금하지만 담장 밖으로 뻗은 소나무가 멋지다. 그렇다면 왜 이 창업주의 아버지는 막내아들의 일탈을 방관했을까? 여기에도 전설이 있다. 호암이 태어난 지 얼마 안 돼 호암의 부친과 친한 도인道人이 집을 찾아와 갓난 호암을 덥석 안아보더니 다음과 같은 충고를 했다는 것이다. "이 아이에게 이래라저래라 절대 하지 마시오. 때가 되면 자기가 알아서 다 할 겁니다." 그 말을 믿고 호암의 부친은 아들이 제정신 차리길 기다렸겠지만 얼마나 속이 타들어갔겠는가. 여하간 예언대로 호암은 대구에 삼성상회를 차린 뒤 승승장구했다.

두 번째로 정암을 다시 한 번 살펴보고 진주시 지수면으로 갔다. 구인회 LG그룹 창업자의 생가가 있다는 지수면 승산마을은 한문마저 뜻깊다. 지수는 물을 안다는 뜻이니 치수와 같다. 여기에 산을 이긴다는 승산이다. 그런데 이상한 것이 지수면 승산마을에는 구씨보다는 김해 허씨의 집성촌이었다. 그렇다면 경남개발공사가 밝혔다는 '재벌 관광코스'에 GS그룹이 빠졌다는 것은 뭔가 사연이 있는 게 분명하다. 지금부터 그 원인과 진실을 알아보도록 한다.

먼저 지수면 승산마을이 구인회 창업주의 생가임은 분명하다. 그렇지만 승산마을의 진짜 주인공은 지신정 허준(1844~1932) 선생이다. 영남의 만석꾼으로 불린 허 선생은 부자였을 뿐 아니라 노블레스 오블리주의 실천자였다. 지신정 허준 선생은 1844년 12월 7일 진주시 지수면 승내리에서 태어나 1891년 진사시에 합격해 승정원에서 봉직했으나 세상이 시끄럽자 벼슬을 버리고 낙향했다. 때는 구한말, 외세의 개입으로 정세가 격동하던 시기였다.

지신정은 처음에 재령 이씨와 혼인해 큰아들 허만종과 딸을 낳고 함안 조씨를 통해 허만정, 허만옥 형제를 낳았다. 그는 어려서부터 근검절약해 재산을 모았는데 나이 마흔 전후에는 이병철 창업주의 부친처럼 1000여석의 부자가 됐다고 한다. 지신정은 이 무렵 지수면과 근처에 사는 가난한 농민들에게 땅 200평씩, 모두 800두락을 나눠줘 이름을 알리기 시작했다. 자기 땅을 농민들에게 무상분배했다면 그는 개화인사가 분명하다. 이후 독립운동과 육영사업에 매진하게 됐다. 그는 땅을 농민들에게 나눠준 것 외에도 국고가 비면 스스로 채웠고 독립운동에도 적극적으로 참여했다. 그가 남긴 일화 첫 번째는 백산상회에 설립에 기여한 것이다. 백산상회는 백산 안희제(1885~1943) 선생이 세운 것이다. 여기서 백산 안희제 선생이 누구인지를 알아보고 간다.

백산은 일제가 백범 김구—백야 김좌진과 함께 가장 두려워했던 '삼백' 가운데 한분이다. 백산 선생을 제외하면 백범 김구선생, 청산리 대첩의 주인공인 백야 김좌진(1889~1930)장군이 있다. 양정의숙 경제과 출신인 백산은 1907년 동래 구포에 구명학교와 의령군 의령면에 의신학교, 1908년에는 고향 의령군 입산리에 창남학교를 세웠다. 1909년에 대동청년단을 결성해 만주와 시베리아를 유랑하며 그곳의 여러 독립운동가와 접촉했다.

그가 1914년 부산에서 백산상회를 세운 것은 돈을 벌기 위해서가 아니라 국내외 독립운동단체를 지원하기 위해서였다. 백산상회는 백산무역주식회사로 확대돼 상해임시정부의 독립운동 자금조달기관이 됐다. 바로 이때 백산상회에 돈을 댄 분들이 지신정 허준 선생과 경주 최 부자로 알려진 최준(1884~1970)선생이다. 한마디로 돈을 돈답게 쓴 분들이다. 안희제는 이런 활동을

이병철 선생의 생가 전경이다.

하다 1933년 발해의 옛 수도인 동경성에 발해농장도 세웠다.

　백산 선생은 1942년 대종교 일제 탄압 때 대종교 지도자 21명 가운데 포함돼 일제에 체포됐다. 감옥에서 일제에 혹독한 고문을 당하고 9개월 만에 병보석으로 풀려났으나 고문 후유증을 이기지 못하고 중국 목단강 병원에서 순국했다. 백산 안희제선생의 생가가 의령군 이병철 창업주 집에서 차로 15분 거리에 있다. 거기로 가는 도중에는 곽재우 장군의 생가가 있으니 의령 땅은 우리 역사에 걸출한 자취를 남긴 거인들의 고장이라고 할 만하다는 생각을 했다. 이야기가 옆으로 흘러갔다.

　지신정 허준 선생과 관련된 일화 두 번째는 그의 아들 허만정 (1897~1952)선생과 연결된다. 지신정선 생이 하루는 아들 만정을 불렀다. 둘째 아들이 학교를 세운다는 소식에 지신정은 "돈을 어떻게 썼느냐"고 물었다. 허만정은 "학교 세우는데 한 번에 털어 넣었습니다"라고 답했다. 지신정은 "잘했다. 돈은 그렇게 써야 한다"고 했다. 진주여고, 즉 진주 일신여자고등보통학교를 위해 '털어 넣은' 돈이 논 3만3000평, 전 470평과 대지였으며 그는 일신재단을 만들었다.

　효주 허만정은 남해대교 아래쪽, 충무공 이순신 장군을 기리기 위한 사당 충렬사에도 돈을 보냈다. 일제의 감시를 피하려 일부러 이름 정에 갓머리(宀)를 씌웠다고 한다. 그런가 하며 그는 백정白丁들의 해방운동도 지원했다. 이렇게 덕을 쌓았기에 그가 살

독립운동사에 '삼백' 가운데 한분으로 존경받는 백산 안희제 선생의 생가다.

옛 지수초등학교에는 우리나라를 대표하는 재벌들이 인연이 남아 있다.

던 지수면은 6·25 때도 화를 피할 수 있었다. 전쟁 전 우익들이 좌익을 해치려 하면 중간에서 설득해 좌익을 살렸고 전쟁이 벌어진 후에는 인민군이 우익을 검거해 살해하려 하자 그가 중간에 나서 말렸다. 빨치산들도 그의 의로움을 알았기에 지수면을 해치지 않았다. 한마디로 좌와 우에서 모두 존경받은 것이다. 그는 삼성과 LG그룹이 창업할 때 종자돈을 댔다. 그에게는 여러 아들이 있는데 하나같이 한국 기업계의 거목으로 성장했다.

먼저 그의 큰아들 허정구(1911~1999) 전 삼양통상 명예회장은 이병철 삼성 창업주가 삼성을 세울 때 아버지의 명을 받고 삼성으로 가 초대 삼성물산 사장을 지냈다. 둘째가 허학구 새로닉스 회장, 셋째가 허준구 전 LG건설 명예회장, 넷째가 허신구 LG석유화학 고문, 다섯째가 허완구 승산 대표이사 회장, 여섯째가 허승효, 일곱째가 허승표, 여덟째가 허승조씨다. 장남 허정구 회장의 자손으로는 장남 허남각 삼양통상 회장, 차남 허동수 GS칼텍스 회장, 삼남 허광수 삼양인터내셔널 회장이 있다. 삼남 허준구 회장은 일찍 작고한 작은아버지 허만옥, 즉 허만정 선생의 동생 집안에 양자가 됐다. 그의 자손으로는 허창수 GS 회장, 허정수 GS네오텍 회장, 허진수 GS칼텍스 부회장, 허명수 GS건설 부회장, 허태수 GS홈쇼핑 부회장이 있다.

앞에 간단히 기록했지만 효주 허만정 선생의 차남 허학구 선생에도 얽힌 이야기도 재미있다. 그는 경기고를 다니며 운동을 해서 힘이 좋았다. 어느 날 허학구는 조선 학생들을 괴롭히던 일본 형사 요시다를 계동 골목에서 만나 실컷 두들겨팼다. 이때 함께 있던 인물이 훗날 남로당의 거물이 된 박갑동이었다. 둘은 나란히 퇴학당하고 일본 유학을 떠났는데 허학구는 메이지대를, 박갑동은 와세다대를 다녔다. 이때 박갑동의 학비를 허씨 집안에서 댔다.

해방 후 박갑동이 박헌영의 비서로 있을 때, 허학구는 고향 지수면에서 이장을 하고 있었다. 해방 후 좌우익의 충돌시기부터 6·25때까지 유학파 엘리트 허학구가 공직 대신 고향을 지키는 이장을 했다는 것은 많은 의미가 있다. 그는 보도연맹 사건 때 좌익으로 지목된 이들에게 우익의 살생을 미리 알려줘 목숨을 구하도록 했다. 보도연맹 연루자들에게 "내일 자네 나오라고 부르거든 절대 나가지 말게. 나가면 죽을 테니 오늘 밤에 피신하는 게 좋겠네"라고 귀띔했다는 것이다.

여기서 재미있는 것이 허씨와 구씨의 만남이다. 지수면 승산마을을 걷다 보면 중간쯤에 허만정 선생 집이 나오고 정면에서 대문을 봤을 때 왼쪽이 LG 창업주 구인회 선생의 처가이며 다시 그 왼쪽 집이 구인회 창업주의 생가다. 구인회 선생의 처가란 허만식 선생과 그 딸로 구인회 창업주의 아내가 되는 허을수 등 6남4녀가 살던 곳을 말한다. 허만정 선생에게 구인회 LG 창업주는 6촌 사위가 되는데 구 창업주가 1931년 진주에서 포목점인 구인회 상점을 운영했다.

1947년 훗날 LG그룹의 모태가 되는 락희화학공업사를 세울 때 허만정 선생은 돈을 대며 3남 허준구를 경영에 참여시켰다. 지금의 LG그룹과 GS그룹의 동업은 무려 57년이나 이어지다 잡음 없이 '아름다운 이별'로 나뉘어졌다. 허씨와 구씨들은 돈을 사회에 환원한 것으로 유명하다. 이런 전통은 구인회 창업주의 자손들에게도 이어지고 있다. 참고로 구인회 창업주는 구자경-구자승-구자학-구자두-구자일-구자극 등 아들을 남겼다.

구인회 창업주에게는 구철회-구정회-구태회-구평회-구두회 등 다섯 동생이 있는데 구철회 회장의 자손은 구자원 LIG넥스원 회장을 비롯해 구자성-구자훈-구자준이 있다. 셋째 동생 구정회 회장의 자손으론 구자윤-구형우-구자헌-구자섭-구자민이, 구태회 회장의 자손으론 구자홍-구자엽-구자명-구자철이, 구평회 회장의 자손으론 구자열-구자용-구자균이 있다. 고 구본무 LG그룹 회장은 구자경 명예회장의 장남이며 동생으로 구본능-구본준-구본식씨가 있다. LG그룹 후계자인 구광모씨는 이른바 구씨 가문의 4세대로 1978년생이다.

마지막으로 지수면의 산세를 살펴본다. 지수면에서 빼놓을 수 없는 것이 방어산이다. 말 그대로 방비를 한다는 뜻인데 이 산이 마을을 한 바퀴 돌아 감싸니 그 한가운데 허씨 집성촌은 풍수에서 말하는 회룡고조의 명당이다. 그런가 하면 동네 앞에는 밥상처럼 생긴 안산이 있으니 부자 터임을 알 수 있지요. 과연 지수면에는 일본 강점기 때도 만석꾼 한 집, 오천석꾼 세 집, 천석꾼 여덟 집 정도가 있었다고 한다. 이렇게 부자가 많았으니 당시에도 영업용 택시가 두대나 있었다. 앞서 말한 지수초등학교에는 삼성 이병철, LG 구인회 창업주 외에도 효성 조홍제 창업주가 동창이다. 이병철—조홍제—허정구 세 명이 동업을 할 때 세 별이 모였다고 해서 회사 이름을 '삼성三星'을 지었다는 말은 잘 알려진 이야기다.

끝으로 지수면에서 마지막으로 둘러봐야 할 곳은 연당, 즉 연꽃이 가득 피어 있는 작은 연못이다. 이 연당은 조선 효종이 북벌을 꾀할 때 '관서오호장'의 한 분으로 꼽혔던 허동립(1601~1662) 장군이 바로 이 집을 지었다. 무과에 급제해 병마절도사와 오위도총부총관을 지낸 장군은 지략과 용맹이 출중해 이완 대장 등과 함께 효종의 북벌 선봉에 나설 재목으로 꼽혔다. 허동립 장군이 세상을 떴을 때 현종은 다음과 같은 제문을 내렸다.

"황조의 중세에 근심이 서북변방에 있어 장수의 재목을 뽑아 쓰는데 순차적으로 하지 않도록 명령했을 때 오직 다섯 사람이 있었으니 그중의 한 사람이 경이었다. 붉은 끈으로 서쪽 남방에서 애연한 치성이었도다. 다섯번은 장수의 직임을 맡았고 여섯번은 중군을 도왔도다. 어쩌다 한번 든 병으로 갑자기 가서 일어나지 못했다…."

40장

오지호의 화순과 호남의 3대 화가

2015년 8월 6일 미국에 거주하던 화가 천경자씨가 작고했다는 소식이 뒤늦게 전해졌다. 화가가 세상을 뜬 후 자식들간에 다툼이 일었다는 것은 알려진 뉴스다. 안타까운 것은 그의 이름을 딴 기념관이 하나도 없다는 사실이다. 전해진 바에 따르면 천경자씨의 고향 전남 고흥군에서 기념관을 세우려했으나 큰딸과 의견이 달라 무산됐고 경기도 양주시에서도 기념관을 계획했지만 이 역시 큰딸과 뜻이 맞지않아 결국 장욱진 미술관으로 바뀌었다고 한다. 내막은 모르겠지만 안타깝기 그지없다.

예로부터 전라도는 정자가 발달했고 미술에도 조예가 깊었다. 흔히 한국의 3대 서양화가라면 박수근-이중섭-김환기를 꼽는다. 호남에서는 3대 화가로 공재 윤두서, 학포 양팽손, 소치 허련을 인정한다고 한다. 윤두서 선생은 잘 알려진 것처럼 고산 윤선도 선생의 집안으로, 자화상이 유명하다. 전남 해남 윤씨 종택인 녹우당 근처에는 윤씨 집안에서 만든 기념관이 있다. 이 기념관에 가보면 윤두서 선생이 그린 자화상 등 볼만한 그림이 많다.

윤두서(1668~1715) 선생은 생존해 있던 당대에도 겸재 정선, 현재 심사정 선생과 함께 '삼재'로 불린 인물이다. 그의 선조인 고산 윤선도가 송강 정철과 함께 조선 시가의 쌍벽을 이룬 전통을 공재 선생이 이어받은 것이라고 하겠다. 학포 양팽손 선생(1488~1545) 선생은 조선 중종 재위시절 문장과 서화로 명성을 얻었지만 일반적으로는 잘 알려져있지 않다.

양팽손 선생은 정암 조광조와 교우했으며 정암이 사화에 연루돼 화순으로 귀양왔을 때 그를 모셨고 정암을 모시는 죽수서원에도 함께 배향됐다. 그의 사촌인 양산보가 정암을 사모했으며 정암의 사후 출세의 뜻을 접고 소쇄원을 만들었다. 양팽손 선생의 삶을 더 알아보고 간다. 그는 본관이 제주이며 1488년 9월 19일 전남 능성현, 지금의 능주 월곡리에서 태어났다. 조광조 선생과 함께 사가독서를 하고 1519년 교리로 있던 중 기묘사화를 맞았다.

그로 인해 삭직됐으니 1537년 김안로가 사사된 뒤 복관됐는데 훗날 이조판서로 추증됐다. 선생은 1863년 철종 14년에 혜강이란 시호를 받았는데 시호를 내리며 학포의 인간됨을 평한 글

〈남향집〉으로 유명한 오지호 화백 집에서 본 일몰이다. 작가의 그림 〈남향집〉과는 반대로 작가의 집은 서향집이었다.

이 남아 있어 그 인품을 짐작케 한다. '학포는 부지런하고 사가 없으므로 혜라 하고 연원이 유통하므로 강이라 한다.' 학포의 대표작으로는 우음—산수도 등이 유명한데 특히 어린 소년이 소를 타고 가며 피리를 부는 장면을 그린 〈우음〉의 옆에 쓴 시는 철학적이다.

> '소타는 즐거움을 지금껏 몰랐는데(不識騎牛好·불식기우호)
>
> 말이 없으니 이제서야 알겠네(今因無馬知·금인무마지)
>
> 저녁 들길에 봄풀 내음 향기로운데(夕陽芳草路·석양방초로)
>
> 해도 나처럼 느릿느릿 지는구나(春日共遲遲·춘일공지지)'

어떤가, 봄날의 서정이 그대로 전해지는 것같은 느낌이 들지않는가요? 윤두서—양팽손과 함께 호남의 3대 화가로 지목되는 허련(1809~1892)은 비교적 근대 인물이다. 허련은 소치小痴·노치老痴·석치石痴란 재미있는 호를 쓴다. 여기서 '소치'라는 것은 '작은 바보'라는 뜻이다. 허련이 이 호를 쓴 것은 스승인 김정희가 "중국 원나라의 4대 화가 중 한명인 대치大痴 황공망과 허련이 견줄만하다"는 평을 내렸기 때문이다. 허련은 스스로를 낮춰 큰 대자 아닌 소자를 썼다.

그런데 이 세 사람은 왜 호남의 3대 화가로 불리는 걸까? 그들이 남종화의 맥을 이었기 때문이다. 남종화를 알려면 북종화

오지호 화백 집으로 가는 골목이다.

를 알아야하는데 이 구분은 명나라 말기 동기창이 나눈 개념인데 한마디로 말하자면 이렇다.

직업 화원들이 그린 것을 북종화라 한다면 사대부–선비들이 그린 그림을 남종화라고 하는 것이다. 북종화는 짙은 채색에 꼼꼼한 묘사가 특징인 반면 남종화는 선비들이 자신의 깊은 내면 세계를 수묵이나 옅은 담채로 표현하고 있다. 그런데 호남에는 남종화의 맥을 이어온 3대 거장 뿐 아니라 우리나라에 인상주의를 처음으로 들여온 화가도 있다. 그를 이야기하려 천경자의 죽

음으로부터 시작해 윤두서-양팽손-허련과 그의 후계자들을
이야기하게 된 것이다.

흔히 한국 인상주의의 선구자로 이중섭(1916~1956)을 들지만 오
지호(1905~1982)를 인상파의 선구자로 꼽는 전문가들도 많다. 그
는 전남 화순군 동복에서 구한말에 보성군수를 지낸 이재영의
막내아들로 태어났다. 전주고보에 입학했다가 휘문고보로 편입
했다. 이때의 친구가 《폐허》《농민》을 쓴 농민문학의 선구 이무영
이다. 그는 1924년 동경미술학교에 유학가 1931년 졸업했는데 서
양화에 빠진 이유는 1922년 열린 나혜석 개인전을 본 뒤부터라
고 한다. 그때의 기억을 그는 이렇게 회고한 바 있다.

"이것이 유화로구나. 새로운 그림이란게 이것이었구나. 이 강렬
한 색채, 이 힘찬 필치! 하면서 감탄한 후 색의 세계에 뛰어들게
되었다."

인간의 운명은 순식간에 변할 수 있음을 보여준다.

오지호는 1935년부터 인상파 작풍에 몰입한다. 신선하고 밝은
색채로 한국의 자연을 표현하기 시작한 그는 1938년 김주경과
함께 〈오지호-김주경 2인 화집〉을 냈는데 이것이야말로 한국
인상파의 출현을 알리는 신호였다. 재미있는 것은 오지호 화백
이 한 백화점의 선전부, 지금의 홍보팀에 입사했을 때 시인 이상
을 만났다는 것이다. 그들의 관계에 대해서는 알려진 바가 없으
나 나는 30년 넘게 취재를 하며 기인과 이사의 조우를 종종 목

전남 화순에 있는 오지호 화백의 기념관이다.

격한다.

오지호는 일제에 순응한 다른 예술가와 달리 요주의 인물이 됐다. 1940년 창씨개명을 거부했고 1942년에는 전쟁을 기록하라는 제작령을 역시 마다했다. 그는 1943년 일제가 인정하는 기관에 화가로 등록하라는 요구마저 뿌리쳤다. 일제의 감시가 심해지자 오지호는 가족과 함께 1944년 고향 동복을 떠나 함경남도 단천으로 피신했다가 이듬해 3월 귀향하는데 몇 달 뒤 일제가 전쟁에 져 항복을 하고 조국은 광복을 맞았다. 오지호의 이런 전력은 다른 예술가와 비교된다.

1940년대 악에 받친 일제는 회화 보국운동을 벌였는데 이때 이당 김은호, 운보 김기창, 청전 이상범 등이 그 활동을 벌여 두고두고 친일파라는 딱지를 달고 다녔다. 식민지 시대여서 어쩔 수 없는 일이긴 하지만 안타까운 선택이 아닐 수 없다. 오지호는 광복 이후 조선대학교 미술과 창설에 기여하며 1960년까지 교수로 재직했고 이후로도 눈부신 활동을 벌였다. 잠시 그의 작품세계를 보자면 1950년까지 전기의 그림은 사실적 시각에 입각해 자연을 밝고 맑은 색조로 그려냈다.

대표작은 〈남향집〉 〈처의 상〉 〈포구〉 등인데 한국형 인상주의의 대표작으로 불리는 〈사과밭〉은 사과꽃과 잎의 색채가 혼탁해지는 것을 피하기 위해 점묘법을 사용했다. 그림을 보면 5월의 태양 아래 만개한 사과밭의 아름다움이 드러난다. 전쟁을 겪은 1950년 무렵부터 59년까지의 중기 그림들은 전기와 달리 화면이 단순화된다. 〈추경〉 〈창가의 꽃〉 등이 그것인데 1960년대 들어서는 중기 때보다 화면이 더 단순화돼 청색이 많이 등장하고 화면도 강렬해졌다.

이것은 인상주의를 넘어선 야수파적 기법으로 〈추광〉 〈항구〉 〈피카델리 풍경〉 〈과수원〉 등의 작품이 그것이다. 그런데 오지호를 더 유명하게 만든 것은 그림뿐이 아니었다. 그는 우리 국어교육에도 깊이 간여했다. 그는 국한문 혼용을 주장해 '국어교

육에 대한 중대한 오해'
같은 논문 60편을 남겼
다. 그가 국어운동에 본
격 개입한 것은 1969년
7월이다. 이때 이희승
등 학계−언론계 인사
300명과 함께 '한국어
문교육연구회' 창립 멤
버가 된 것이다.

오지효의 한글 전용
은 사실 이보다 훨씬 전
인 1958년 '자유공론'이
란 잡지에 '한자 폐지론
비판'이란 논문을 실으
며 시작됐다. 1979년 나
온 '알파벳 문명의 종언'

오지호 화백의 생전 모습이다.

은 그가 남긴 60여 편의 논문을 정리한 필생의 역작이라고 할
수 있다. 여기서 오 화백의 주장을 한번 살펴보기로 한다.

"사학교 교육으로부터의 한자의 제거는 한자어의 제거를 결과
하였고, 한자어의 제거는 아동들로부터 언어능력을 제거하였고
언어능력의 제거는 그들로부터 사고능력을 제거하였다. 아동들

로부터 언어능력을 제거해놓고 학부모들은 그들더러 공부만 못한다고 성화를 대는 꼴을 보고 있으면 마치 성능력이 없는 자식더러 아이만 못낳는다고 안절부절 못하는 어리석은 어버이를 보는 것과도 같은 안타까움을 느낀다."

그는 1974년 3월부터 열달간 아내 지양진 여사와 함께 10개월간 유럽여행을 떠나 '유럽화단의 황혼'이란 에세이를 신문에 3차례 발표했고 1980년에도 4월부터 9월까지 유럽을 거쳐 아프리카의 세네갈까지 여행했다. 숨을 거두기 한해 전의 일이었다. 나혜석이 그랬고 천경자도 그랬지만 오지호 화백 역시 세계를 돌며 스케치를 하고 그림을 완성하는 것을 즐겨했다. 나라 밖으로 나가면 국내에서는 보지 못한 여러 풍물과 색감을 접할 수 있기에 화가들은 외유를 좋아하는 모양이다.

오 화백은 1982년 교통사고 후유증으로 78세의 나이로 숨을 거뒀는데 지양진 여사가 3년 뒤 국립현대미술관에 유작 34점을 기증했으며 화순군에서는 동복에 있는 생가를 보존하는 한편 100m 정도 떨어진 곳에 오지호 기념관을 세웠다.

오지호 기념관은 작지만 정갈하게 가꾸어져 있었다. 야트막한 언덕 위에 서있는 기념관 앞으로는 너른 들판이 보이고 내가 찾았을 때는 마침 모과나무에 모과가 주렁주렁 열려 가을 정취를 더하고 있었다. 무서운 개가 연신 짖어대는게 흠이긴 했다. 생가 직원에 따르면 1층에 전시된 오 화백의 작품들은 전부 실물이 아니고 복제품

오지호 화백의 〈남향집〉이다. 한국 초기 인상주의의 창시자다.

이라고 했다. 다만 지하 1층에는 기증품들이 있는데 진품이 많다는 것이다. 월요일에는 휴관하니 혹시 가볼 분은 날짜를 잘 맞춰 헛걸음하지 마시길 바란다.

부근 생가는 가을을 즐기기에 안성맞춤이다. 찾아오는 이가 드문데 독상면 경로당을 지나면 붉은 단풍이 얽혀있는 오방색으로 된 토담이 보이며 그 뒤로 대문이 열려있다. 여기서 태어난 오 화백은 결혼 후 바로 옆에 붙은 집에서 살림을 했다. 원래 이 집은 향교 자리였다고 하지요. 오 화백의 집 옆에는 500년이 넘은 은행나무가 있다. 보기 좋게 생긴 이 은행나무가 떨군 은행들이 발에 밟히는데 서향이어서 저녁이 되면 붉은 노을이 서쪽으로 지는 모습이 일품이었다.

오지호 화백의 예술혼은 그 아들 오승우(1930년생), 오승윤 (1939~2006) 화백 형제와 고 오승윤 화백의 아들인 오병재 화백 3대로 이어져 내려오고 있다. 여기서 내가 오지호 화백에 대해 관심을 갖게된 계기를 말하고자 한다. 인척 중 한 분의 고향이 전남 화순 동복인데 그의 집을 방문하니 오방색으로 이뤄진 멋진 그림을 볼 수 있었다. 매우 단순하면서도 풍수와 샤머니즘을 섞은 오방정색의 세계였는데 바로 그것이 오승윤 화백의 작품이었던 것이다.

오지호 화백의 차남 오승윤 화백은 자살로 생을 마치고 말았다. 알려지기로는 우울증과 스트레스에 시달렸으며 그 이유가 화집 발간과 전시회가 계속 늦어졌기 때문이라고 하는데 인척을 통해서 들은 이야기는 전혀 다른 것이었다. 그가 그린 명작들이 사기를 당해 회수할 수 없는 지경에 몰린 것이 진짜 이유였다. 지금 그의 그림들은 오간 데가 없다고 한다. 이런 일로 상심하던 그는 자신보다 네 살 많은 누나의 아파트에 다녀오던

오승윤 화백의 그림에는 한민족 특유의 오방색이 살아 있다.

길에 8층에서 투신하고 말았다. 안타까운 화가의 최후였다. 그
가 죽음에 앞서 남긴 유고도 있다. 원문을 인용해보기로 한다.

"출판사이기 때문에 잘하리라 믿었다. 그런데 지금보니 저작권
을 모르는 작가는 쉽게 빠지기 쉬운 함정이 있었다. 계획적인 계
약서다. 혼란스러운 것들을 수정하는 것처럼 위장한 것이다. 어

차피 계약을 해지하면 변상하는 작품과 호수를 이야기할 것이다…"

이게 무슨 이야기일까? 당시 보도를 보면 오 화백과 한 출판사는 '1년에 500만 원 가치의 그림을 그려 출판사에 내면 출판사는 그만큼의 대가를 지불하는 한편 1억 원 정도를 투자해 2004년까지 화집을 발간한다'는 골자의 계약서를 썼다고 한다. 문제는 여기에 '단 2006년까지 오 화백은 화집에 들어있는 작품을 일반에 팔 수 없고 화집이 나올 때까지는 이미 받은 작품과 200호 이내에서 교환할 수 있다'는 단서가 붙은 것이라는 것이다. 생각해볼수록 묘한 뉘앙스를 주는 단서다.

이 때문에 출판사는 끊임없이 오 화백에게 그림을 요구해 가져간 것만 유화 25점, 드로잉 7점, 판화 원판 37점이라고 한다. 오 화백은 출판사의 요구에 지친데다 그림을 돌려받을 가능성이 없다고 판단해 상심한 나머지 스스로 목숨을 끊었다. 문제의 출판사 대표는 오 화백이 숨진 뒤 1년 후에 법원에서 유명화가의 작품을 무단으로 게재하고 가족을 협박한 혐의로 징역 1년을 선고받고 구속됐다. 하지만 한국을 사랑했던 화가는 이미 저 세상으로 떠난 뒤였다.